야 할 것인가? 이 질문 앞에서 주인공들은 치열하게 고민하고, 각자의 방식으로 답을 찾아간다. 그리고 그 과정에서 독자 역시 함께 고민하고, 감정의 소용돌이를 경험하게 된다. 소설은 운명이란 무엇인가에 대해 다시 한번 생각하게 만든다. 때로는 피할 수 없는 것이 있고, 때로는 우리가 선택할 수 있는 길이 있다. 그리고 그 길 위에서 우리는 누구를 만나고, 어떤 감정을 품게 되는가?

이 책을 덮는 순간, 한동안 솔과 루나, 이 두 사람이 마음속에 머물 것이다. 그리고 어느 날, 인생의 길 위에서 문득 이 소설이 떠오를지도 모른다. 운명이 교차하는 순간, 우리는 어떤 선택을 할 것인가? 이 질문을 품고 살아가는 이들에게, 이 작품을 추천한다.

2025년 2월

편집위원 **김선희**

작가의 말

안녕하세요? 모리입니다.

전, 다람쥐 쳇바퀴 돌듯 살아가는 삶에 무료함을 느꼈습니다. 또, 사랑하는 가족이 제게 기대하는 것 없이 지내는 현실도 싫었습니다. 머리가 희끗희끗해지고 나서야 '나는 누구인가? 또, 무엇인가?'라는 생각을 해보는 시간을 가질 수 있었습니다. 긴 사색의 시간을 가진 후에야 '내겐 아직 못다 이룬 꿈이 있구나!'라는 사실을 깨달을 수 있었습니다. 주변 사람들에게 못다 이룬 꿈에 관해 얘기할 때, '너무, 늦었다!'라고 돌아온 차가운 말 한마디는 저의 열정에 불씨를 당겨주었던 것 같습니다. 먹고 살기 위해 출퇴근을 하고, 연로하신 부모님을 돌보느라 시간이 모자란 저는 '내가 해낼 수 있을까?'라는 질문을 수없이 되뇌었습니다.

그렇게 지내던 어느 날, 2023년 12월 중순경, 전 방구석에 팽개쳤던 노트북(notebook)을 꺼내어 들고 책상머리에 앉았습니다. 워드 프로그램(word program)을 실행시키고 하얀 A4용지 창을 띄웠을 때 마음이 평온해지는 것을 느낄 수 있었습니다. 첫 장에 책의 제목 '솔과 루나'를 타이핑(typing)하는 순간 눈시울이 뜨거워졌습니다. 여러 번의 실패와 그로 인한 삶의 씁쓸함을 느껴와서인지 책상 의자에 앉아 말없이 그냥 울었습니다. '마지막에 끝이라는 글자를 적을 수 있을까?' 하는 질문이 계속 저를 괴롭혔습니다.

집필을 시작하고 1년여의 시간이 흘러 마지막 문장에 마침표를 찍고 '끝'이란 글자를 타이핑하던 순간의 희열은 말로 표현할 수 없습니다. '끝'이란 글자를 적어 넣고 워드 프로그램 저장버튼을 누르고 나서도 눈물을 흘렸습니다. 하나를 이루어 냈다는 기쁨에 흘렸던 눈물인 것 같습니다. 인쇄되어 제본된 '솔과 루나'를 볼 때마다 전, '나, 새로이 태어났다!'는 느낌을 받습니다. 그간 잊고 살았던 꿈의 실현에 전 만족합니다. 오늘도 이야기꾼 모리는 아직 못다 이룬 꿈의 실현을 위해 한 걸음 한 걸음 앞으로 나아갑니다. '솔과 루나'를 읽어주신 모든 분들께 감사드리며 이것으로 넋두리를 갈음하고자 합니다.

2025년 2월의 어느 날

모리가

목차

추천사 • 4
작가의 말 • 6

01. 솔의 초등학교 6학년 시절 • 10
02. 루나의 초등학교 6학년 시절 • 18
03. 솔의 중학교 3학년 시절 • 21
04. 루나의 중학교 3학년 시절 • 26
05. 솔의 고등학교 3학년 시절 • 31
06. 루나의 고등학교 3학년 시절 • 36
07. 솔의 홀로서기 • 42
08. 루나의 홀로서기 • 51
09. 솔의 건달생활 • 59
10. 루나의 경찰생활 • 65
11. 신규 사업 … 첫 만남 • 76
12. 건달 1의 도약 … 루나에게 다가가는 솔 • 90
13. 솔, 루나를 만나다 … 용팔이 제거작전 • 110
14. 오늘부터 1일 … 펜타닐 유통 • 120
15. 솔의 임무 … 앵벌이가 되다 • 133
16. 노파의 말 … 중독된 아이들 • 141
17. 공생관계 … 영호, 검거되다! • 157
18. 일망타진 … 옥상 씨네마 • 166
19. 임무완수 • 181
20. 여행을 떠나요! • 193
21. 루나야, 안녕 • 206
22. 루나의 복수 • 221
23. 23년 전 • 237

솔과 루나

01

솔의 초등학교 6학년 시절

 9년 전인 2016년 초여름. 고아원 하늘원. 텔레비전(television)에선 '수재민 돕기 모금방송'이 진행 중이다. 슈퍼맨처럼 빨간 보자기를 망토 삼아 목에 두른 솔. 주먹 쥔 왼손은 허리춤에 붙이고 주먹 쥔 오른손은 하늘 높이 쳐들고 좌에서 우로, 우에서 좌로 뛰어다닌다. 고아원 아이들 여럿이 "와! 와!" 하고 소리를 지르고 솔의 뒤를 뒤따르며 뛰어다닌다. 잠시 후, 고아원 보모의 "얘들아, 학교 가야지." 하는 목소리가 들려온다. 솔은 망토를 젖히며 책가방을 멘다. 현관 앞에 서서 아이들을 배웅하는 보모 앞에서 솔이 신발을 신는다. 아이들 몇몇은 뛰어나간다. 솔의 모습을 본 보모는 "솔아, 망토는 두고 가야지."라고 타이른다. 신발을 다 신은 솔은 "슈퍼영웅은 망토를 항상 하고 다녀요."라고 말한다. 솔의 말에 보모는 웃는다. 돌아서 학교에 가려던 솔이 "아차!"라고 말하며 다시 보모를 보고 돌아선다. 왼손에 오른손을 포

개어 가지런히 모아 보모에게 들이밀며 솔은 "성금 내야 해요."라고 말한다. 보모는 고개를 끄덕이며 주머니에서 천 원짜리 지폐 한 장을 꺼내어 솔이 가지런히 모아 내민 두 손 위에 올려놓는다. 솔은 씨익 웃으며 "감사합니다."라고 말하고 돌아서서 현관 밖으로 뛰어나간다. 보모는 멀어지는 솔을 보며 "솔아, 차 조심하고 잘 다녀와."라고 말한다.

학교 주변 거리. 책가방을 어깨에 메고 있는 여학생 반장과 남학생 부반장이 다정한 모습으로 걸어간다. 잠시 후, 망토를 두른 솔이 "안녕!"이라 말하면서 그들을 스치고 뛰어간다. 멀어져 가는 솔의 모습을 본 반장은 부반장을 보며 "저건 뭐냐?"라고 묻는다. 부반장은 반장에게 "제 6학년 맞니?"라고 물어본다. 반장은 한숨을 "휴~" 하고 내어 쉰 후, "같은 반이잖아."라고 대답한다. 반장에 이어 한숨을 "휴~" 하고 내어 쉬는 부반장은 반장과 솔이 사라진 쪽을 번갈아 쳐다본 후 "가자."라고 말하며 발길을 재촉한다.

학교 앞 모퉁이 거리. 자전거 한 대가 서 있고 자전거 옆으로 달고나 장수가 초등학생들을 상대로 장사를 하고 있다. 벽에는 달고나 장수가 어린아이들을 현혹시키기 위해 박스종이 위에 '뽑으면 한 판 더!'라는 문구를 적어 붙여 놓았다. 초등학생 서넛이 옹기종기 모여 서거나 쪼그리고 앉아서 옷핀에 침을 발라가며 달고나에 찍힌 문양을 뽑아내기 위해 열심히 긁어대고 있다. 천천히 솔이 걸어온다. 문양 뽑기에 실패하고 입에 달고나 조각을 집어넣고 맛있게 먹는 아이 1을 보며 솔은 "맛있어?"라고 물어본다. 아이 1이 솔을 흘깃 보며 "먹어봐야 맛을 알지!"라고 쏘아붙인다. 입을 삐죽이며 아이 1을 흘겨보는 솔은 쪼그리고 앉아서 옷핀으로 달고나 문양을 긁어대고 있는 아이 2 옆에 다가가 쪼그리고 앉는다. 거의 다 뽑아가는 아이 2의 모습에 솔은 "와, 아!" 하고 소리를 지른다. 아이 2는 솔을 흘깃 쳐다본 후, "아씨, 절로 가, 아! 부정 타!"라고 쏘아붙인다. 솔은 입을 삐죽거리며 아이 2를 흘겨본다. 설탕을 녹여 달고나를 만들고 있는 달고나 장수를 바라보던 솔은 그를 향해 "아저씨 얼마예요?"라고 물어본다. 달고나 장수는 열심히 설탕을 녹이며 "오백 원, 오백 원."을 연발한다. 그리고 망설이는 듯한 표정의 솔을 흘깃 본 후, 달고나 장수는 솔을 향해 "한 판 할려?"라고 물어본다. 쪼그리고 앉아 있다가 일어서는 솔은 달고나 장수를 뒤로하고 학교에 가려고 몇 발짝 걷다가 곰곰이 생각을 한다. 솔은 바지주머니 속 천 원짜리 지폐를 만지작거리며 천 원짜리 지폐에서 달고나를 빼면 오백 원이 남는다는 수식을 머릿속으로 상상한다. 씨익 웃는 솔은 다시 달고나 장수에게로 다가가 "한 판, 콜!"이라고 외친다.

학교 교실 안. 반장이 책상 위에 모금된 돈을 쌓아놓고 반 학생들을 상대로 수재민 돕기 성금을 걷고 있다. 책상 위에는 만 원권, 오천 원권, 천 원권, 500원 동전, 100원 동전 등이 나뉘어 쌓여 있다. 솔은 "와, 아." 소리를 내면서 보자기 망토를 휘날리며 교실 곳곳을 뛰어다닌다. 아이 1과 아이 2가 조금 떨어진 위치에서 책상 위에 쌓여 있는 모금된 돈과 반장을 번갈아 바라보고 있다. 솔의 모습을 본 아이 1이 아이 2에게 고갯짓을 하며 솔을 가리킨다. 비열한 웃음을 흘리는 아이 1과 아이 2. 이내 아이 1이 솔에게 다가가 말을 붙인다. "솔, 돈 냈어?"라고 묻는다. 솔은 "아차!"라고 말하고는 교탁 앞까지 뛰어갔다가 돌아서 반장에게 다가가 옆에 앉는다. 주머니 속에서 500원짜리 동전을 꺼낸 솔은 방긋 웃으며 반장을 보고 "여기."라고 말한다. 반장은 솔을 보고 동전을 받는다. 솔은 책상 위에 턱을 고이고 앉아 쌓여 있는 돈을 보며 "우아!"라고 감탄사를 내뱉는다. 반장은 솔에게 "냈으면 가서 볼일 봐!"라고 퉁명스럽게 말하고 솔은 방긋 웃으며 "구경 좀 하면 안 돼?"라고 되묻는다. 반장은 귀찮다는 듯 솔을 향해 "맘대로!"라고 내뱉는다. 솔과 반장이 얘기를 나누고 있을 때 반장 오른편으로 아이 1과 아이 2가 스치듯 걸어가며 책상 위에 쌓여 있는 모금된 돈에서 만 원권 지폐 한 장을 빼내어 지나간다. 반장은 턱을 고이고 앉아 있는 솔에게 시선을 빼앗겨 알아채지 못한다. 솔 역시 반장에게 시선을 빼앗겨 아이 1과 2가 돈을 빼내어 가는 것을 알아채지 못한다. 다시 고개를 돌려 모금된 돈을 보는 반장은 액수를 확인하는 듯 돈을 세어본다. 잠시 후, 수업 시작을 알리는 종이 울리고 선생님이 교실 안으로 들어선다. 교실 안 아이들이 서둘러 자리에 앉는다. 창가 쪽 뒤에서 두 번째 자리에 솔이 앉아 있고 아이 1과 아이 2가 솔의 뒤에 앉아 있다. 반장이 일어서서 아이들을 둘러본 후, "차렷! 선생님께 인사!"라고 얘기한다. 선생님과 아이들은 "안녕하세요!" 하고 인사를 주고받는다. 선생님은 아이들을 향해 "수재민 돕기 성금은 다들 냈나요?"라고 얘기하자 아이들은 일제히 입을 모아 "예!"라고 대답한다. 이때 반장이 선생님을 향해 손을 든다. 선생님은 고갯짓으로 반장을 가리키고 반장은 일어선다. 그리고 선생님을 향해 반장은 "선생님, 모금된 돈에서 만 원이 비어요."라고 얘기한다. 선생님은 그럴 일 없다는 듯 "설마,

잘 확인해 봤어, 반장?" 하고 묻는다. 반장은 망설임 없이 "네."라고 대답한다. 선생님은 한숨을 내어 쉰 후 반장에게 "자, 다시 한번 확인해 봐!"라고 얘기한다. 선생님의 말에 앉아서 돈을 다시 확인하며 모금장부를 확인하는 반장은 "비는데요."라고 얘기한다. 얼굴이 굳어진 선생님은 아이들을 향해 "다들 눈 감아!"라고 나지막이 얘기한다. 일제히 눈을 감는 아이들. 한숨을 "휴~" 하고 내어 쉬는 선생님은 아이들을 둘러보며 "한순간 잘못된 판단으로 이런 일을 벌일 수 있다고 생각해요. 모금된 성금을 가져간 학생은 조용히 손을 드세요."라고 얘기한다. 이때 솔이 실눈을 뜨고 주위를 둘러본다. 솔의 모습을 본 선생님은 "눈, 감아!"라고 소리친다. 화들짝 놀라 눈을 꼭 감는 솔. 선생님은 다시 "지금 고백하면 아무 일 없이 지나갈 테지만 아무도 나오지 않는다면 모두 운동장에 집합해 가져간 사람이 나올 때까지 얼차려를 줄 생각이에요."라고 얘기한다. 이때 실눈을 뜬 아이 1과 아이 2가 서로를 흘깃흘깃 바라본다. 아이 2가 아이 1에게 고갯짓으로 솔을 가리킨다. 아이 1은 선생님의 눈을 피해 솔의 뒤통수에 대고 "슈퍼영웅, 우리를 구해줘야지!"라고 들릴 듯 말 듯한 목소리로 속삭인다. 아이 1의 속삭이는 소리를 들은 듯 선생님은 "누구야!"라고 소리친다. 선생님의 목소리에 솔은 깜짝 놀란다. 아이 1과 아이 2는 아무 일 없다는 듯 시치미를 떼고 앉아 있다. 솔은 아이 1의 말, "슈퍼영웅, 우리를 구해줘야지!"를 계속 떠올린다. 솔은 머릿속으로 같은 반 아이들이 운동장에 모여 얼차려를 받는 모습을 상상한다. 또, 자신이 슈퍼영웅이 되어 하늘을 날고 있는 모습과 하늘을 날고 있는 자신을 향해 환호성을 지르며 박수를 보내는 아이들의 모습을 머릿속으로 상상한다. 이내 솔의 입가에 미소가 번진다. 솔은 오른손 주먹을 불끈 쥐고 손을 들어야 할지 말아야 할지 망설인다. 이때, 선생님이 "셋을 세겠어요. 그때까지 돈을 가져간 사람이 나오지 않으면 모두 운동장에 집합! 자, 하나, 둘."이라며 숫자를 센다. 선생님이 둘을 셀 때까지 눈을 질끈 감고 오른손에 힘을 주던 솔은 선생님이 셋을 외치기 직전 갑자기 오른손을 들어 올린다. 뒤에 앉아 있던 아이 1과 아이 2는 실눈을 뜨고 이 상황을 지켜보다가 손을 든 솔의 모습에 비열한 웃음을 흘린다. 선생님은 한숨을 내어 쉬고 솔을 보며 "자, 손 내리고. 지금부터 모두 자습! 반장은 나 좀 봐."라고 말하고 교실을 나간다. 잠시 후, 선생님을 따라 반장이 교실을 나간다.

교무실. 선생님이 책상 의자에 앉아 있고 교무실 안으로 반장이 들어선다. 가까이 다가선 반장에게 선생님은 "성금 모금할 때 뭐 이상한 점 없었니?"라고 묻는다. 반장은 고개를 갸웃거리며 망설이다가 솔이 턱을 고이고 앉아서 돈을 바라보던 순간을 떠올린다. 그리고는 선생님에게 반장은 "솔이 모금된 돈을 뚫어지게 쳐다본 적은 있어요."라고 말한다. 선생님은 "그래?"라고 물은 후 반장에게 "알았어, 교실로 돌아가."라고 얘기한다. 반장이 교무실을 나가고 잠시 생각에 잠겼던 선생님은 이내 수첩을 뒤적여 하늘원 전화번호를 찾아낸다. 망설이는 듯 하던 선생님은 앞에 놓인 전화 수화기를 들고 다이얼(dial)을 눌러 전화를 건다.

오후, 하늘원 앞. 솔이 망토를 휘날리며 하늘원을 향해 뛰어온다.

솔이 하늘원 건물 안으로 들어간다. 안에는 보모가 대나무 회초리 세 개를 앞에 놓고 가부좌*를 틀고 앉아 있다. 큰 목소리로 "다녀왔습니다!"를 외치며 현관 안으로 들어서는 솔을 향해 굳은 표정으로 보모는 "너, 일로 와!"라고 얘기한다. 당황하는 솔은 천천히 보모에게 다가선다. 보모는 솔에게 "종아리 걷어!"라고 말하고 솔은 보모 앞에 서서 종아리를 걷어 올린다. 보모는 대나무 회초리로 솔의 종아리를 세차게 내려친다. "아, 아!" 하고 비명을 지르는 솔의 모습에 보모는 아랑곳하지 않고 굳은 얼굴로 회초리를 내려친다. 보모는 솔이 눈물을 흘리며 "잘못했어요."를 연발하고 종아리에 피멍이 들어 퉁퉁 부르터서야 매질을 멈춘다. 그리고 솔을 향해, "네가 무엇을 잘못했는지 얘기해봐."라고 얘기한다. "엉, 엉." 소리 내어 울던 솔이 대답하지 못하고 망설이자 보모는 "더 맞을래?"라고 말하며 솔에게 겁을 준다. 그때서야 솔은 머뭇거리며 "다시는 성금으로 달고나를 사 먹지 않겠습니다."라고 얘기한다. 멈칫 놀라는 보모는 "그게, 다야?"라고 솔에게 다시 묻는다. 솔은 서서 눈물을 닦아내며 말없이 고개를 끄덕인다. 굳어 있던 보모의 얼굴이 누그러지며 눈에 눈물이 맺힌다. 조금 전과는 달리 부드러워진 목소리로 보모는 솔을 향해 "정말, 그게 다인 거지?"라고 확인한다. 솔은 팔뚝으로 눈물을 닦아내며 말없이 고개를 끄덕인다. 보모는 솔을 향해 "이리 와봐."라고 얘기하고 다가서는 솔을 앞혀 끌어안는다. 눈물을 글썽이며 솔을 안은 보모는 "네가 하지 않은 일을 했다고

---

*   가부좌(跏趺坐) : 좌선할 때 책상다리를 하고 앉음.

말해선 안 되는 거야."라고 얘기한다. 보모의 품에 안겨 훌쩍이던 솔은 고개를 끄덕인다. 보모는 솔에게 "절대로…"라고 속삭이며 눈물 흘린다.

02

루나의 초등학교 6학년 시절

　루나의 초등학교. "와, 아!" 하는 아이들의 함성소리가 들린다. 건물 밖으로 학교를 마친 초등학생들이 물밀듯이 뛰쳐나온다. 운동장 이곳저곳에서 아이들이 옹기종기 모여 공기놀이, 망치기, 고무줄놀이, 말뚝박기(말타기) 등을 하며 즐겁게 놀고 있다. 루나가 건물에서 걸어 나온다. 얼마 가지 않아 초6 여 1, 2, 3, 4 등 네 명이 고무줄놀이를 하고 있는 곳을 스치고 지나간다. 루나를 발견한 초6 여 1은 루나를 향해, "루나야, 같이 할래?"라고 묻는다. 루나는 이내 눈살을 찌푸리며 고개를 좌우로 흔들고 "아니!"라고 잘라 거절한다. 루나는 고개를 돌려 말뚝박기(말타기)를 하고 있는 초6 남 1, 2, 3, 4, 5, 6 등 6명의 남자아이들을 발견한다. "와~" 하고 감탄사를 내뱉는 루나는 망설이지 않고 이들에게 달려간다. 고무줄놀이를 하던 여자아이들은 멍한 표정으로 눈을 깜박이며 사라지는 루나를 쳐다본다. 말뚝박기를 하는

아이들에게 다가선 루나는 왜소하고 가장 약해 보이는 초6 남 1을 흘 깃 본 후 "나와!"라고 짧게 얘기한다. 초6 남 1은 눈살을 찌푸리며 "싫 어, 내가 할 거야!"라고 말하며 루나에게 덤벼든다. 루나는 초6 남 1 을 향해 얼굴을 찌푸리며 험악하게 인상을 쓴다. 루나를 흘깃 본 초6 남 1은 두어 걸음 뒷걸음친다. 초6 남 1은 이내 몸을 돌려 옆으로 비켜 나며 "으이씨, 나도 하고 싶은데."라며 칭얼거린다. 말뚝박기가 시작 되고 루나가 합류한 팀이 먼저 공격한다. 첫 공격자 루나는 "간다!"라 고 소리를 지르며 자세를 잡고 수비를 하고 있는 아이들을 향해 전속 력으로 달려간다. 등을 굽히고 수비를 하고 있는 아이의 등에 손을 짚 지도 않고 붕 날아 올라타는 루나는 "우, 후!" 하고 환호성을 지른다. 수비를 하는 아이의 등 위에 내려앉은 루나는 상체를 앞뒤로 흔들며 재미있어 한다. 루나는 공중을 향해 오른손을 들어 휘휘 돌리며 "와! 와!" 하고 소리를 지른다. 다른 아이들이 모두 수비를 하고 있는 아이 들 등 위로 올라타고 난 후에야 루나와 서서 수비하는 아이는 가위바 위보를 한다. 루나의 승리, 공격을 했던 루나와 같은 편 아이들은 "와! 아!"라고 환호성을 지르며 다시 공격 준비를 한다. 이렇게 서너 번 루 나네 편 아이들의 공격이 계속되고 수비를 하는 아이들은 입을 삐죽 거리며 인상을 찌푸린다.

늦은 오후, 고아원 에델마을 앞. 해가 지려 할 즈음 실컷 놀고 난 루나가 에델마을로 돌아온다. 건물 안에는 에델마을 보모가 햇빛에 잘 마른, 산더미처럼 쌓여 있는 빨래를 정리하고 있다. 루나가 안으 로 들어서며 "선생님, 학교 다녀왔습니다."라고 외치고 보모를 지나친다. 지나치는 루나를 발견한 보모는 걱정스런 표정으로 루나를 바라본다. 가방을 던지고 샤워장으로 뛰어가는 루나를 보며 보모는 "저 넘치는 에너지(energy)를 어찌할꼬."라고 혼잣말을 한다. 잠시 후, 샤워를 마치고 편한 옷으로 갈아입은 루나가 젖은 머리를 수건으로 닦으며 빨래를 정리하고 있는 보모 곁으로 다가온다. 다가와 앉아 빨래 정리를 돕는 루나에게 보모는 "내년이면 중학생 되는데 공부는 언제 하려고 그러니?"라고 묻는다. 머리를 긁적이며 웃는 루나는 "전 땀 흘리고 뛰어놀 때가 가장 행복해요. 그리고 행복은 성적순이 아닌 것 같아서, 천천히…"라며 말끝을 흐린다. 보모는 "어머!"라고 말하고 웃으며 루나의 머리를 주먹으로 살짝 쥐어박는다. 그리고는 루나에게 "성적순이야!"라고 얘기하며 웃는다. 따라서 웃는 루나를 바라보던 보모는 잠시 머뭇거리다가 이내 루나에게 조심스럽게 "너, 운동해 볼래?"라고 묻는다. 눈이 커지며 관심을 보이는 루나는 보모를 바라보면서 "어떤 운동이요?" 하고 되묻는다. 보모는 루나를 향해 망설임 없이 "태권도!"라고 대답한다. 보모의 대답에 루나는 말없이 얼굴에 환한 미소를 띤다.

03

솔의 중학교 3학년 시절

    3년 후. 중학교 3학년이 된 솔. 학교에 등교 중인 솔. 책가방을 양쪽 어깨에 메고 오른손을 허리 높이까지 들어 담벼락을 손으로 쓸어가며 고개를 푹 숙이고 솔이 걸어간다. 학교 근처 놀이터에 다다랐을 무렵, 미끄럼틀에 옹기종기 모여 쭈그리고 앉아 아이스크림(ice-cream)을 먹고 있던 일진 아이 1, 2, 3, 4가 솔을 쳐다본다. 지나가는 솔을 본 일진 아이 1이 주변 아이들을 둘러보며 "야, 야, 야, 제, 제, 제!"라고 얘기한다. 궁금한 표정을 짓는 나머지 일진 아이들을 향해 일진 아이 1은 "저 삐리*이, 하늘원, 하늘원!"이라고 얘기한다. 일진 아이 2가 일진 아이 1을 향해 아무것도 모른다는 듯, "하늘원?"이라고 물어본다. 옆에서 아이스크림을 쭉쭉 소리 내어 빨아먹던 일진 아이 3이

---

* 삐리 : 삐리하다, 어리버리하다, 볼품없다는 의미.

자신은 알고 있다는 듯, "버려진 애들 사는 곳!"이라고 일진 아이 2를 향해 얘기한다. 놀이터 바닥에 침을 뱉는 일진 아이 4가 키득거리며 "하고 다니는 꼬라지* 좀 봐라."라고 얘기한다. 일진 아이 4의 말에 나머지 일진 아이들이 키득거리며 웃는다.

 교실 안. 초록색 칠판 위로 교훈과 태극기, 급훈 액자가 차례대로 걸려 있다. 교훈에는 '존중, 사랑, 협동'이라 적혀 있고, 급훈에는 '공부만이 살길이다.'라고 적혔다. 창가 쪽 맨 뒷자리에 앉아 창문을 통해 들어오는 햇살을 맞으며 눈을 지그시 감고 있는 솔. 그의 곁으로 놀이터에 있었던 일진 아이들 네 명이 껌을 질겅질겅 씹으며 다가간다. 솔을 에워싸고 자리를 잡고 앉는 일진 아이들. 인기척에 놀라 눈을 뜨는 솔은 주변 일진 아이들을 보고 활짝 웃으며 "안녕? 친하게 지내자!"라고 얘기한다. 솔의 말에 "깔, 깔, 깔!"거리며 웃는 일진 아이들. 웃음을 멈춘 일진 아이 3이 솔을 향해 험상궂은 얼굴로 "뭐라고 띠발놈아?"라고 욕을 한다. 솔은 깜짝 놀라며 일진 아이들을 둘러본다. 일진 아이 1이 나머지 일진 아이들을 둘러본 후 오른손 검지손가락으로 일진 아이 3을 가리키며 "제, 혀가 반토막이야! 씨를 때래, 띠!"라고 말하며 키득거린다. 일진 아이 2와 4도 따라서 키득거린다. 잔뜩 겁먹은 솔에게 일진 아이 4는 "뭘 꼬라봐**?"라고 쏘아붙인다. 대답하지 못하는 솔의 머리를 손으로 세게 여러 번 내려치는 일진 아이 3은 험상궂은 얼굴로

---

* 꼬라지 : '꼬락서니'의 방언. '꼬락서니'는 '꼴'을 낮잡아 이르는 말. '꼴'은 사람의 모양새나 행태를 낮잡아 이르는 말.
** 꼬라보다 : '노려보다'라는 뜻의 경상도 사투리.

"끝나고 따라와!"라고 말한다. 자리를 잡고 앉는 일진 아이들은 키득거리며 웃는다.

오후, 학교 인근 야산. 나무로 둘러싸인 평평한 공간 가운데에 일진 아이 3과 잔뜩 겁을 먹은 솔이 마주 보고 서 있다. 일진 아이 4는 나무를 발로 툭툭 걷어차고 있다. 일진 아이 1, 2는 쪼그리고 앉아 비열한 웃음을 흘리며 마주 선 일진 아이 3과 솔을 바라보고 있다. 이들의 손에는 40cm 정도의 나무 몽둥이가 들려 있다. 일진 아이 3이 겁먹은 솔의 멱살을 잡고 "내가 네 친구냐, 띠발놈아? 뭘 친하게 지내? 어?"라고 말한다. "미안해. 내가 잘못했어."라고 말하는 솔의 턱에 일진 아이 3은 주먹을 날린다. 쓰러지는 솔에게 다가가 발로 배를 걷어차는 일진 아이 3. "헉!" 소리를 내며 고통스러운 표정으로 웅크리고 있는 솔을 향해 일진 아이 3은 "일어나, 띠발놈아!"라고 소리친다. 배를 움켜쥐고 천천히 일어서는 솔에게 일진 아이 3은 쉬지 않고 주먹을 날린다. 고통스러운 표정으로 뒷걸음치는 솔은 "미안해, 그만해, 어?"를 연발한다. 일진 아이 3은 "입 다물어! 띠발놈아!"라고 얘기하며 솔에게 계속 주먹을 날린다. 더 이상 참지 못하는 솔은 "그만해!"라고 소리치며 주먹으로 일진 아이 3의 턱을 가격한다. 쓰러지는 일진 아이 3. 주변에서 재미있다는 듯 보고 있던 일진 아이 1, 2, 4가 놀라 멍한 표정으로 솔과 쓰러진 일진 아이 3을 번갈아 바라본다. 이때 일진 아이 4가 일진 아이 1, 2를 둘러보며 "야! 다구리*!"라고 소리친다. 숨을 고르며

---

* 다구리 : 폭력배나 부랑배의 은어로 뭇매나 패싸움을 이르는 말.

서 있는 솔에게 달려드는 일진 아이 1, 2, 4는 손에 든 몽둥이로 솔을 가격한다. "아! 헉!" 외마디 비명을 지르며 얻어맞는 솔은 한꺼번에 달려드는 아이들에게 맞서지 못한다.

늦은 오후. 얼굴이 멍으로 엉망이 되고, 옷에 흙이 잔뜩 묻은 솔이 홀로 길을 걷는다. 마당 한켠에 성모마리아상이 서 있는 성당을 지나치던 솔은 성모마리아상을 바라본다. 성당 안으로 들어서는 솔. 성모마리아상 앞에 서서 올려다본다. 잠시 후, 성모마리아상 앞에 무릎을 꿇은 솔은 두 손을 모으고 "학교 가기가 싫어요. 제발 그놈들을 죽여주세요!"라고 기도를 올린다.

다음날, 학교 앞 문구점 인근 거리. 일진 아이들 네 명이 걸어온다. 일진 아이 1이 나머지 세 명의 일진 아이들을 둘러보며 "야, 야, 야! 우리 뽀리까러* 갈까?"라고 묻는다. 일진 아이 2가 일진 아이 1을 보며 "쇼핑? 좋지!"라 말하고 나머지 아이들이 씨익 웃는다. 일진 아이 1이 세 명의 일진 아이들을 향해 "가자!"라고 말하고 앞서 걷는다. 나머지 아이들이 그를 뒤따른다. 일진 아이들 네 명이 문방구를 기웃거리며 주위를 둘러본다. 일진 아이 1이 씨익 웃으며 나머지 일진 아이들을 둘러본다. 잠시 후, 일진 아이들 네 명이 우르르 문방구 안으로 들어선다. 물건을 살 듯 이리저리 문방구 안을 둘러보며 휘젓고 다니는 일진 아이들. 일진 아이 1이 무선조종 장난감 자동차를 들고 이리저리 살피며 문방구 주인 눈치를 살핀다. 문방구 주인이 마포걸레를 들

---

* 뽀리까다 : '훔치다' 또는 '도둑질하다'라는 뜻의 은어.

고 나와 문방구 구석에서부터 닦으며 입구 쪽으로 걸어 나온다. 이를 본 일진 아이 1은 나머지 일진 아이들에게 "튀어!"라고 소리친다. 문방구를 벗어나 한 방향으로 전력을 다해 도망가는 네 명의 일진 아이들. 도망가는 아이들을 향해 문방구 주인은 "야 인마!"라고 소리친다. 멀어져 가는 아이들을 한숨을 쉬며 바라보는 문방구 주인. 일진 아이들은 전력을 다해 도망간다. 네거리 모퉁이에 다다른 아이들. 이들이 뛰어가는 방향 오른편 길에서 생수를 가득 실은 트럭이 빠른 속도로 달려온다. 일진 아이들이 오른편으로 돌아 뛰어가려는 찰나*, 네거리 오른편에서 달려오던 트럭 차량에 일진 아이 네 명 모두 치이고 만다. 공중에 붕 떠버린 일진 아이들 네 명, 그 자리에서 모두 즉사**한다.

　3일 후, 교실 안. 창가 맨 뒷자리에 앉아 고개를 푹 숙이고 있는 솔 주위로 일진 아이들이 앉았던 네 자리 책상 위에 국화꽃 다발이 놓여 있다. 솔은 일진 아이 네 명의 죽음이 자기 탓이라 생각하는 듯 괴로운 표정이다.

　저녁, 성당 앞 거리. 고개를 푹 숙이고 성당 앞을 지나던 솔은 성모마리아상을 흘깃 바라본다. 성모마리아상 앞으로 걸어가는 솔은 성모마리아상 앞에 서서 "엉, 엉." 소리 내어 오열***하며 눈물을 흘린다. 솔은 울면서 성모마리아상을 향해 "진짜 그러시면 어떻게 해요?"라고 물으며 계속 눈물 흘린다.

---

* 　　찰나(刹那) : 지극히 짧은 시간.
** 　즉사(卽死) : 그 자리에서 바로 죽음. 직사.
*** 오열(嗚咽) : 목메어 욺. 또는 그런 울음.

04

루나의 중학교 3학년 시절

태권도 도장 관장의 구령소리와 그 소리에 맞춘 수련생들의 기합 소리가 들려온다. 관장이 먼저 "어이!" 하고 소리치면 이내 수련생들은 발차기를 하며 "어이!" 하고 기합소리를 외친다. 다수의 수련생들 사이에서 루나가 도복을 입고 허리에 검정색 띠를 두르고 기합을 내뱉으며 발차기를 하고 있다. 잠시 후, 관장은 아이들을 정렬시킨다. 관장은 가운데에 자리 잡은 한 아이를 가리키며 "기준!"이라 외친다. 아이가 "기준!"이라고 크게 외치자 관장은 "좁은 간격으로 모여!"라고 소리친다. 아이들이 일제히 좁은 간격으로 다닥다닥 모여든다. 대열이 정렬되어서야 관장은 "쉬어!"라고 얘기한다. 관장은 내일 있을 '서울시장배 겨루기대회'에 관해 얘기한다. "오늘 수고들 했다! 내일 국기원에서 서울시장배 겨루기대회 시합이 개최되는 거 다들 잘 알고 있지? 시합에 참여하는 사람들은 너무 긴장하지 말고! 이번엔 잘해서

우리 도장이 꼭 우승기를 받아오도록 하자!"라고 관장은 얘기한다. 아이들은 일제히 큰 목소리로 "예!"라고 대답한다.

다음날, 국기원. 루나와 상대 선수의 겨루기 결승전이 시작된다. 심판을 중심으로 루나와 상대 선수가 보호 장구를 몸에 착용하고 심판을 바라보고 서 있다. 심판의 구령에 따라 움직이는 이들. 심판은 "차렷, 인사!"라 얘기하고 루나와 상대 선수가 심판을 정면으로 바라보고 인사를 한다. 이어 심판이 "마주 보고 인사!"라 말하자 루나와 상대 선수가 서로 마주 보고 인사를 한다. 심판은 "준비!"라 외치고 루나와 상대 선수가 "어이!"라고 크게 기합소리를 외치며 겨루기 자세를 취한다. 심판은 바로 "시작!"이라 외친다. 제자리에서 가벼운 스텝(step)을 밟으며 몸을 움직이는 루나, 다가서는 상대 선수를 향해 현란한 발차기 기술을 선보인다. 주춤하는 상대 선수는 뒤로 물러서다가 공격하기 위해 빠른 속도로 루나에게 다가선다. 다가서는 상대를 향해 루나는 뒤돌려차기를 시도하고 루나의 발은 그대로 상대 선수의 머리를 가격한다. 상대 선수는 비명도 지르지 못하고 쓰러진다. 루나는 우승을 차지한다.

오후, 에델마을 근처 골목길. 루나가 청바지에 티셔츠를 입고 운동화를 신고 걷고 있다. 잘 개어진 도복을 띠로 묶어 어깨에 둘러멘 루나의 목에는 금메달이 걸려 있다. 골목길 한쪽에 루나와 같은 학교에 다니는 학교 짱이 폼을 잡고 앉아 있다. 그의 앞에 서 있는 꼬붕*

---

*   꼬붕 : 일본어(子分). 부하.

1의 손에는 다량의 야동* CD(compact disk)가 들어 있는 케이스(case)가 들려 있다. 그 옆 꼬붕 2의 손에는 투명 비닐 바인더**가 들려 있다. 꼬붕 2의 바인더 안에는 야동 장면을 캡처(capture)해 A4용지에 인쇄한 사진이 여러 장 들어 있다. 이들이 서성이는 곳 오른편에서 중학생 1, 2, 3이 학원을 가기 위해 지나간다. 이들을 발견한 짱은 꼬붕 1과 2를 보고 중학생 1, 2, 3이 걸어오는 쪽을 향해 고갯짓을 한다. 꼬붕 1과 2는 음흉한 웃음을 흘리며 중학생 1, 2, 3에게 다가선다. 꼬붕 1은 중학생 1, 2, 3에게 다가서서 들릴 듯 말 듯한 목소리로 "다 나와, 다 나와! 모자이크(mosaic) 없어! 만 원, 만 원!"을 외치며 유혹한다. 중학생 1, 2, 3은 야릇한 미소를 띠며 관심을 나타낸다. 이때 꼬붕 2가 중학생 1, 2, 3에게 다가서며 "국가별로 다 있어! 자막도 나와 자막! 샘플(sample), 샘플!"이라고 속삭이며 손에 들고 있던 비닐 바인더를 펼쳐 보여준다. 꼬붕 2를 둘러싸며 서는 중학생 1, 2, 3은 바인더를 보며 "와, 와!" 하고 감탄사를 내뱉는다. 중학생 2가 "형! 나, 저거! 섬나라 거!"라고 말하며 주머니를 뒤적인다. 이들의 뒤에서 이들을 바라보고 앉아 있던 짱이 웃으며 "허, 참. 자식이 뭘 좀 알아!"라고 혼잣말을 한다. 그의 말을 들은 듯, 꼬붕 1과 2가 키득거리며 웃는다. 꼬붕 1에게서 야동 CD 한 장을 받아든 중학생 2는 돈을 건넨다. 중학생 1, 2, 3은 돌아서 가던 길을 가려 한다. 이때, 루나가 나타난다. 중학생 1, 2, 3을 본 후 중학생 2의 머리를 쥐어박는다. 이어 루나는 "쥐꼬리만 한

---

*　　야동 : 야한 동영상.
**　　바인더(binder) : 서류, 잡지 등을 철(綴)하여 꽂는 물건.

것들이 꼴에 수놈이라고. 쯧! 쯧! 쯧!"이라고 얘기하며 혀를 찬다. 중학생 1은 중학생 2와 3을 보며 "야, 루나 선배! 가자, 가자!"라고 말하며 친구들을 데리고 서둘러 자리를 피한다. 이 모습을 지켜보던 짱이 어이없다는 듯한 표정으로 루나를 향해 "어이! 영업방해 하지 말고 가던 길 가서!"라고 쏘아붙인다. 루나는 짱을 향해 "영업? 그게 무슨 사업이라고 영업이냐?"라고 맞받아친다. 짱의 근처에 서 있는 꼬붕 2가 루나를 보고 "대중*의 알 권리를 충족시켜 주는 선량한 우리들의 사업이 뭐가 어때서?"라고 얘기한다. 짱과 꼬붕 1, 2는 서로를 둘러보며 키득거리고 웃는다. 이들을 보고 루나는 "어디서 주워들은 건 있어 가지고. 어유! 어유! 어유!"라고 말하며 혀를 찬다. 루나의 반응에 기분이 나빠진 짱은 그녀에게 다가간다. 짱은 오른손 손가락으로 루나의 이마를 콕콕콕 세 번 찌르며 "야이, 계집애야! 가서 고아들 밥이나 먹이라고!"라고 엄포**를 놓는다. 한 걸음 뒤로 물러난 루나는 짱의 오른손을 자신의 오른손으로 툭 쳐서 치워내며 "허구한 날*** CD 굽는 더러운 손 치워줄래, 어?"라고 내뱉는다. 루나의 말에 화가 난 짱은 "이게 근데!"라고 외치면서 주먹을 쥐고 루나에게 달려든다. 어깨에 두르고 있던 도복을 땅에 던진 루나는 짱의 복부에 뒤차기를 한방 찔러 넣는다. "헉!" 하고 외마디 비명을 지르며 짱은 상체를 숙인다. 서서히 상체를 일으키는 짱을 보는 루나는 몸을 붕 띄워 짱의 얼굴을 앞돌려차

---

*　　　대중(大衆) : 수많은 사람의 무리. 사회의 대다수를 이루는 사람들.
**　　엄포 : 실속 없이 위협이나 호령으로 으르는 짓.
***　허구한 날 : 오랜 기간에 걸쳐 거의 매일이라는 의미.

기로 가격한다. 짱은 "헉!" 하고 비명을 지르며 땅바닥에 쓰러진다. 이를 지켜보던 꼬붕 1과 2를 향해 루나는 "다음!"이라 외친다. 꼬붕 1, 2는 쓰러져 있는 짱과 루나를 번갈아 쳐다본다. 이들은 루나의 눈치를 살피고 뒷걸음질치며 사라진다. 루나는 바닥에 떨어져 있던 도복을 주워 띠를 잡고 다시 어깨에 둘러멘다. 쓰러져 있는 짱을 흘깃 보고 루나는 "바퀴벌레 같은 놈!"이라 내뱉는다. 이내 루나는 자리를 벗어난다.

05

솔의 고등학교 3학년 시절

3년 후. 고3이 된 솔. 새벽 세 시. 핸드폰 알람(alarm) 소리에 일어나는 솔은 세차 도구와 책가방을 챙겨 인근 아파트(apartment) 단지로 향한다. 경비실에서 졸고 있는 경비아저씨에게 솔은 "안녕하세요?"라고 인사를 하고 경비실 화장실에서 가져간 양동이에 물을 받아 나간다. 경비아저씨는 건성으로 "어, 어!"라고 대답하며 졸기에 바쁘다. 인적이 없는 아파트단지 주차장에서 세차를 하는 솔. 아침 일곱 시가 다 되어 작업을 마무리한다. 솔은 세차 도구와 책가방을 챙겨 학교를 향해 걸어간다.

오전, 솔이 다니는 고등학교 교무실. 학생주임 선생이 신문을 뒤적이고 있다. 같은 시각, 교문 앞. 가슴이 거의 다 드러날 정도로 야한 옷차림의 룸살롱 황 마담이 짝다리를 짚고 서서 학교 안쪽을 바라본다. 잠시 후, '드르륵' 하는 소리와 함께 교무실 문이 열리고 황 마담이 안으로 들어선다. 그녀를 발견한 학생주임은 당황하며 신문을 펼치고 뒤로 숨는다. 학생주임은 천천히 다가서는 그녀를 고개를 들어 확인하고는 "어머니, 여긴 어쩐 일이세요?"라며 얼버무린다*. 콧방귀를 뀌는 황 마담은 "흥, 어머니 같은 소리하고 있네."라고 말하며 학생주임에게 가까이 다가선다. 다가선 그녀에게 학생주임은 교무실 안 다른 선생들이 들리지 않을 목소리로 "월급 들어오면 이체해 줄게. 응? 나 좀 살려줘!"라고 달래며 속삭인다. 황 마담은 "마시고 놀 땐 좋았지? 이달 말까지 안 넣으면 여기다가 무서운 우리 오빠들 풀 거야! 그리 알아!"라고 말하며 학생주임을 협박한다. 이때, 우체부(우편배달부)가 교무실 안으로 들어와 학생주임에게 다가간다. "등기요!"라고 말하며 학생주임에게 서류봉투 하나를 건네주고 나간다. 봉투를 받아든 학생주임은 다시 황 마담을 바라보고 생글거리며 "알았어! 알았어!"를 속삭이듯 연발한다. 황 마담이 돌아서 나가고 학생주임은 서류봉투를 뜯어본다. 이혼서류에 포스트잇**이 붙어 있다. 포스트잇에는 '찍어! 다른 사람 생겼어!'라는 문구가 적혀 있다. 이를 본 학생주임은 "미쳤나!"라고 말하며 몽둥이를 들고 일어나 교무실 밖으로 나간다.

점심시간, 교실 안. 새벽에 일찍 일어나 손세차 아르바이트(albeit)를 한 후 등교를 해서인지, 피곤한 모습의 솔은 책상에 얼굴을 묻고 자고 있다. 이때, 배가 아픈 듯 솔의 뱃속에서 '꾸르륵' 하는 소리가 들려

---

*   얼버무리다 : 말이나 행동을 불분명하게 대충하다.
**   포스트-잇(post-it) : 붙이는 메모지.

온다. 귀찮은 얼굴로 상체를 일으키는 솔은 자리에서 일어나 교실에서 나와 화장실을 향해 걸어간다.

화장실 밖. 망보는 고3 학생이 고개를 갸웃거리며 망을 보고 있다. 솔이 그를 지나쳐 화장실 안으로 들어간다. 화장실 안에는 불량 고3 학생 1, 2가 담배를 태우고 있다. 고3 학생 1이 고3 학생 2를 향해 "역시, 식후 땡*이 최고야!"라고 얘기하고 불량 고3 학생 2는 그를 보고 생글거리며 "맞아, 맞아!"를 연발한다. 화장실 안으로 들어선 솔은 그들을 무시하고 대변을 보기 위해 좌변기 화장실 안으로 들어간다. 잠시 후, 망보는 고3 학생이 다급한 목소리로 "야! 학주 떴어! 학주!"라고 외친다. 불량 고3 학생 1과 불량 고3 학생 2가 태우던 담배를 집어 던지고 화장실에서 황급히 나간다. 이때, 불량 고3 학생 1이 던진 불붙은 담배꽁초가 솔이 앉아 있는 좌변기 화장실 안으로 굴러 들어간다. 이 사실을 모르는 솔은 눈을 질끈 감고 계속 용변을 본다. 몽둥이를 들고 화장실 안으로 들어선 학생주임 선생은 솔이 용변을 보는 곳 위로 흰 연기가 올라오는 것을 바라본다. 아무 말 없이 인상을 찌푸리는 학생주임 선생은 솔이 용변을 보는 곳 앞에 서서 문이 열리기를 기다린다. 이윽고, 문이 열리고 솔은 옷을 추스르며 좌변기 화장실 밖으로 나온다. 밖에 서 있는 학생주임 선생을 본 솔은 가볍게 목례를 하고 세면대로 다가가 손을 씻는다. 학생주임은 솔이 나온 좌변기 화장실 안을 살피다가 불붙은 담배꽁초를 발견한다. 좌변기 화장실 안에

---

* 식후 땡 : 밥을 먹은 직후에 담배를 피우는 일. 또는 그렇게 피우는 담배.

서 담배를 태운 것으로 오해를 받는 솔. 학생주임은 솔에게 "따라와!"라고 말하며 화장실 밖으로 나가고, 솔은 고개를 갸웃거리며 학생주임을 따라간다.

교무실. 학생주임에 의해 교무실 안으로 끌려온 솔. 의자 두 개에 학생주임과 솔이 서로 마주 보고 앉아 있다. 학생주임은 "야 인마! 누가 학교에서 담배 피래?"라고 말하며 솔을 다그친다. 솔은 "저 담배 못 태우는데요."라고 말한다. 학생주임은 "이 자식 봐라. 오리발 내미네*? 불붙은 담배꽁초는 뭐냐?"라고 솔을 다그친다. 솔은 당연하다는 듯 "몰라요."라고 대답한다. 점점 화가 커진 학생주임은 "이 자식이 거짓말까지 하네? 맞아야 정신 차리지?"라고 솔에게 겁을 준다. 솔은 고개를 좌우로 흔들며 "저 아니라니까요?"라고 강력하게 부인**한다. 화가 난 학생주임은 자리에서 일어나서 "넌 그런 자세가 글러 먹었어!"라고 말하며 앞에 앉아 있던 솔을 걷어찬다. 맞고 바닥으로 넘어지는 솔은 학생주임을 바라보며 "아니라고요, 아니라니까요."라고 말하며 엉거주춤한 자세로 일어난다. 이때, 상의 옷 속으로 걸고 있던 태양 모양의 목걸이가 밖으로 흘러나온다. 몸을 바로 세우는 솔에게 다가서는 학생주임은 흘깃 목걸이를 본 후, "양아치냐? 이건 뭐야?"라고 외치며 목걸이를 낚아챈다. 목걸이가 학생주임의 손아귀 힘에 의해 끊어지고 학생주임은 바닥에 던져 버린다. 솔은 "아, 그건…"이라고 말끝

---

*　　오리발 내밀다 : 잘못을 저질러 놓고 엉뚱한 수작으로 속여 넘기거나 모르는 척을 한다는 의미.

**　　부인(否認) : 어떤 내용이나 사실을 인정하지 않음.

을 흐리며 목걸이를 주우려 한다. 학생주임은 "이 자식 봐라! 누가 움직이래?"라고 말하며 솔을 걷어찬다. 다시 넘어지는 솔은 "아니에요. 전, 전 담배 살 돈도 없어요."라고 얘기한다. 학생주임은 "이 자식이 근데!"라고 말하며 사정없이 솔을 구타한다. 분이 풀리지 않은 듯 학생주임은 솔을 계속 때리며 "아비, 어미 없는 거 티 내지 마! 자식아! 어디서 말대꾸야!?"라고 얘기한다. "아, 아!"라고 비명을 지르며 얻어맞기만 하던 솔, 갑자기 상체를 세우며 "내가 아니라고!"라고 소리친다. 교무실의 선생님들이 모두 학생주임과 솔을 바라본다. 화들짝 놀란 학생주임은 멍한 표정으로 솔을 바라본다. 솔은 "아니라고! 씨발!"이라고 말하며 돌아서 교무실을 나간다.

교실 안. 솔이 교실로 들어선다. 새벽에 세차할 때 사용했던 세차 도구를 챙긴다. 가방과 책을 흘깃 보는 솔은 그대로 버리고 교실을 빠져나간다. 솔은 세차 도구를 들고 교문을 벗어나 어디론가 사라진다.

06

루나의 고등학교 3학년 시절

 루나의 고등학교. 수업 종료를 알리는 벨(bell) 소리가 전교에 울려 퍼진다.

 교실 안. 하교를 위해 책가방을 챙기는 아이들의 모습이 보인다. 루나도 열심히 책가방을 챙기고 있다. 옆에 앉은 동기 1이 루나에게 "떡볶이 먹고 갈까?"라고 말을 건넨다. 루나는 "상담, 그리고 알바."라고 짧게 대답한다. 동기 1은 루나에게 "그래, 다음 기회에."라고 말하고 웃으며 책가방을 메고 먼저 교실 밖으로 나간다. 루나는 책가방을 양쪽 어깨에 둘러메고 교실을 나서 상담실을 향해 걸어간다.

 진학상담실 앞. 루나가 책가방을 메고 상담실을 향해 걸어온다. 노크(knock)를 하고 상담실로 들어간다. 상담실 안. 담임선생님이 앉아 있다. 루나를 발견한 담임선생님은 "어, 루나 왔어?"라고 묻는다. 루나는 다소곳이 "안녕하세요?"라고 인사를 한다. 책상을 사이에 두고 마주 앉은 두 사람, 대학 진학에 관한 상담을 시작한다. 루나의 생활기록부를 살펴보는 담임선생님은 루나의 성적을 보고 눈살을 찌푸린다. 이내 담임선생님은 루나를 보고 "그래, 넌 어느 대학 무슨 과에 가고 싶니?"라고 물어본다. 루나는 한 치의 망설임도 없이 "경찰대학에 가고 싶어요!"라고 큰 목소리로 대답한다. 루나의 대답에 말없이 콧방귀 뀌는 담임선생은 "헛! 어림 반 푼어치*도 없는 소리하고 앉아 있네!"라고 얘기한다. 담임선생의 말에 루나는 표정이 일그러진다. 담임선생님은 이어 "성적을 고려해서 선택해야지."라고 부드럽게 타이르는 듯 얘기한다. 루나는 해맑은 웃는 얼굴로 "아직 7개월 정도 남았는데, 하루 네 시간씩 자면서 열심히 공부하면 가능성 있지 않을까요?"라고 담임선생님에게 물어본다. 담임선생님은 어이없다는 듯, "허, 참. 말은 아주 청산유수**에요!"라고 루나에게 면박***을 준다. 담임선생님은 이어 "전 과목 평균 10점 이상 올려도 될까 말까 한데, 가능하겠어?"라고 루나에게 되물어본다. 그때서야 루나는 현실을 파악한 듯 머리를 긁적이며 "그래도…"라고 담임선생님에게 얘기한다. 루나의 말에 눈빛이 다정스럽게 변한 담임선생님은, "루나야, 선택과 집중이라는 말 아니?"라고 물어본다. 루나는 담임선생님을 보며 눈만 깜박인다. 담임선생님은 "일단, 경찰공무원 9급 순경 공채시험에 지원

---

*   어림 반 푼어치도 없다 : 어림잡아 봤을 때 딱 봐도 반이 안 된다는 뜻이다. 대충 봐도 말이 안 되는 소리라는 의미의 관용구이다.
**   청산유수(靑山流水) : 푸른 산에 흐르는 맑은 물이라는 뜻이다. 막힘없이 썩 잘하는 말을 비유적으로 이르는 말.
***   면박(面駁) : 면전에서 꾸짖거나 나무람.

해 보는 것은 어떠니?"라고 루나에게 물어본다. 눈을 반짝이며 담임선생님을 바라보는 루나에게 선생님은 "지금까지의 성적으로는 사실 대학 진학을 장담할 수는 없구나. 경찰대학은 말할 것도 없고. 네 장래희망이 경찰인 것 같은데, 내신과 수능 다 포기하고 오늘부터 현실적으로 경찰공무원 시험 준비를 하는 거야."라고 타이른다. 호기심이 생긴 듯, 루나는 눈을 반짝이며 담임선생님을 바라본다. 담임선생님은 "18세 이상 40세까지 대한민국 남녀 모두 응시할 수 있으니 자격 제한에 걸릴 일은 없고, 필기와 실기가 있으니 지금부터 필기 준비하자. 그리고 체력은, 너 자신 있잖아?"라고 말하며 루나를 설득하려 한다. 루나는 담임선생님에게 "그러면 지금부터 대학은 아예 포기하라는 그런 말씀이신가요?"라고 걱정스런 표정으로 물어본다. 선생님은 "버릴 건 버려야지! 시간 낭비하지 말고. 응?"이라고 말하며 웃는다. 선생님의 웃는 모습에 루나는 이제야 알겠다는 표정을 지으며 배시시 따라서 웃는다.

늦은 오후, 루나가 아르바이트하는 숯불갈빗집 앞. 루나가 갈빗집을 향해 가벼운 발걸음으로 걸어온다. 밝은 목소리로 "저, 도착했어요!"라고 외치며 루나는 갈빗집 안으로 들어간다. 얼마 지나지 않아 복덕방 김씨와 열쇠집 박씨가 갈빗집을 향해 걸어온다. 복덕방 김씨가 "어이, 나왔어!"라고 크게 외치고 먼저 갈빗집 안으로 들어서고, 열쇠집 박씨가 따라서 안으로 들어선다.

갈빗집 안. "오셨어요?"라는 루나의 대답소리가 들려온다. 자리를 잡고 앉는 김씨와 박씨. 김씨는 음흉*한 얼굴로 유니폼으로 갈아입고 홀(hall)에 들어서는 루나를 흘끔거리며 쳐다본다. 이들을 발견한 루나는 물병과 컵을 들고 다가간다. 루나는 물병과 컵을 테이블 위에 올려놓으면서 "주문하시겠어요?"라고 물어본다. 생글생글 웃는 김씨는 "갈비 2인분, 소주 빨간 거 하나!"라고 대답한다. "네."라고 짧게 대답한 루나가 돌아서 주방 쪽으로 걸어가며 "갈비 두 개 소주 하나!"라고 외친다. 멀어져 가는 루나의 뒷모습을 김씨는 음흉한 웃음을 흘리며 흘끔거린다. 김씨는 박씨를 보며 "어이 자네, 산삼보다 좋은 게 뭔 줄 아는가?"라고 물어본다. 박씨는 무표정한 얼굴로 김씨를 보며 "글쎄 뭐가 있으려나?"라고 반문한다. 김씨는 음흉한 눈웃음을 흘리며 "고3!"이라고 대답한다. 박씨는 모르겠다는 표정으로 "고삼?"이라고 김씨에게 되묻는다. 박씨의 질문에 김씨는 기본 반찬을 챙겨 카트(cart)를 밀고 다가오는 루나를 음흉하게 쳐다보며 고갯짓으로 가리키고는 "고3, 고3!"이라고 연거푸 얘기한다. 그때서야 박씨는 무슨 말인지 알겠다는 듯한 표정으로, "아, 아! 고3!"이라고 말한다. 둘이 동시에 음흉한 표정으로 웃음을 흘린다. 루나가 카트에 술과 밑반찬을 싣고 밀고 오며 이들에게 다가선다. 김씨는 테이블 위에 술과 밑반찬을 세팅(setting)하는 루나의 모습을 음흉한 눈으로 훑어본다. 이를 보는 박씨는 혼자 알 수 없는 묘한 웃음을 흘린다. 루나의 왼편에 앉아 있던 김씨는 수저통에서 숟가락과 젓가락을 꺼내는 척하다가 이내 루나의 발

---

*   음흉(陰凶) : 마음이 음침하고 흉악함.

쪽으로 티 나게 떨어뜨린다. 루나는 "어머!"라 얘기하고 김씨는 루나를 보고 왼손을 들어 내저으며 "아냐, 아냐!"를 연발하고는 직접 집어 올리려 한다. 루나가 상차림을 계속하려고 몸을 돌리는 순간, 김씨는 몸을 숙여 숟가락을 집어 올리는 척하며 손등으로 루나의 종아리를 쓸어 올린다. 상체를 곧게 세우며 몸이 경직되는 루나, 이내 김씨를 째려본다. 김씨는 해맑게 웃는 얼굴로 양손을 들어 내저으며 루나를 향해 "어어, 어어."를 연발한다. 루나는 김씨를 잠시 째려보다가 상차림을 계속한다. 김씨는 루나의 엉덩이를 음흉한 표정으로 바라보다가 앞에 앉아 있는 박씨를 보고 웃는다. 박씨는 음흉한 웃음을 흘리며 말없이 고개를 끄덕인다. 김씨는 박씨를 보고 고개를 위아래로 끄덕인 후, 루나의 엉덩이에 손을 살포시 올려놓는다. 몸이 경직되는 듯한 루나는 또다시 상체를 곧게 쭉 펴고 고개를 살짝 들면서 눈을 질끈 감는다. 루나의 반응에도 아랑곳하지 않은 김씨는 엉덩이에 올린 손에 힘을 주어 주물럭거린다. 고개를 김씨 쪽으로 휙 돌려 날카로운 눈으로 그를 째려보는 루나는 "훔치니까 좋아?"라고 김씨에게 묻는다. 김씨가 손을 치우지 않자 루나는 왼손으로 자신의 엉덩이 위에 놓인 그의 손을 툭 쳐서 공중으로 올린 다음 왼손으로 잡아 그대로 테이블 위에 올려놓는다. 그리고 익은 갈비를 자르기 위해 가져간 가위를 오른손으로 쥐고 공중 위로 던진다. 공중에서 빙글빙글 돌고 있는 가위를 오른손으로 낚아채는 루나는 테이블 위에 올려놓은 김씨의 손등을 찍으려 한다. 박씨는 당황스런 표정으로 루나와 김씨를 번갈아 쳐다본다. 김씨는 루나의 행동에 화들짝 놀라며 "아니, 이년이!"라고 외친다. 화가 난 루나는 김씨를 향해, "손목아지 끊어줄까!?"라고 말하며 겁을 준다. 이때, 상담실에서 진학상담을 했던 담임선생님과 동료 선생님들이 갈빗집 안으로 들어선다. 담임선생님은 동료 선생님들을 돌아보며 "여기가 우리 루나가 일하는 곳이야!"라고 말하며 앞장선다. "그래?"라고 말하며 고개를 끄덕이고 담임선생님을 따르는 동료 선생님들. 다시 앞으로 고개를 돌리는 담임선생님은 가위를 들고 있는 루나를 발견한다. 담임선생님은 다급한 목소리로 "루나야!"를 외친다. 담임선생님의 목소리에 김씨의 손을 가위로 내려찍으려던 루나는 담임선생님 쪽으로 고개를 돌려 흘깃 쳐다본다. 담임선생님은 타이르는 듯 차분한 목소리로 루나를 향해 "안 돼, 응?"이라고 얘기한다. 담임선생님의 말에 루나는 오른손의 가위를 테이블 위에 던진다. 이어 왼손으로 잡은 김씨의 손을 놓아주며 고개를 푹 숙이고 "휴~" 하고 깊은 한숨을 내어 쉰다. 화를 참는 듯한 루나의 모습에 김씨와 박씨는 안도의 한숨을 짧게 "휴~" 하고 내어 쉰다. 루나는 갈빗집 현관에 서 있는 담임선생님과 동료 선생님들이 서 있는 곳으로 걸어간다. 루나는 담임선생님의 앞에 서 고개를 푹 숙이며 "오셨어요?"라고 인사를 한다. 루나의 등을 다독거리는 담임선생님과 루나를 보는 김씨와 박씨는 입을 삐죽거린다.

07

솔의 홀로서기

늦은 저녁, 솔이 자동차 세차 아르바이트를 하는 아파트단지 인근 포장마차. 도로변의 포장마차 주위에 대여섯 개의 간이 테이블이 놓여 있다. 네 테이블에 손님이 앉아 있다. 포장마차 안쪽에서 여주인은 열심히 안줏거리를 만들고 있다. 세차 아르바이트를 마친 솔이 포장마차 안으로 들어선다. 솔의 한 손에는 세차 도구가 담겨 있는 양동이가 들려 있다. 여주인은 안으로 들어서는 솔을 발견하고 "끝났어?"라고 물어본다. 솔은 "네."라는 짧은 대답만을 남기고 안쪽으로 들어가 자리를 잡고 앉는다. 그리고 발치에 세차 도구가 담긴 양동이를 내려놓는다. 이내 포장마차 여주인을 향해 "오늘은 소주도 한 병 주세요!"라 말한다. 잠시 후, 여주인은 우동이 담긴 대접과 단무지 종지, 소주와 맥주잔, 오이 썬 것과 고추장 종지를 쟁반에 담아 솔에게 다가간다. 테이블 모서리에 쟁반을 걸쳐 놓으며 여주인은 솔에게 "힘들구나?

그러게 1년도 안 남은 학교는 왜 관두니?"라고 얘기한다. 솔은 피곤한 듯 고개를 숙이고 대답하지 않는다. 그런 솔을 측은한 눈빛으로 바라보는 여주인. 쟁반에 받쳐 가져간 것을 모두 테이블 위에 내려놓은 여주인은 솔에게서 멀어지며 "조금만 마셔!"라고 타이른다. 솔은 대답하지 않고 맥주잔에 소주를 가득히 따른 후 벌컥벌컥 마신다. 안주로 우동이 담긴 대접을 들어 국물을 후루룩 들이킨다. 우동이 담긴 대접을 내려놓으며 "캬~"라고 신음을 내뱉는 그는 학교를 나오던 날 학생주임의 손에 의해 끊어져 교무실 바닥에 버려지는 목걸이를 떠올린다. 솔은 이내 다시 맥주잔에 소주를 채운다. 이때, 거상파 건달 1, 2, 3, 4, 5가 포장마차 안으로 들어선다. 여주인을 향해 자릿세를 운운하며 협박을 한다. 건달 2는 여주인을 향해 "어이, 나 왔어!"라고 말한다. 당황하는 여주인의 모습에 아랑곳하지 않고 건달 1, 3, 4, 5는 손님들을 내쫓기 시작한다. 건달 3은 손님들을 향해 "적당히들 마시고 사라지셔!"라고 말하며 테이블 위의 집기, 나무젓가락통과 손님 테이블 위의 술잔 등을 땅으로 집어던진다. 여주인은 건달 3에게 다가서서 그의 행동을 말리며 "왜들 이래, 어? 조금만 기다려."라고 얘기한다. 손님들은 건달들에게 반항하지 않고 하나둘 눈치를 보며 포장마차를 나가기 시작한다. 포장마차 여주인은 건달들을 달래는 듯 "이번 달엔 장사가 잘 안 돼서 그래. 좀 봐줘."라고 말하며 굽신거린다. 건달 4가 여주인을 향해 "우리 구역에서 장사하면서 용팔이 애들한테 자릿세 낸다며? 모를 줄 알았지?"라고 쏘아 붙인다. 여주인은 "그게, 요즘, 그 애들이 워낙에 설치고 다녀서…"라며 말끝을 흐린다. 나머지 건달들은 집기를 부수고 있다. 솔은 아랑곳하지 않고 소주를 마시며 우동을 먹는다. 여주인의 말에 건달 5는 "그럼, 우리는 호구*가?"라고 되받아친다. 여주인은 "그런 게 아니라. 이러지들 말고."라고 애원하며 건달들을 달랜다. 이때 집기를 부수던 건달 1이 음식을 먹고 있는 솔을 발견한다. 그는 솔을 보며 "저건 뭐시여?"라고 소리치며 솔에게 다가선다. 무심한 척 우동을 먹는 솔. 그런 솔을 향해 건달 1은 "아야! 안 꺼지냐, 이?"라고 소리친다. 솔은 우동그릇을 들고 국물을 후루룩 마셔가며 말없이 건달 1의 오른편으로 몸을 돌려 피한다. 이런 솔의 모습에 건달 1은 "이것이 돌았나?"라고 말하며 솔이 앉아 있는 테이블을 양손으로 잡고 뒤집어 버린다. 건달 1을 째려보는 솔에게 건달 1은 "우짤라고?"라고 묻는다. 솔의 발치에 놓여 있는 세차 도구가 담긴 양동이를 흘깃 보는 건달 1은 "이건 또 뭐시여?"라고 말하며 발로 걷어차 버린다. 건달 1의 발길질에 양동이는 깨지고 그 안에 담겨 있던 세차 도구는 공중으로 솟아오른다. 세차 도구가 망가진 것을 본 후 화가 난 솔은 건달 1을 향해 "나 좀 놔두라고!"라고 외치며 그의 턱을 향해 주먹을 휘두른다. 건달 1의 얼굴에 적중**한 솔의 주먹, 건달 1은 그대로 땅바닥에 쓰러진다. 집기를 부수고 있던 나머지 건달들이 화들짝 놀라 솔과 바닥에 쓰러져 있는 건달 1을 번갈아 쳐다본다. 건달 2가 솔을 향해 "어쭈!"라고 외치며 주먹을 쥐고 다가가고 나머지 건달 3, 4, 5는 쓰러져 있는 의자

---

*   호구 : 어수룩하여 이용하기 좋은 사람을 비유적으로 이르는 말.
**   적중(的中) : 목표에 어김없이 들어맞음.

를 들거나 빈 술병을 주위들어 땅에 내려쳐 깨어 들고 솔에게 다가선다. 솔과 건달들의 싸움이 시작된다. 건달 3은 의자를 들어 솔에게 던지고는 달려든다. 솔은 달려드는 그의 턱에 주먹을 꽂아 넣는다. 건달 3은 "악!" 하는 비명을 내지르며 쓰러진다. 곁에 있던 건달 4가 깨진 유리병을 휘두르며 솔에게 달려든다. 깨진 유리병은 솔의 왼쪽 팔을 스치고 지나간다. 솔의 팔에서 피가 솟아올라 옷이 피로 물든다. 건달 4는 다시 자세를 잡으며 깨진 유리병을 휘두른다. 옆으로 비켜서는 솔에게 건달 5가 달려든다. 주먹으로 솔의 턱을 가격하는 건달 5는 쓰러지는 솔을 밟아대기 시작한다. 곁에 있던 건달 4도 합세해 솔을 짓밟는다. "악, 악!" 하고 비명을 지르던 솔은 맞아가며 겨우 일어선다. 그리고는 건달 4의 턱에 발차기를 집어넣는다. 건달 4는 쓰러지고 이를 지켜보며 곁에 서 있던 건달 5는 화들짝 놀란다. 놀라 주춤거리는 건달 5에게 빠르게 달려드는 솔은 그의 턱을 팔꿈치로 가격한다. 건달 5는 힘없이 주저앉아 기절한다. 숨을 고르는 솔은 옆에서 당황스런 표정으로 쳐다보고 있던 포장마차 여주인을 향해 "얼마예요?"라고 물으며 주머니를 뒤적인다. 여주인은 얼굴과 옷가지가 엉망이 된 솔을 보며 고개를 좌우로 내젓고 "그냥, 가. 어서 가!"라고 얘기한다.

밤, 거상파 아지트* 건물. 건물 지하에는 룸살롱, 1층에는 헌팅(hunting) 포차, 2층에는 마사지숍(massage shop), 3, 4층은 모텔(motel) 등으로 구성된 건물이다. 5층의 오야지의 사무실. 오야지가

---

* 아지트(agitpunkt) : 러시아어, 어떤 사람들이 자주 어울려 모이는 장소.

책상 의자에 앉아 있고 세컨드가 옆에 서 있다. 이들 앞으로 솔과 싸움을 벌였던 건달 1, 2, 3, 4, 5가 엉망이 된 얼굴로 열중쉬어 자세로 정렬해 있다. 오야지는 "잘덜 허고 댕기는구마, 이! 뭐시여, 시방*? 고삐리** 한 놈한테 다섯 놈이 당한 것이여?"라고 묻는다. 건달 1, 2, 3, 4, 5는 말없이 고개를 푹 숙인다. 오야지는 "느그들이 그라고 댕기니께, 우덜***이 용팔이 애덜한테 잠기는 것 아니여, 이?"라고 면박을 준다. 건달 1, 2, 3, 4, 5는 동시에 "면목**** 없습니다요. 성님*****!"이라고 대답한다. 오야지는 곁에 서 있는 세컨드를 흘깃 보며 "아야, 애기덜 조져버린 금마 상판대기****** 좀 보자, 이!"라고 얘기한다. 세컨드는 상체를 45도 정도 숙이며 오야지를 향해 "알겠습니다요, 성님!"이라고 힘주어 대답한다.

　다음날 새벽. 솔이 세차 아르바이트를 하는 아파트단지. 솔이 주차된 차 곁에서 양동이에 물을 받아놓고 걸레에 물을 축여가며 열심히 차를 닦고 있다. 이때, 세컨드를 중심으로 열 명가량의 건달들이 솔에게 다가온다. 건달 무리들은 한 손에 야구방망이, 쇠파이프, 각목 등을 들고 있다. 건달 무리를 발견한 솔은 손에 쥐고 있던 걸레를 버리고 두어 걸음 뒷걸음질친다. 그를 본 세컨드는 "아가야! 같이 좀 가

---

*　　　시방 : 말하는 바로 이때.
**　　고삐리 : 고등학교 학생을 비하하는 말.
***　　우덜 : '우리들'의 전라도 사투리.
****　면목없다 : 부끄러워서 남을 볼 낯이 없다.
*****　성님 : '형님'의 사투리.
******　상판대기 : '얼굴'을 속되게 이르는 말.

자!"라고 말한다. 세컨드의 말이 끝나기가 무섭게 솔은 뒤돌아서서 뛰어 달아난다. 세컨드는 양옆으로 늘어선 건달들을 흘깃 보며 "뭐해!?"라고 내뱉는다. 열 명가량의 건달들이 "잡아!"를 외치며 일제히 솔을 쫓아가기 시작한다. 달아나는 솔을 가져간 흉기로 가격하는 건달들, 솔은 반항하며 맞서지만 수적 열세에 밀린다. 얻어맞아 가면서도 열심히 도망가는 솔, 삼거리에 다다른다. 전속력으로 달아나는 솔을 건달들은 두 패로 나뉘어 쫓는다. 잠시 후, 두 패로 나뉜 건달들에게 솔은 포위된다. 순순히 항복하지 않고 달려드는 솔을 건달들은 사정없이 두들겨 팬다. 솔의 얼굴과 몸, 옷가지는 만신창이*가 된다. 솔의 양팔을 휘어감은 건달들은 세컨드가 서 있는 곳으로 걸어온다. 세컨드는 몸과 얼굴이 엉망이 되어 지쳐 있는 솔을 보며 "인마, 형이 말로 할 때 왔으면 안 아프잖아!"라고 말하며 낄낄거리고 웃는다. 세컨드는 이어 건달들을 둘러보고 "가자!"라고 짧게 내뱉으며 돌아서 앞장서 걸어간다. 솔의 양팔을 잡고 있던 건달 두 명과 나머지 건달들이 세컨드의 뒤를 따라간다. 솔은 양팔이 잡힌 상태로 질질 끌려간다.

오전, 아지트 건물 지하주차장. 거상과 오야지가 쿠션(cushion)이 빵빵한 의자에 앉아 담배를 태우고 있고 양옆으로 건달들 수십 명이 정렬해 있다. 잠시 후, 세컨드 일행이 주차장으로 들어선다. 세컨드를 발견한 오야지는 "왔는가?"라고 말하며 웃음으로 반겨준다. 세컨드는 고개 숙여 목례를 하고 오야지 곁으로 다가가 선다. 부축하는 듯 솔의

---

* 만신창이(滿身瘡痍) : 온몸이 상처투성이가 됨.

양팔을 붙잡은 건달들이 들어온다. 이들은 오야지 앞에 솥을 무릎 꿇인 상태로 앉힌다. 오야지는 솥을 지그시 바라보며 "앗따*, 자슥**! 민중***에 잉크도 안 말랐것다, 잉?"이라고 얘기한다. 옆에 있던 건달 1이 웃으며 가소롭다는 듯한 말투로 "참말로 성님도, 민증은 플라스틱(plastic)으로 코팅(coating)되어 나옵니다요!"라고 얘기한다. 싱글벙글 웃고 있는 건달 1을 흘깃 보는 오야지는 "어메****, 자슥 박식*****해서 좋것다! 잉?"이라며 면박을 준다. 오야지의 박식이라는 말에 건달 1은 한층 더 기분이 좋아진 듯, 생글생글 웃으며 "객관적 사실입니다요, 성님!"이라고 힘주어 대답한다. 건달 1의 말에 당황하는 오야지와 다른 건달들. 오야지는 건달 1을 흘깃 본 후 "얼라******? 자는 저 요사시런****** 주뎅이********가 문제여!"라고 얘기하며 주위 건달들을 둘러본다. 이어 오야지는 곁에 서 있는 세컨드를 보고 "컨드야, 자를 우째야쓰까잉?"이라고 묻는다. 세컨드가 곁에 있던 건달들에게 눈짓을 하자 세 명의 건달이 건달 1을 끌고 나간다. 건달 1은 끌려 나가며 "허메! 이건 아니지라, 잉!"이라고 오야지를 향해 얘기한다. 오야지는 반

---

*   앗따 : 아따의 격음화. 감탄사. 무엇이 몹시 심하거나 하여 못마땅해서 빈정거릴 때 가볍게 내는 소리. 전라도 사투리.
**   자슥 : '자식'의 전라도 방언.
***   민증 : 주민등록증의 준말.
****   어메 : 감탄사. '어머'의 전라도 방언.
*****   박식(博識) : 학식이 많음. 견문이 넓어 아는 것이 많음.
****** 얼라 : 놀라거나 당황하거나 초조하거나 다급할 때 나오는 소리.
******* 요사시런 : 요사스럽다. 요망하고 간사한 데가 있다.
******** 주뎅이 : 주둥이, 입의 방언.

응을 보이지 않는다. 잠시 후, 건달 1의 "으악!" 하는 비명소리가 들려온다. 오야지는 솔을 향해 "아야, 봤제? 나가 이런 사람이여! 주먹 쪼까* 쓰는 것 겉은디, 나랑 한솥밥 먹을랑가?"라고 물어본다. 솔은 오야지를 뚫어지게 쳐다본 후 "퇴!" 하고 침을 뱉는다. 솔의 행동에 오야지는 "아따, 아가 깡다구**가 참 솔찬허네***, 이! 소싯적**** 나를 보는 것 같구만!"이라고 얘기한다. 오야지의 말이 끝나자마자 솔의 곁에 서 있던 건달 두 명이 솔을 사정없이 때린다. 이들을 멈춰 세우는 오야지는 "스탑(stop), 스탑! 시신 될 몸뎅이*****에 생체기****** 내지 말드라고!"라고 말한다. 오야지는 비열하게 웃으며 세컨드를 보고 "발뒤꿈치 씸줄******* 하나 끊어 불고 내놓으면 안 뒈지것냐********, 잉?"이라고 얘기한다. 그의 말에 건달 2가 사시미*********를 들고 나타난다. 건달 2에게서 사시미를 받아든 세컨드는 험상궂은 얼굴로 꿇어 앉아 있는 솔에게 다가간다. 솔의 양옆에 서 있던 건달들이 솔의 상체를 뒤로 젖히며 앉은 자세로 자세를 고정시킨다. 세컨드가 달려들어 솔의 오른 다리

---

* 쪼까 : 조금의 전라도 방언.

** 깡다구 : 악착같이 버티어 나가는 오기를 속되게 이르는 말.

*** 솔찬허네 : 솔찬하다. 꽤 많다. 전라도 지역 사투리.

**** 소싯적 : 소시(少時)란 한자와 적이란 한글이 합성된 단어. 젊었을 때.

***** 몸뎅이 : '몸뚱이'의 전남 방언. 몸.

****** 생채기 : 손톱 따위로 할퀴거나 긁히어서 생긴 작은 상처.

******* 씸줄 : 뼈에서 볼 수 있는 것같이 움직일 수 있는 구조로 된 근육을 연결하는 흰 섬유의 띠 또는 끈. 힘줄.

******** 뒈지다 : 죽다라는 뜻의 말을 속되게 이르는 것.

********* 사시미 : 생선회를 뜰 때 사용하는 날카로운 칼.

발목을 왼손으로 잡고 오른손으로 사시미를 쥐고 솔의 오른쪽 발목으로 들이댄다. 당황하며 겁에 질린 솔은 "잠깐, 잠깐, 잠깐!"이라고 외치고 세컨드는 그런 솔을 흘깃 본 후 비열한 웃음을 흘린다. 이내, 솔의 오른쪽 발목 가까이 사시미를 들이대는 세컨드에게 솔은 "사, 살려주세요!"라고 외친다. 이 말을 들은 오야지는 세컨드를 향해 "컨드야, 아가 할 말 있는 갑다, 잉!"이라며 세컨드의 행동을 저지한다. 세컨드는 솔의 오른쪽 발목으로 가져간 사시미를 든 오른팔에 힘을 빼고 오야지를 바라본다. 솔은 오야지를 향해 "시키는 대로 다 할게요!"라고 얘기한다. 오야지는 세컨드에게 고갯짓으로 솔을 가리키고 어깨에 힘을 주어 양팔을 가슴 높이까지 들어 올리며 "컨드야, 뉴-페이스(new-face) OJT* 잘 시켜 보드라고!"라고 얘기한다. 말을 마친 오야지는 의자에서 일어나 만족한 웃음을 띠며 사라진다. 오야지를 중심으로 양쪽으로 정렬해 있던 건달들은 입으로 'OJT'를 읊어대며 스마트폰으로 'OJT'란 단어를 검색하기 시작한다. 세컨드는 사라지는 오야지를 보며 멍청한 표정으로 눈만 깜박인다. 솔은 숨을 고르며 세컨드를 쳐다본다.

---

*   OJT : On the Job Training. 직장 내 교육훈련.

08

루나의 홀로서기

　에델마을 건물 밖 입구. 보모와 아이들 서너 명이 서 있다. 건물 밖으로 서서히 걸어 나오는 루나는 이들과 작별인사를 나눈다. 보모는 루나에게 "내 품에 안기던 날이 엊그제 같은데, 네가 벌써 퇴소할 나이라니 믿기지가 않는다. 얘!"라고 말한다. 루나는 웃으며 "그러게요. 하는 것 없이 나이만 먹는 것 같아요."라고 대답한다. 보모의 곁에 서 있던 여자아이 1이 코를 훌쩍이고 눈물을 팔뚝으로 닦아내며 루나에게 "언니, 언제 올 거야?"라고 묻는다. 루나는 여자아이 1에게 다가가 쪼그려 앉아서 눈을 맞추고 머리를 쓰다듬으며 "언니, 멀리 안 가! 옆 동네 살 거야. 자주 놀러 올께!"라고 말하며 달랜다. 이 말에 여자아이 1이 코를 훌쩍이며 고개를 끄덕인다. 이때, 같은 반 친구 동기 1의 목소리가 들려온다. 동기 1은 "루나야!" 하고 부르며 작별인사 중인 이들에게 다가간다. 보모는 그때서야 아이들을 둘러보며 "자, 이제 언니

보내줘야지!"라고 타이른다. 곁에 선 동기 1은 "짐 다 쌌어?"라고 루나에게 물어본다. 루나는 활짝 웃으며 고개를 끄덕인다. 동기 1은 루나에게 다가서며 "차는?" 하고 묻는다. 루나는 웃는 얼굴로 고개를 까딱거리며 에델마을 건물 앞 도로 한켠에 놓여 있는 리어카*(rear car)를 가리킨다. 리어카에는 쌀(20kg) 두 포대, 김치가 들어 있는 대형 김치통 두 개, 냄비 여러 개, 프라이팬, 30개 들이 날계란 한 판, 라면 한 박스, 전기밥솥, 여행용 대형 캐리어(career) 두어 개, 고등학교 3학년 교과서들, 이불 두어 채, 9급 경찰공무원 필기시험을 위한 책들 등이 실려 있고, 노끈으로 단단하게 리어카에 고정되어 있다. 동기 1은 리어카를 보고 놀라서 눈이 커지며 "카(car)는 카네, 리어, 카!"라고 혼잣말을 한다. 루나는 보모와 아이들을 둘러보며 "얘들아! 놀러 올께!"란 말을 남기고 보모를 향해 고개를 살짝 숙여 인사를 한다. 그리고 리어카 앞으로 걸어가 손잡이 안으로 들어서며 끌고 갈 준비를 한다. 멀뚱멀뚱 서 있던 동기 1을 향해 루나는 "뭐해!? 밀어!"라고 외친다. 떨떠름한 표정의 동기 1은 "어? 어, 어."라고 대답하며 리어카 뒷부분에 양손을 올리고 밀기 시작한다. 리어카를 끌고 밀며 사라지는 루나와 동기 1을 보며 에델마을 보모와 아이들은 손을 흔든다.

차가 간간이 오가는 도로. 리어카를 끌고 미는 루나와 동기 1이 나타난다. 언덕길이 시작되는 삼거리에 다다르자 루나가 갑자기 걸음을 멈추고 리어카 손잡이를 내려놓는다. 루나의 행동이 당황스러운 동기

---

* 　리어카(rear car) : 자전거 뒤에 달거나 사람이 끄는 바퀴가 둘 달린 작은 수레.

1은 궁금한 표정으로 "왜? 다 왔어?"라고 루나에게 묻는다. 루나는 "아니! 30분만 더 가면 돼!"라고 대답한다. 동기 1은 루나에게 "그럼, 얼른 가지 왜?"라고 묻는다. 루나는 짜증 섞인 목소리로 동기 1에게 "너도 참. 양심 좀 있어봐라! 한 시간 이상 내가 끌고 왔는데, 이제 바톤-터치(baton-touch)해야 하지 않겠어?"라고 면박을 준다. 동기 1은 못마땅한 표정으로 루나에게 "교대하자고?"라고 묻는다. 루나는 양팔을 들어 팔짱을 끼며 무표정한 얼굴로 고개를 끄덕인다. 살짝 인상 쓰며 루나가 서 있는 리어카 앞으로 걸어오는 동기 1은 마지못해 한다는 투로 "그, 으, 래, 에."라고 대답한다. 동기 1이 리어카 앞에 서서 손잡이를 잡고 리어카를 끌고 가려 하자 루나는 "잠깐!"이라 외치며 리어카를 세운다. 궁금하다는 표정의 동기 1은 눈을 깜박이며 루나를 쳐다본다. 루나는 새침하게 "우회전!"이라고 내뱉는다. 루나의 말에 동기 1은 오른편으로 고개를 살짝 돌린다. 화들짝 놀라는 동기 1의 눈에는 경사도 45도 이상의 가파른 오르막길이 나타난다. 동기 1은 팔짱을 끼고 시치미 떼고 서 있는 루나를 향해 고개를 획 돌려 째려본다. 루나는 태연한 척 "가자!"라고 말하며 리어카 뒷부분으로 걸어가 양손을 리어카에 올리고 밀기 시작한다. 동기 1은 루나의 힘에 밀려 "어, 어, 어!"라고 신음소리를 내뱉으며 오르막길로 리어카를 끌고 올라간다.

루나의 새 보금자리 인근 오르막길. 리어카 앞에서 동기 1은 땅을 보며 고개와 허리를 푹 숙이고 비지땀을 흘리면서 리어카를 끌고 있다. 동기 1은 루나에게 "아직 멀었어?"라고 묻는다. 루나는 동기 1을 향해 "엄살은! 쫌만 더 가면 돼!"라고 대답한다. 잠시 후, 동기 1은 루나에게 "너, 힘줘서 밀고 있는 거지?"라고 물어본다. 리어카에서 손을 떼고 비스듬한 기마자세로 서서 공중에다가 팔을 휘젓다가 장풍*을 쏘는 듯한 자세를 취하는 루나는 "기**까지 팍팍 불어넣고 있어! 걱정 말고 가서!"라고 대답한다. 동기 1은 비지땀을 흘러가면서 리어카를 끌고 오르막길을 올라간다. 루나는 심각한 표정으로 계속 기를 불어 넣는 동작을 반복한다.

    루나의 새 보금자리 건물 앞. 서울 변두리 언덕배기 3층 다세대주택 옥상에 마련된 옥탑방. 3층 옥상 옥탑방 밖에는 널찍한 나무 평상이 놓여 있다. 숨을 헐떡이며 리어카 앞에서 리어카를 끌고 있는 동기 1, 루나는 리어카 뒤편에서 장풍을 쏘는 듯한 자세를 취하며 천천히 나타난다. 마지막 장풍을 쏘는 듯, 루나는 몸동작을 크게 취한다. 장풍을 쏘고 나서 루나는 동기 1을 향해 "도착!"이라고 말한다. 탈진한 동기 1은 온몸이 땀으로 젖어 있다. 리어카 손잡이를 땅에 고정시키는 그녀, 심호흡을 하는 듯 한숨을 크게 "휴~" 하고 내어 쉬며 땅에 주저앉는다. 루나는 가벼운 발걸음으로 살랑살랑 걸어 리어카에 다가가 쌓여 있는 짐 속에서 30구 들이 날계란 한 판을 꺼내든다. 루나는 콧노래를 부르며 리듬을 타는 듯한 발걸음으로 계단을 이용해 옥상으로 올라간다. 옥상으로 올라가는 계단 중간에 서서 주저앉아 고개를 푹 숙이고 숨을 고르고 있는 동기 1에게 루나는 "음, 우선 중요한 쌀포

---

*   장풍 : 장풍(掌風)은 무술에서 손바닥으로 일으키는 바람을 뜻한다.
**   기(氣) : 활동하는 힘. 또는 뻗어 나가는 기운.

대 먼저 옮기자!"라고 얘기한다. 동기 1은 땅바닥에 앉아 고개를 푹 숙이고 숨을 고르며 계단 위 루나를 쳐다보지도 않고 힘없이 고개를 끄덕인다. 루나가 3층 옥상에 도착하고 동기 1은 쌀포대 하나를 등에 짊어지고 고개와 허리를 푹 숙인 채로 힘겹게 한 걸음 한 걸음 계단을 올라간다. 옥탑방 앞 옥상에 놓인 널찍한 평상에 쌀포대를 내려놓는 동기 1, 평상에 드러누워 "헉, 헉!" 하고 숨을 헐떡인다. 이때 루나의 목소리가 들려온다. 루나는 "와! 가구가 먼저 왔어! 침대랑 책상 놓고도 자리가 남아!"라고 얘기한다. 루나의 목소리에 평상에 누워 쉬던 동기 1은 낑낑거리며 옆으로 몸을 굴려서 힘겹게 일어나서 방 안으로 들어간다. 만족한 표정으로 방 안을 둘러보는 루나와 동기 1. 동기 1은 루나에게 "와! 생각보다 좋다!"라고 얘기한다. 신발을 벗고 방 안으로 천천히 들어서는 루나는 방 가운데 서서 천천히 한 바퀴 돌며 구석구석 살펴본다. 이내, 루나는 동기 1을 보며 "얼른 짐 나르고 저녁 먹자!"라고 얘기한다. 부지런히 리어카 위의 짐을 나르며 정리하는 루나와 동기 1의 모습. 잠시 후, "식사, 왔심더!" 하는 경상도 출신 철가방*의 목소리가 들려온다. 얼굴에 화색**이 도는 루나와 동기 1은 잠시 마주 본다. 루나는 바로 "네!"라고 대답하고 둘은 누가 먼저랄 것도 없이 서둘러 방 밖으로 나간다. 평상 위에 상을 펴는 동기 1, 철가방은 평상 위에 짜장면 두 그릇, 탕수육 한 접시, 서비스 튀김만두 한 접시, 단무지

---

* 　　철가방 : 중국음식점 배달사원을 이르는 은어.
** 　화색 : 화색(和色), 얼굴에 드러난 온화하고 환한 빛.

와 양파 그리고 춘장이 담긴 접시 등을 내려놓는다. 배달통 안을 살피던 철가방의 눈이 커진다. 철가방은 고개를 들고 곁에서 계산하기 위해 지갑을 들고 서 있는 루나와 평상 위에 앉아 음식을 상 위로 올리는 동기 1을 번갈아 살펴본다. 이어 철가방은 배달통 안에서 배갈(고량주) 세 병을 꺼내 평상 위에 올려놓는다. 술을 올려놓으며 철가방은 루나에게 "혹시, 고딩* 아인교?"라고 묻는다. 루나는 철가방의 질문에 대답하지 않고 "어우, 이 동네는 배달이 왜 이렇게 늦어!?"라고 투덜거린다. 철가방은 루나의 반응에 콧방귀를 뀌며 "헛, 참. 하여간에 얌전한 고양이가 부뚜막에 먼저 올라간다**고. 쯧쯧!"이라고 혼잣말을 한다. 철가방의 혀 차는 소리에도 아랑곳하지 않은 루나는 지갑에서 돈을 꺼내 건넨다. 철가방은 돈을 받아 주머니에 넣으며 가소롭다는 듯이 "딸래미***들이 고딩부터 이라니 조국이 우예**** 돌아가긋노? 으이?"라고 혼잣말을 하며 사라진다. 동기 1은 계단을 내려가는 철가방의 뒤에다 대고 들릴 듯 말 듯한 목소리로 "애국자 나셨네, 애국자 나셨어!"라고 말하며 입을 삐죽거린다. 이때, 사기로 된 소주잔 두 개를 들고 나타난 루나는 "먹자!"라고 말하며 평상에 앉는다. 잔 하나는 동기 1의 앞 상 위에, 하나는 자신이 앉은 자리 상 위에 올려놓는다. 루나와 동기 1은 포장된 음식 비닐을 벗기며 신이 나 있다. 동기 1은 루나에

---

* 　　고딩 : 고등학교 학생을 가리키는 은어.
** 　　얌전한 고양이가 부뚜막에 먼저 올라간다 : 겉으로는 얌전하고 아무것도 못할 것처럼 보이는 사람이 딴짓을 하거나 자기 실속은 다 차린다는 의미의 속담.
*** 　　딸래미 : 딸내미. '딸'을 귀엽게 일컫는 말.
**** 　　우예 : '어찌'의 경상도 방언.

게 배갈을 고갯짓으로 가리키며 "이거, 독한 거지?"라고 묻는다. 루나는 동기 1을 보며 살짝 웃고는 배갈 한 병을 들어 마개를 돌려 딴다. 이어 동기 1에게 "소주는 무한정 계속 들어가서. 강한 걸로."라고 말하며 키득거리고 웃는다. 동기 1은 잔을 루나에게 들이밀며 "짠순이*! 술값 아끼는 거구나?"라고 말하며 눈을 흘긴다. 루나는 동기 1의 잔에 술을 채우며 "계집애! 눈치는 100단이에요! 근데 이거 마셔봤어?"라고 웃으며 묻는다. 배갈 병을 받아 쥐는 동기 1은 루나의 잔을 채워주며 "아니, 처음!"이라 말하고 배갈 병을 상 위에 내려놓는다. 루나는 배갈이 가득 담긴 술잔을 허공 높이 들어 올리며 "나의 홀로서기를 위해!"라고 말한다. 이어, 동기 1은 "3개월 후에 있을 경찰시험 합격을 기원하며!"라고 말하며 술이 가득 채워진 술잔을 허공 높이 들어 올린다. 둘은 동시에 "건배!"라고 합창한 후 잔을 부딪치고 "원샷**!"을 외친다. 루나와 동기 1은 입으로 술잔을 가져가 한 번에 비워버린다. 루나는 "캬~" 하고 신음소리를 내며 잔을 상 위에 내려놓고 젓가락으로 탕수육을 집어 먹는다. 동기 1은 잔을 상 위에 올려놓음과 동시에 눈이 풀린다. 동기 1은 상체를 전후좌우***로 빙글빙글 돌리다가 이내 상 위로 얼굴을 쿵 소리가 나도록 묻으며 기절한다. 이 모습을 지켜보던 루나는 기절한 동기 1을 보고 눈만 깜박인다. 잠시 후, 동기 1을 보며 한숨을 길게 "휴~" 하고 내어 쉬는 루나는 배갈 병을 들어 자신의 잔을 채

---

* 짠순이 : 돈을 안 쓰는 여성을 가리키는 은어. 남자는 짠돌이.
** 원샷(one shot) : 술이나 음료 따위의 한 잔을 한 번에 모두 마셔서 비움.
*** 전후좌우 : 전후좌우(前後左右). 앞과 뒤, 왼쪽과 오른쪽. 곧, 사방.

우고 바로 들어 마신다. 이번에도 "캬~" 하고 신음소리를 내어 뱉은 후 젓가락으로 탕수육을 집을 수 있을 만큼 집어 올려 입 안에 넣고 우걱우걱* 씹어 먹는다.

---

* 우걱우걱 : 음식 따위를 입 안에 가득 넣으면서 자꾸 거칠고 급하게 먹는 모양.

09

솔의 건달생활

"가자!"라고 외치는 세컨드의 우렁찬 음성이 들려온다. 이어, 건달 1은 "어디 말이다요? 성님!"이라 묻는다. 앞서 걷는 세컨드의 뒤로 건달 1, 2, 3, 4, 5 등이 쇠파이프와 야구방망이 등을 들고 뒤따른다. 솔은 맨 뒤에서 야구방망이를 들고 느릿느릿한 걸음걸이로 뒤따라간다. 건달 1의 질문에 세컨드는 그를 향해 "용팔이 애들이 나와바리* 치고 들어왔는데 가만 있으면 안 되지."라고 대답한다. 건달 1은 고개를 끄덕이며 따르는 건달 무리를 살펴본 후 세컨드를 보며 "쪽수가 부족합니다요, 성님!"이라고 얘기한다. 이에 세컨드는 "오늘은 맛보기만 보여준다!"라고 말하며 앞서 걸어간다.

일원동 소재 대형 고급 중국음식점 앞. 식당 앞에 다다른 세컨드

---

*   나와바리 : 세력권이라는 뜻이 일본어. 한국에서도 널리 사용되는 외래어이다. '자신의 구역을 설정하다'라는 뜻의 속어. 한마디로 영역 표시와 비슷하다고 생각하면 된다.

일행. 세컨드는 꼬붕들에게 "시작하자!"라고 나지막이 얘기한다. 그의 말이 끝나기가 무섭게 세컨드와 솔을 제외한 건달들이 식당 안으로 들어서며 손에 쥐고 있는 둔기를 휘두르기 시작한다. 안에 있던 손님들은 소리를 지르며 식당 밖으로 도망쳐 뛰어나간다. 두 손으로 야구방망이를 쥐고 엉거주춤한 자세로 서서 두 다리를 덜덜 떨며 서 있는 솔의 모습을 세컨드가 발견한다. 세컨드는 솔에게 다가가 "이게 미쳤나!?"라고 내뱉으며 손바닥으로 그의 뺨을 가격한다. 솔은 당황스런 표정으로 세컨드를 바라본다. 세컨드는 솔에게 "살고 싶으면 부셔! 안 그러면 넌 내 손에 죽어!"라고 얘기하며 솔을 무자비하게 폭행한다. 자세를 웅크리고 "헉! 헉!" 비명을 지르며 맞고만 있던 솔은 벽에 기대어 숨을 몰아쉬다가 큰 목소리로 "놔봐!"라고 소리친다. 세컨드와 건달들이 놀라 잠시 솔을 쳐다본다. 솔은 손에 들고 있던 야구방망이를 휘두르기 시작한다. 유리문, 계산대, 주방 등 이곳저곳 뛰어다니며 마구 부순다. 솔은 자신의 행동을 말리려 달려드는 음식점 사장을 발로 걷어차고 짓밟으며 음식점 안을 마구 부순다. 이런 솔의 모습에 세컨드는 만족한 웃음을 흘린다. 한참을 부수고 식당 안이 난장판이 되어서야 세컨드는 꼬붕들에게 "오늘은 여기까지!"라고 말하고 돌아서 나간다. 건달 1을 포함한 나머지 건달들이 행동을 멈추고 그를 따라 나가려 함에도 불구하고 솔은 음식점 안에서 야구방망이를 휘두르고 있다. "야, 야! 그만해!"라고 말하며 건달 2가 달려들어 솔을 말린다. 그 때서야 정신을 차린 솔은 고개를 좌우로 서너 번 내저은 후 건달 2를 바라본다. 건달 2는 솔에게 나가자는 듯 고갯짓을 한다. 건달 2와 솔은 세컨드를 따라 음식점 안을 벗어난다.

밤, 거상파 아지트 건물. 지하 1층 룸살롱* 안. 세컨드를 중심으로 낮에 음식점을 부순 건달 일행들이 앉아서 유흥**을 즐기고 있다. 건달 1은 '옆집 오빠'***란 노래를 열창하고 있다. 그의 노랫소리에 나머지 건달들은 일어나 춤을 춘다. 세컨드는 소파****에 양팔을 벌리고 기대어 앉아 있다. 소파 끝자락 한쪽 모서리에 솔이 고개를 푹 숙이고 앉아 있다. 세컨드는 솔을 흘깃 보며 "처음이 문제야! 앞으론 몸이 알아서 움직일 꺼다!"라고 얘기한다. 솔은 그의 말에 대답하지 않는다. 이때, 황 마담과 호스티스***** 네 명이 들어온다. 황 마담은 환하게 웃는 얼굴로 "오빠들 왔어!?"라고 말하며 세컨드 옆으로 가서 자리를 잡고 앉는다. 따라 들어온 호스티스들은 노래방 기기 앞에 일렬로 정렬해 선다. 황 마담은 정렬해 있는 호스티스들을 고갯짓으로 가리키며 "어제 면접 봤어! 오늘 개시!"라고 얘기한다. 황 마담의 말이 끝나기가 무섭게 세컨드와 솔을 제외한 건달들이 "우, 후!"라며 환호성을 지른다. 건달들은 자신의 옆자리에 호스티스들을 앉히려고 애를 쓴다. 옆자리에 호스티스들이 앉자마자 그녀들의 몸을 더듬기 시작하는 건달

---

* 　　룸살롱(room-salon) : 칸막이가 있는 방에서 양주, 맥주 따위의 술을 마시게 된 고급 술집.
** 　　유흥(遊興) : 흥겹게 놂.
*** 　　옆집 오빠 : 가수 장윤정의 2017년 발매한 트로트 노래인 '옆집 누나'란 노래를 2020년 가수 영탁이 개사해 부른 노래.
**** 　　소파(sofa) : 두 사람 이상이 앉게 된, 등받이와 팔걸이가 있는 긴 안락의자.
***** 　　호스티스(hostess) : 카페나 바 따위에서 술시중을 드는 여자.

들과는 달리 솔은 여전히 고개를 푹 숙이고 앉아 있다. 황 마담은 세컨드의 얼음이 담긴 온 더 락* 글라스에 술을 채워주며 "잘 지냈어? 우리 요즘 죽을 맛이야. 수금이 안 돼서. 오빠들이 힘 좀 써줘!"라고 부탁한다. 세컨드는 말이 없이 잔을 들어 술을 마시고 솔을 지그시 바라본다. 세컨드의 시선을 느낀 황 마담은 세컨드가 보고 있는 솔을 정감 어린 눈빛으로 지그시 바라본다.

며칠 후, 솔이 다녔던 고등학교 앞. 솔과 건달 1, 2가 나타난다. 건달 1의 손에는 카드 결제용 단말기가 들려 있고, 건달 2의 손에는 쇠파이프가 들려 있다. 교문 앞에서 잠시 학교 안을 바라보는 이들, 이내 안으로 들어선다. 바로 교내 주차장으로 향하는 솔의 일행. 주차장에는 승용차 서너 대가 주차되어 있다. 솔과 건달 1, 2는 임시번호판이 부착된 제네시스(Genesis) G80 차량으로 다가간다. 솔은 차량 본넷**에 기대어 앉는다. 솔을 중심으로 건달 1, 2는 좌우로 한 명씩 선다. 이들은 차량 범퍼***에 한쪽 발을 올리고 기대어 서서 담배를 태운다. 잠시 후, 학생주임이 나타난다. 자신의 차량에 모여 있는 솔 일행을 발견한 학생주임은 발걸음을 멈추고 서서 인상을 찌푸리며 그들을 바라본다. 이내 솔의 모습을 확인한 학생주임은 "저게, 근데!"라고 말하며 발걸음을 재촉해 다가간다. 솔 일행 앞에 선 학생주임은 "뭐야!

---

*　　온 더 락 글라스(on the rock glass) : 얼음과 함께 위스키를 즐기는 방법을 '온 더 록'이라 부른다. 돌과 같은 얼음에 위스키를 부어 마시는 방식.
**　　본넷(bonnet) : 자동차 엔진의 뚜껑.
***　　범퍼(bumper) : 자동차의 앞뒤에 달아놓아 사고가 났을 때 충격을 완화시키는 장치.

인마! 네가 여기 왜 와?"라고 소리치며 허리춤에 양손을 짚는다. 솔은 학생주임을 흘깃 보며 "황 마담, 몰라? 내놔!"라고 얘기한다. 당황하며 한 걸음 뒤로 물러서는 학주, 이내 자세를 낮추고 솔에게 "오늘은 안 돼. 다음에 와."라고 사정하는 듯 얘기한다. 학주의 말에 아랑곳하지 않는 솔은 건달 1, 2에게 고갯짓을 한다. 솔의 신호를 받은 건달 1은 발로 차량 범퍼를 찍어 내리려 하고, 건달 2는 쇠파이프로 차량 앞 유리를 내려치려 한다. 깜짝 놀란 학주는 솔에게 가까이 다가서며 "잠깐!"이라고 외친다. 학주의 반응에 행동을 멈추는 건달 1, 2는 학주와 솔을 번갈아 쳐다본다. 솔은 건달 1에게 고갯짓을 하고 건달 1은 비열하게 웃으며 카드결제 단말기를 들고 학주에게 다가선다. 건달 1은 학주에게 "지때지때* 지불하면 서로가 좋아불지!"라고 말하며 한 손 손바닥을 쫙 펴 들이민다. 학주는 한숨을 "휴~" 하고 내어 쉬며 바지 뒷주머니에서 지갑을 꺼내어 신용카드를 빼서 건달 1에게 건넨다. 학주는 카드를 건네며 건달 1의 귀에 대고 "6개월, 6개월!"이라 속삭인다. 이를 들은 솔은 "흥!" 하고 콧방귀를 뀌며 건달 2에게 고갯짓을 한다. 건달 2는 들고 있던 쇠파이프로 다시 한번 차 앞 유리를 내리치려 한다. 이 모습에 놀란 학주는 솔을 향해 "알았어! 맘대로 해! 맘대로!"라고 얘기한다. 건달 2는 행동을 멈추고 솔은 가소롭다는 듯 웃는다. 건달 1은 단말기로 카드결제를 하고 "영수증!"이라 말하며 영수증을 학주에게 건넨다. 똥 씹은 표정으로 영수증을 받아든 학주는 영수증을

---

*   지때지때 : 제때(알맞은 시기)의 사투리. 좋은 기회나 알맞은 시기.

손으로 구겨 바닥에 버린다. 그리고 차량 본넷에 기대어 앉아 있는 솔을 향해 "얼른 가! 끝났잖아!"라고 얘기한다. 건달 1, 2가 솔과 학주를 지나쳐 가려고 하고 솔은 학주를 째려본다. 그리고 솔은 학주를 향해 "목걸이?"라고 묻는다. 멈칫하는 학주는 지난날 솔의 목에서 떼어내어 교무실 바닥에 던져버린 목걸이를 떠올린다. 이내 웃는 얼굴로 "목걸이? 난 모르지. 미화 아주머니가 청소하면서 버렸겠지."라고 말끝을 흐린다. 솔은 고개를 푹 숙였다가 들면서 앞으로 나서며 건달 1, 2를 보고 "부숴버려!"라고 얘기한다. 솔의 말에 건달 1, 2는 한 치의 망설임도 없이 학주의 차량으로 다가가 부수기 시작한다. 건달 1은 발로 사이드미러를 걷어차고 범퍼를 발로 찍어 내린다. 건달 2는 쇠파이프로 차량 본넷과 앞 유리를 내리쳐 박살낸다. 학주는 망연자실*한 표정으로 이 광경을 바라보고만 서 있다.

---

*   망연자실(茫然自失) : 멍하니 정신이 나간 듯함.

10

루나의 경찰생활

  루나가 일하는 갈빗집. 서너 테이블을 차지하고 있는 손님들 사이로 루나가 홀 안을 분주히 오가며 일을 하고 있다. 루나는 이내 한 테이블에 가까이 다가서서 갈비를 굽고 자른다. 익은 갈비를 자르고 있을 때 동기 1에게서 전화가 걸려온다. 테이블 손님들한테 살짝 고개 숙여 목례를 하는 루나는 한켠으로 비켜서서 전화를 받는다. 루나는 "어! 웬일?"이라고 대답하고, 동기 1은 "웬일은 무슨. 뭐해?"라고 묻는다. 루나는 당연하다는 듯한 말투로 "고기 굽지 뭐!"라고 대답한다. 동기 1은 살짝 놀라며 "벌써? 낮술!?"이라고 묻는다. 루나는 기가 막힌다는 듯한 말투로 "얘는 누굴 중독자로 알아!?"라고 대답하고 동기 1과 함께 너털웃음을 흘린다. 이어, 루나는 동기 1에게 "대학생활은 할 만한가?"라고 묻고 동기 1은 "그냥, 그렇지 뭐! 지금 그게 중요한 게 아니잖아!"라고 대답한다. 동기 1의 말에 루나는 "그럼?"이라 되묻고, 동기

1은 "오늘 발표하는 날 아니야?"라고 물어본다. 루나는 "아! 맞다! 다섯 시!"라고 대답하며 갈빗집 벽에 걸려 있는 시계를 바라본다. 시계는 네 시 오십 분을 가리키고 있다. 동기 1은 "얼마 안 남았네? 자신 있어?"라고 묻고, 루나는 "몰라, 떨려 죽겠어!"라고 대답한다. 동기 1은 루나에게 "확인하고 나중에 전화 줘!"라고 말하며 전화를 끊는다. 통화를 마친 루나는 가게 안을 돌아다니며 다시 분주하게 일한다. 잠시 후, 갈빗집 벽시계가 다섯 시 반을 가리키고 있을 때, 루나는 흘깃 시계를 쳐다본다. 일손을 멈추는 루나는 홀 안 한켠에 서서 스마트폰을 꺼내어 든다. 사이버 경찰청에 접속하는 루나, 합격자 발표를 확인한다. 스마트폰을 들여다보고 있는 루나의 얼굴에 점점 웃음이 번지고 이내 활짝 웃는다. 루나는 양팔을 하늘 높이 쳐들고 "와! 해냈다!"라고 소리친다. 가게 안 손님들이 화들짝 놀라 루나를 쳐다본다. 9급 경찰공무원 공채시험 합격의 기쁨을 감추지 못하는 루나는 홀 안에서 춤을 춘다. 자신을 바라보고 있는 홀 안 손님들의 시선에도 아랑곳하지* 않고 루나는 계속 춤을 춘다.

　며칠 후, 강남구 일원지구대 건물 근처 거리. 경찰 정복**을 입은 루나가 손에는 플라스틱으로 된 각진 커다란 가방을 들고 힘차게 걷고 있다. 일원지구대 건물 앞에서 걸음을 멈추는 루나, 건물을 잠시 바라보다가 안으로 들어간다. 지구대 안에는 박 경감, 최 경위, 강 경

---

*　아랑곳하지 않다 : 일에 나서서 참견하거나 관심을 두지 않는다는 뜻. 어떤 일에 마음을 두지 않는다는 뜻.
**　정복(正服) : 의식 때에 입는 정식의 복장.

사, 오 경장 등이 이곳저곳에 나뉘어 앉아 개인 업무를 보고 있다. 안으로 들어서는 루나는 큰 목소리로 "안녕하세요?"라고 인사를 한다. 들어서는 그녀에게 지구대 안 사람들의 시선이 쏠린다. 누군지 알았다는 듯한 표정으로 환하게 루나를 맞이하는 지구대 사람들. 오 경장이 먼저 일어서며 루나를 향해 "어! 신입이! 벌써 왔어?"라고 인사를 건넨다. 루나는 살짝 목례를 하고 안으로 들어서며 손에 들고 있던 가방을 바닥에 내려놓는다. 루나의 가방을 뚫어지게 쳐다보던 강 경사는 자리에서 일어서며 "그 올드(old)한 가방은 어디서 구했나? 드자인(design)이 영."이라 말한다. 강 경사의 말에 루나는 엷은 미소를 띠며 "의상하고 어울릴 것 같아서, 시장에서…"라고 말끝을 흐린다. 강 경사는 "요새 우리 그런 거 안 들어!"라고 말하고 지구대 안 사람들은 키득거리며 웃는다. 웃음을 멈춘 최 경위가 루나에게 가까이 다가서며 "그래, 첫날이니까 전입신고는 해야지?"라고 얘기한다. 이어 최 경위는 한 손을 들어 루나 쪽으로 걸어 나오는 박 경감을 가리키며 "지구대장 박 경감님이셔!"라고 소개한다. 루나는 미소 띤 얼굴로 박 경감을 바라본다. 루나 앞에 자세를 잡으며 바로 서는 박 경감을 향해 루나는 거수경례를 하며 전입신고를 한다. 루나는 "충성! 신고합니다! 순경 이루나는 2025년 3월 15일부로 강남구 일원지구대에 전입을 명 받았습니다. 이에 신고합니다! 충성!"이라고 큰소리로 외친다. 루나의 전입신고를 받은 박 경감은 "충성!" 하고 거수경례로 그녀를 맞이한다. 박 경감은 루나에게 손을 내밀어 악수를 권하며 "앞으로 열심히 해보게!"라고 말한다. 루나는 박 경감의 손을 잡으며 "잘 부탁드립니다! 최

선을 다하겠습니다!"라고 큰 목소리로 대답한다.

　며칠 후, 야간 당직 근무날. 지구대 안에 바로 위 고참*인 오 경장과 루나가 각각 따로 떨어져 앉아 있다. 오 경장은 신문을 뒤적이며 앉아 있고, 루나는 스마트폰을 보며 시간을 보내고 있다. 손목시계를 들여다보는 오 경장은 "어! 벌써 시간이 이렇게 됐네!?"라고 말한다. 그의 말에 루나는 오 경장을 쳐다본다. 오 경장은 신문을 접어 책상 위에 올려놓고 일어서서 기지개를 펴며 "슬슬 순찰이나 돌아보자고!"라고 루나에게 얘기한다. 가볍게 웃는 루나는 책상 위에 놓여 있던 랜턴**(lantern)을 들고 앞서 지구대 밖으로 길을 나서는 오 경장을 따라 나선다.

　지구대 인근 유흥가 거리. 오 경장과 루나가 나란히 길을 걷고 있다. 오 경장은 루나를 보며 "동네 참 조용해. 사람 살기 좋은 곳이지."라고 말문을 연다. 루나가 가볍게 "네, 에."라고 대답하자 오 경장은 이어 "그래도 어디 가나 골칫거리는 있잖아?"라고 얘기한다. 궁금한 표정의 루나가 말없이 오 경장을 쳐다본다. 오 경장은 "강남 일대 유흥가에 두 개의 폭력조직이 존재하고 있다는 게 골칫거리야."라고 말을 이어간다. 루나는 "폭력조직이요?"라고 궁금한 듯 물어본다. 오 경장은 신이 난 표정으로 "어! 오래전부터 여기에다가 터를 닦은 전라도 출신 두목의 거상파란 조직이 있고."라고 얘기한 후 잠시 쉰다. 루나

---

*　　　고참(古參) : 한 직장이나 직위에 오래 머물러 있는 사람. 선임(先任). 선임자.
**　　랜턴(lantern) : 손에 들고 다니는 등(燈). 각등(角燈).

는 오 경장을 재촉하는 듯한 표정으로 눈을 깜박이며 바라본다. 이어서 오 경장은 "또 하나는 신흥* 조직인데, 두목이 연변 출신 조선족 2세로 흑사파에 잠시 몸담았다가 조직이 와해**되면서 새로이 이곳에다가 자리를 잡고 결성된 용팔이파란 조직!"이라고 루나에게 얘기해 준다. 오 경장의 말에 루나는 콧방귀를 뀌듯 웃으며 "헛! 용팔이가 뭐래요?"라고 묻는다. 오 경장은 가볍게 따라 웃은 후 루나를 보며 "아마도 우두머리 이름이 용팔이라지."라고 대답한다. 연이어 오 경장은 진지한 표정으로 "머리 아픈 건 용팔이 애들이지. 조직원들이 한국계, 중국계 모두 모여 있는데 잔인한 정도가 타의 추종***을 불허한다****는 소문이 있어! 아마도 과거 흑사파는 저리 가라 할 정도라지!"라고 설명해 준다. 얘기를 나누며 거닐던 오 경장과 루나, 한 건물 옆 으슥한 공간을 스치고 지나간다. 이때, 오른편으로 고개를 돌리던 루나의 눈에 교복을 입은 고등학생들, 천 의원 아들과 차 변호사 아들 등 두 명이 쪼그리고 앉아 키득거리며 담배를 맛있게 태우고 있는 모습이 들어온다. 랜턴을 천 의원 아들과 차 변호사 아들이 앉아 있는 곳으로 비추는 루나는 "아니, 저것들이 근데!"라고 말하며 그들에게 다가간

---

*　　신흥(新興) : 어떤 사회적 사실이나 현상이 새로 일어남.
**　　와해(瓦解) : 조직이나 계획 따위가 무너져 흩어짐.
***　　추종(追從) : 남의 뒤를 따라서 좇음. 권력, 권세 또는 남의 의견, 학설 따위를 판단 없이 무조건 믿고 따름.
****　　타의 추종을 불허한다 : 다른 사람이 뒤를 따라오는 것을 허락하지 않는다는 의미의 관용구.

다. 루나는 "머리에 피도 안 마른* 것들이 뭐하는 짓이야!?"라고 목청 높여 소리친다. 담배를 계속 피던 천 의원 아들은 "대가리 피 마르면 사람 죽어요."라고 말하며 빈정거린다. 곁에서 쪼그리고 앉아 담배를 태우던 차 변호사 아들이 키득거리며 웃는다. 루나의 곁으로 서서히 다가서는 오 경장은 아이들을 살펴본 후 루나의 팔을 잡아끌며 "가, 가, 그냥 가!"라고 귀에 대고 속삭인다. 이때 천 의원 아들이 오 경장을 알아보고 "어! 아저씨! 동네 짱 보러 나왔나 봐요?"라고 말하며 실실 비웃는다. 오 경장은 천 의원 아들을 향해 왼손을 들어 올리며 "어, 어, 어." 하고 아는 척을 한다. 루나는 오 경장을 보며 "가긴 어딜 가요? 저것들 아세요?"라고 말하며 화를 낸다. 루나의 반응에 오 경장은 루나의 귀에 대고 "지역구 천 의원 막내아들, 개차반**이야. 가자!"라고 속삭인다. 천 의원 아들은 어깨에 힘을 주고 거드름을 피우며 "짜바리*** 언니 새로 왔나봐? 예쁘다, 아!"라고 말하며 담배를 입에 물고 루나에게 다가간다. 천 의원 아들의 말에 화가 난 루나는 다가선 천 의원 아들의 입에 물려 있던 담배를 손으로 뺏어 바닥에 던진다. 그리고 천 의원 아들을 향해 "짜, 뭐? 너 지금 명예훼손인 거 알아? 몰라?"라고 소리친다. 천 의원 아들은 루나의 반응에 아랑곳하지 않고 "오, 오, 언뉘 앙탈 부리니까 깜찍한데!"라고 말하며 루나의 어깨에 자신의 팔을 올

---

*   머리에 피도 안 마른 것들 : 나이가 어린 사람을 비하하는 의미의 관용구.

**   개차반 : 개가 먹는 똥이라는 뜻으로 말과 행동이 몹시 더러운 사람을 욕하는 말.

***   짜바리 : 경상도 사투리로 경찰이라는 명사로 쓰인다. 서울 지역에서는 경찰을 비하하는 단어.

려 어깨동무하듯 껴안는다. 루나는 천 의원 아들의 행동에 치밀어 오르는 화를 참는 듯 잠시 눈을 감았다가 뜬다. 그리고 천 의원 아들을 보며 "너, 강제 성추행 죄목* 추가해 줄께!"라고 말한다. 말이 끝나자마자 루나는 자신의 어깨에 팔을 올려 몸을 감아 안고 실실 비웃음을 흘리던 천 의원 아들의 손목을 잡아 그의 몸 뒤로 꺾은 다음 자신의 허리춤에 차고 있던 수갑을 꺼내어 그의 양 손목에 채운다. 옆에서 구경만 하던 오 경장이 루나에게 속삭이는 듯 "어차피 풀려날 것을, 왜 이래? 똥 밟았다, 치고 그냥 가자! 응?"이라 말하며 그녀를 회유**하려 한다. 오 경장의 말에 수갑이 채워진 천 의원 아들은 그를 보며 "역시, 짬밥***은 그냥 먹는 게 아니라니까! 뭘 좀 알아!"라고 힘주어 말한다. 그리고는 바닥에 침을 탁 뱉고 루나를 쳐다본다. 루나는 천 의원 아들과 오 경장을 번갈아 쳐다본 후 오 경장을 향해 "뭐라구요!? 지금, 성추행범을 풀어주라는 말씀이세요?"라고 쏘아붙인다. 루나의 말이 끝나자 쪼그리고 앉아서 담배를 태우던 차 변호사 아들은 천 의원 아들을 보고 "와, 저 언니, 성격 까칠한 것 좀 봐!"라고 얘기한다. 천 의원 아들과 차 변호사 아들 등 둘은 동시에 키득거리고 웃는다. 당황한 오 경장은 정색****을 하며 루나에게 "아니, 이. 그게 아니고. 그래, 그래, 마음대로 해."라고 얘기한다. 루나는 담배를 태우며 웃고 있는 차 변호사 아

---

*　　　죄목(罪目) : 저지른 죄의 명목.
**　　회유(誨諭) : 가르쳐서 깨우침.
***　　짬밥 : 군대, 직장, 학교 등에서 사용되는 은어로 연륜을 이르는 말.
****　정색(正色) : 얼굴에 엄정(嚴正)한 빛을 나타냄. 또는 그 얼굴빛.

들을 휙 고개 돌려 째려보며 "안 꺼!?"라고 소리친다. 차 변호사 아들은 담배를 입에 물고 깊게 빨아들였다가 연기를 내뿜으며 "법대로 하세요! 법대로! 대한민국 법에 미성년자 담배 핀다고 처벌할 수 있는 법 조항이 있는지 모르겠네."라고 말하며 빈정거린다. 곁에서 지켜보던 오 경장이 고개를 끄덕이며 "키, 햐!" 하고 감탄사를 내뱉는다. 그리고는 박수를 '짝, 짝, 짝.' 세 번 치고는 "역시! 변호사 아들은 뭐가 달라도 달라!"라고 얘기하며 차 변호사 아들을 보고 방긋 웃는다. 이 광경을 지켜보던 루나는 오 경장을 향해 "선배님!" 하고 소리친다. 화들짝 놀라는 오 경장은 차 변호사 아들을 보고 웃음 짓던 얼굴에서 웃음기를 서둘러 지워버린다. 루나는 차 변호사 아들을 보고 "너! 내가 예의주시*하고 있겠어! 조심해!"라고 말한다. 이어 수갑을 채운 천 의원 아들의 등을 떠밀며 "넌! 가서 조서 예쁘게 꾸며보자!"라고 얘기한다. 현장에서 멀어져 가는 루나와 천 의원 아들의 뒷모습을 보며 오 경장은 씁쓸한 표정으로 고개를 좌우로 흔든다.

새벽, 지구대 앞. 루나가 운전 중인 경찰차량 한 대가 일원지구대 앞마당으로 들어선다. 조수석에는 오 경장이 타고 있다. 주차된 차량에서 내리는 루나와 오 경장. 오 경장이 루나를 보고 "그럴 필요까지 있나? 아직 어린애를 경찰서로 바로 넘기면 어떻게 해?"라고 얘기한다. 루나는 굳은 표정으로 "어려도 범죄자는 범죄자니까요!"라고 대답한다. 루나와 오 경장이 지구대 안으로 들어선다. 오 경장은 자리

---

*   예의주시(銳意注視) : 어떠한 상황을 면밀히 관찰하고 신경을 집중한다는 의미.

를 잡고 앉아 휴식을 취하려 하고, 루나는 전기포트에 물을 올려놓는다. 전기포트 전원 스위치(switch)를 누르고 오 경장을 바라보는 루나는 "선배님, 출출하시죠? 김치 가져왔는데, 라면?"이라고 오 경장의 의향*을 물어본다. 오 경장은 환하게 웃으며 "좋지!"라고 대답한다. 책상 서랍 안에서 용기라면 두 개와 김치가 담긴 반찬통을 꺼내어 책상 위로 올려놓는 루나는 끓는 물을 용기라면에 부을 준비를 한다. 오 경장은 원형 테이블에 신문지를 깔며 라면 먹을 준비를 한다. 루나가 끓는 물을 부은 용기라면을 테이블로 가져오고 오 경장과 마주 보며 앉는다. 루나는 마주 앉은 오 경장을 보고 "선배님, 천 의원이란 사람 어떤 사람이에요?"라고 묻는다. 오 경장은 "궁금해할 필요 없어! 차차 알게 될 거야!"라고 대답한다. 루나는 오 경장을 보며 "아들이 왜 그 모양이래요?"라고 묻는다. 오 경장은 "그 애비에 그 아들이지 뭐, 씨도둑질 했겠어?"라고 대답한다. 루나는 뭔가 알겠다는 듯 "네, 에."라고 대답한다. 용기라면 뚜껑을 벗기고 휘휘 라면 면발을 저어서 먹으려는 루나와 오 경장. 이때, 지구대 현관문이 열리고 천 의원 보좌관이 들어온다. 지구대 현관문을 활짝 여는 천 의원 보좌관은 루나와 오 경장을 흘깃 보며 "의원님 들어오십니다."라고 얘기한다. 라면을 먹던 루나와 오 경장은 현관문 쪽을 바라본다. 현관문 옆에서 45도로 고개를 숙이고 있는 천 의원 보좌관 앞으로 천 의원이 들어선다. 천 의원은 두 손을 공손히 모으고 안으로 들어서며 "안녕하십니까? 지역구 발전을

---

*   의향(意向) : 무엇을 하려는 생각.

위해 노력하는 천 의원입니다."라고 인사를 한다. 오 경장이 입에 물고 있던 라면 면발을 뱉으며 "콜록 콜록." 기침을 한다. 루나는 입 안에 있던 라면을 급하게 삼키며 자리에서 일어서 "아, 네. 안녕하세요?"라고 인사를 한다. 천 의원은 루나를 보고 "네, 불초*한 자식을 둔 애비로서 사과의 말씀을 드리러 왔습니다."라고 말을 하며 잠시 말을 끊는다. 루나는 얼굴에 미소를 띠며 "아! 네, 에."라고 천 의원을 보고 대답한다. 천 의원은 이어 "이럴 줄 알았냐? 어? 너! 나 몰라!?"라고 소리친다. 얼굴에 웃음기가 사라진 루나는 천 의원을 바라보며 눈만 깜박인다. 루나의 곁에 있던 오 경장이 서둘러 일어서며 "의원님 오셨습니까?"라고 아는 척을 한다. 천 의원은 오 경장을 보며 "야! 너 뭐야! 너희들 간이** 배 밖으로 나왔어?"라고 다그친다. 오 경장은 천 의원을 향해 굽신거리며 "그게 말입니다. 그러니까…"라고 말을 흐리며 원망스러운 눈초리로 루나를 바라본다. 천 의원은 오 경장의 눈길을 따라 루나를 쳐다보면서 삿대질을 하며 "네년이 내 아들 범죄자 만든 년이야!?"라고 소리친다. 루나는 허리에서 수갑을 꺼내어 천 의원의 삿대질하는 팔에 채우며 "의원님, 술 냄새가 풀풀 나시네요. 약주가 과하신 것 같아요! 당신을 경범죄 처벌법상 관공서 주취소란 혐의로 체포합니다."라고 얘기한다. 천 의원은 루나의 행동에 당황하며 "아니, 이년이!"라고 얘기한다. 루나는 천 의원에게 "의원님, 입이 거칠으시네

---

*   불초(不肖) : 어버이의 덕망이나 유업을 이어받지 못함. 아버지를 닮지 않음. 또는 그런 못나고 어리석은 사람.
**   간이 배 밖으로 나오다 : 용기가 하늘을 찌를 정도로 겁이 없다는 의미의 관용구.

요. 모욕죄 추가해드리겠습니다. 가시죠!"라고 얘기하며 천 의원의 남은 한 팔에 수갑을 채우고 밖으로 끌고 나간다. 천 의원은 밖으로 끌려 나가며 "야! 야, 이년아! 너, 나 몰라? 어! 가긴 어딜 가!?"라고 소리친다. 루나는 "아드님 계신 곳으로 모셔다 드리겠습니다!"라고 말하며 주차된 경찰차 뒷좌석에 천 의원을 밀어 넣어 태운다. 그리고는 운전석에 앉아 차를 몰고 일원지구대를 빠져나간다.

잠시 후, 강남경찰서 유치장 안. 천 의원이 유치장 쇠창살을 잡고 굳은 표정으로 앉아 있다. 그의 옆으로는 천 의원 아들이 쇠창살을 잡고 싱글벙글 웃고 앉아 있다.

11

신규 사업 … 첫 만남

거상파 아지트, 오야지 사무실. 오야지를 중심으로 세컨드와 솔, 건달 1, 2, 3, 4, 5 등이 모여 있다. 오야지는 책상 앞 1인용 소파에 거드름*을 피우며 앉아 있고, 그의 앞으로 우측에 세컨드, 좌측에 솔이 앉아 있다. 세컨드와 솔의 옆으로 건달 2, 3, 4, 5가 2명씩 나뉘어 앉아 있다. 오야지 정면으로 조금 떨어진 위치에 서 있는 건달 1은 지휘봉을 들고 신규 사업 브리핑**을 할 준비를 하고 있다. 오야지는 건달 1을 보며 "그랴, 한번 읊어 보드라고."라고 얘기한다. 건달 1은 앉아 있는 상태로 자신을 바라보고 있는 거상파 조직원들에게 지휘봉 양끝을 양손으로 나누어 잡고 정중히 인사를 한다. 건달 1은 환하게 웃고

---

*   거드름 : 거만스러운 태도를 나타낸다.
** 브리핑(briefing) : 요점을 간추린 간단한 보고서. 또는 그런 보고나 설명.

옆에 세워둔 신규 사업 설명을 위한 차트(chart)를 가리키며 브리핑을 시작한다. 건달 1은 "인자 우덜 세계가 나와바리 세금, 술장사, 계집장사만으로는 버틸 수 없는 시대가 와부렀습니다요."라고 말문을 연다. 오야지는 "그랴서?"라고 건달 1을 향해 묻는다. 건달 1은 비열한 웃음을 흘리며 "이미 여러 대도시 뒷골목을 중심으로다가 향정신성 의약품이 대거 유통되고 있다는 사실을 여러분들은 잘 알고 계시리라 믿습니다요."라고 얘기한다. 오야지는 건달 1을 보며 "향정신… 그게 뭐인디?"라고 묻는다. 건달 1은 오야지를 향해 "마약입니다요, 성님!"이라고 짧게 대답한다. 오야지는 건달 1을 향해 "뽕에 손대자 그 말이여, 시방?"이라고 묻는다. 건달 1은 고개를 좌우로 가볍게 흔든 후, 오야지를 바라보며 "인자 뽕의 시대는 가불고 좀비*마약의 시대가 도래**했습니다요, 성님!"이라고 힘주어 얘기한다. 오야지를 중심으로 2열로 나뉘어 앉아 있는 건달들은 궁금하다는 표정으로 건달 1을 바라본다. 건달 1은 얼굴에 자신감 넘치는 표정을 띠고 몸을 건들건들 움직이며 말을 이어간다. 건달 1은 지휘봉으로 옆에 세워져 있는 차트의 첫 장을 넘기고 오야지와 건달들을 바라보며 "바로 펜타닐***입니다요, 성님!"이라고 힘주어 얘기한다. 오야지는 "그거이 왜 좀비마약인디?"라고 건달 1을 향해 묻는다. 건달 1은 차트에 첨부한 근육경직 현

---

*   좀비(zombie) : 서인도 제도 아이티 섬의 부두교 의식에서 유래된 것으로, 살아있는 시체를 이르는 말.
**   도래(到來) : 어떤 시기나 기회가 닥쳐옴.
***   펜타닐(fentanyl) : 마약성 진통제의 하나.

상으로 좀비처럼 엉거주춤 서 있는 사람들의 사진을 지휘봉으로 가리키며 "중독자들에게서 나타나는 현상이지라. 근육경직 증상이 발현되어 마치 좀비처럼 요로코롬 되아 부린다 해서 이 약을 좀비마약이라고 부릅니다요, 이."라고 설명한다. 관심을 나타내는 오야지는 건달 1을 보며 "그랑께*, 세세하게** 설명해 보드라고, 이."라고 얘기한다. 차트를 지휘봉으로 넘기는 건달 1은 "요거이 벨기에(Belgium) 제약회사인 얀센***에서 맹글어 낸 마약성 진통제로 알려져 있습니다요, 성님."이라고 설명을 시작한다. 오야지는 짜증스런 표정으로 건달 1을 보며 "아야, 거두절미****허고 싸게싸게***** 씨부려****** 보드라고!"라고 재촉한다. 건달 1은 알겠다는 듯 고개를 살짝 숙인 후 설명을 이어간다. "오피오이드*******란 아편을 주성분으로 하여 통증을 완화시키기 위해 개발된 요놈의 마약 성분은 헤로인********의 50배, 모르핀*********의 100배에 달합니다요, 성님. 엄청 쎄불지요, 이. 거기다가 다른 약허구는 다르게 사용이 편리하다는 특징이 있습니다요, 성님. 주사기를 팔뚝에 꼽아야 하는 불편함이 없지라. 약효가 좋응께 주뎅이로 머금고

---

*   그랑께 : '그러니까'의 전남 방언.
**   세세하게 : 매우 자세하게.
***   얀센(Janssen) : 1953년 파울 얀센에 의해 창립된 벨기에 제약회사.
****   거두절미(去頭截尾) : 머리와 꼬리를 자름. 요점만 간단히 말함.
*****   싸게싸게 : 빨리빨리의 전라남도 방언.
******   씨부리다 : 씨불이다. 주책없이 함부로 실없는 말을 하다.
******* 오피오이드(opioid) : 마약류 범주의 일종으로써 아편성 진통제를 말한다.
******** 헤로인(heroin) : 모르핀을 아세틸화하여 만든 흰색의 결정성 가루. 마약의 일종.
********* 모르핀(morphine) : 아편의 주성분이 되는 알칼로이드.

만 있어도 즉각 흡수돼 부러서 효과가 나타난단 말입니다요, 성님. 더욱 놀라운 사실은 말입니다요, 성님. 요것을 막대사탕 형태로 맹글 수 있어서 가루약으로 유통시키다가 짭새*헌티 바로 걸려 부는 위험부담감이 상대적으로 적다는 것입니다요, 성님!"이라고 하며 건달 1은 장황한 설명을 마친다. 오야지는 지루하다는 듯 약지로 귀를 후벼 판다. 그리고는 건달 1을 향해 "그거이 잘 팔릴랑가 모르것네, 이?"라고 묻는다. 건달 1은 오야지를 보고 방긋 웃으며 "요거이 말입니다요, 성님. 규칙적으로 처묵다 보면 몸뎅이가 약물에 내성을 형성한다고 합니다요, 이. 그랗게 처음 처묵고 혼빵 가는 기분을 지속적으로다가 느끼고 잡으면 더 많은 양을 처묵어야 한다! 이것이지라잉. 판로** 개척이 쪼까 까다롭지 판매가 되기 시작허문 그 판매량은 지속적으로다가 증가하게 되아 있다! 이 말입니다요, 성님!"이라고 신이 나서 얘기한다. 얼굴에 환한 웃음이 번지는 오야지는 건달 1을 보며 "주로 누가 처묵는디?"라고 묻는다. 건달 1은 "전 세계적인 추세로는 남녀노소 안 가리고 처묵는다고 알고 있습니다요, 성님. 한국의 경우에는 현재 10대와 20대를 중심으로 그 수요가 허벌나게*** 확산되고 있고, 처묵는 방법이 쉽고 약빨이 좋다는 소문이 돌문서 기존의 뽕쟁이들도 요놈으로 갈아타고 있는 걸로 파악됐습니다요, 성님."이라고 설명한다. 만족한 웃음을 띠는 오야지는 건달 1을 향해 "좋구먼, 이. 그랴서, 사업 추진

---

*   짭새 : 범죄자들의 은어로 경찰을 이르는 말.

**   판로(販路) : 상품이 팔리는 방면이나 길.

***   허벌나게 : 허벌나다. 양이 푸지게 많거나 정도가 심하다. '굉장하다'의 전남 방언.

은 어디까지 되았는가?"라고 묻는다. 건달 1은 비열한 웃음을 흘리며 "주원료인 오피오이드 최대 생산국이 윗지방 중국입니다요, 성님. 오랑캐 하문 떠오르는 거 없습니까요, 성님?"이라고 오야지에게 묻는다. 오야지는 "뭐시 있다냐, 잉?"이라고 건달 1에게 되물어본다. 건달 1은 "강남 오랑캐, 용팔이 식구덜 안 떠오르십니까요, 이?"라고 다시 묻는다. 오야지는 살짝 인상을 쓰고 고개를 좌우로 흔든 후 건달 1을 보며 "가덜은 왜?"라고 물어본다. 건달 1은 상체를 숙이며 오야지에게 들릴 듯 말 듯한 목소리로 "이미 가들이 이 사업을 해오고 있다는 사실을 알아냈습니다요, 성님. 중국에서 밀입국한 약사들 서너 명이 약을 맹근다는 사실을 용팔이 애덜이 알고 이들과 접선해서 유통사업을 해온 지 좀 됐습니다요, 성님."이라고 속삭인다. 오야지는 건달 1을 흘깃 보며 "그라문 우덜은 먼 산 보드끼* 구경만 해부러야 한다, 이 말인 겨?"라고 물어본다. 건달 1은 눈을 가늘게 뜨고 오른손을 들어 왼쪽 볼에 대고 입을 가리며 "희소식이 있습니다요, 성님. 약사들허고 용팔이 애덜허고 수익분배 과정에서 내분이 일어났지 말입니다요."라고 속삭인다. 오야지는 건달 1을 보고 눈이 커지며 "내분?"이라고 묻는다. 건달 1은 오야지와 다른 건달들을 둘러보며 "원료값과 생산비를 감안해서 7 : 3 즉, 용팔이네가 약값의 30%만 먹기로 했는데 50%로 올리불문서 갈등이 시작됐지라. 인자는 중국 약사들이 가들하고는 손절**할

---

* ~드끼 : '~듯이'의 전남 방언. 뒤 절의 내용이 앞 절의 내용과 거의 같음을 나타내는 연결어미.

** 손절 : 손해를 보더라도 적당한 시점에서 끊어낸다는 뜻.

라 그란단 말이어라."라고 설명한다. 오야지는 환하게 웃으며 "잘 되아부렀구만. 우덜이 치고 들어가야 쓰것구마이."라고 혼잣말을 한다. 오야지의 말이 끝나자마자 건달 1은 오야지를 향해 "지가 누구요, 성님!? 이미 약사들허고 접선했지라잉!"이라고 말하며 양 어깨에 힘을 준다. 오야지는 얼굴에 화색이 돌며 "참말이여. 시방?"이라고 묻는다. 건달 1은 오야지를 향해 "유통을 우리가 허고 25%만 먹것다고 이르고 왔어라, 잉!"이라고 힘주어 얘기한다. 기분이 좋아진 오야지는 "그랴? 유통은 날로 먹는 것 아니여? 니가 한 건 했구마, 이!"라고 말하며 건달 1을 칭찬한다. 오야지의 칭찬에 기분 좋아진 건달 1은 건들거리며 "성님, 말씀만 허쇼! 나가 이 강남 바닥에 확 뿌려 불랑게!"라고 힘주어 얘기한다. 건들거리는 건달 1을 보며 못마땅한 표정을 짓는 오야지는 "니 헐 일은 거기까지여!"라고 쐐기를 박는다*. 당황하는 건달 1은 "뭐 땜시 말입니까요, 성님?"이라고 오야지에게 물어본다. 오야지는 양옆에 앉아 있는 세컨드와 솔을 보며 "인자부터는 치밀허고 똘똘한 놈들이 필요한 겨! 컨드허고 솔이가 주축이 되야서 사업을 추진해보드라고!"라고 말을 내뱉는다. 오야지의 말에 세컨드와 솔은 말없이 고개를 숙인다. 화가 난 건달 1은 오야지를 향해 "성님, 컨드 성님이야 그렇다 치고, 솔이는 아니지라잉. 아! 똥물**에도 파도가 있고, 소똥에도 계단이 있습니다요, 성님!"이라고 목청을 높여 얘기한다. 오야지는

---

* 쐐기를 박는다 : 뒤탈이 없도록 미리 단단히 다짐을 두다.
** 똥물에도 파도가 있고 소똥에도 계단이 있다 : 아무리 하찮은 것이라도 그 안에 질서와 법칙이 존재한다는 뜻. 주로 상하간의 위계질서를 강조하여 이르는 말.

귀찮다는 듯 건달 1을 보며 "아따, 자슥! 뭐라고 씨부리냐, 이? 그랑께 니 말인 즉슨* 드러부러 몬해불것다, 이것이여 시방?"이라고 말하며 역정**을 낸다. 건달 1은 짝다리를 짚고 눈에 힘을 주고 오야지를 바라보며 "이것은 아니지라잉. 성님은 나만 겁나 미워하는 갑소, 잉?"이라고 불만을 표출***한다. 오야지는 건달 1의 행동에 화가 난 듯 언성****을 높이며 "저것이 엇다가 눈깔을 부라리고***** 지랄이여, 지랄이? 이 쑤시개로 눈깔을 쏙 잡아 뽑아 뿔라!"라고 윽박******지른다. 건달 1은 말없이 고개를 숙이며 입을 삐죽거린다. 이때, 똘만이가 사무실 문을 열고 황급히 들어온다. 문을 열고 들어온 똘만이의 코에선 코피가 흐르고 온몸이 얻어맞아 만신창이가 된 상태다. 똘만이는 오야지를 향해 숨을 헐떡이며 "밀고 들어왔습니다요, 성님!"이라고 보고한다. 오야지는 똘만이를 보고 궁금한 표정을 지으며 "낯짝*******이 어째 그 모냥새냐, 이?"라고 물어본다. 똘만이는 숨을 고르며 "용팔이네 식구들이 떼거리로 쳐들어왔습니다요, 성님."이라고 얘기한다. 오야지는 침착한 목소리로 "뭐 땜시?"라고 똘만이에게 묻는다. 건달 1이 불안한 표정으로 똘만이와 대화 중인 오야지의 눈치를 살핀다. 흥분한 똘만

---

*   즉슨 : 받침 없는 체언 뒤에 붙는 옛스러운 표현으로 ~로 말하면, ~를 보자면, ~를 듣자면 따위의 뜻을 나타내는 보조사.
**   역정(逆情) : 몹시 언짢거나 못마땅하여 내는 성.
***   표출(表出) : 겉으로 나타냄.
****   언성(言聲) : 말하는 목소리.
*****   부라리고 : 부라리다. 눈을 크게 뜨고 눈망울을 사납게 굴리다.
******   윽박 : 남을 심하게 을러대고 짓눌러 기를 꺾음.
******* 낯짝 : 낯짝의 전남 방언. 얼굴이라는 뜻.

이는 고개를 좌우로 내저으며 "잘 모르겠습니다요, 성님. 묻지도 따지지도 않고 다구*를 휘둘렀습니다요, 성님. 우리 아지트 앞에 한 30명이 다구 들고 서 있지 말입니다요, 성님."이라고 상황을 설명한다. 오야지는 곁에 앉아 있는 세컨드와 솔, 건달 1, 2, 3, 4, 5 등을 둘러보며 "아야, 가들이 왜 저런다냐, 이? 뭐 집히는 디가 없는가?"라고 물어본다. 조심스런 표정의 건달 1은 "성님, 자들이 눈치 까불었는 갑소, 잉!"이라고 오야지에게 얘기한다. 건달 1을 보는 오야지는 혀를 차며 "쯧, 쯧, 쯧. 니놈이 설레발** 칠 때부터 알아봤어제, 이? 칠칠치 몬하게 가들한테 걸려 분 것이여?"라고 말한다. 이어 "흠." 하고 헛기침을 한다. 그리고 오야지는 세컨드를 보고 "컨드야, 지금 대기 중인 애기덜 몇이나 되냐, 이?"라고 묻는다. 세컨드는 오야지를 보고 난감한 표정을 지으며 "지금 여기 있는 사람이 다입니다요, 성님."이라 대답한다. 오야지는 검지를 세워 인원수를 파악한 후 "나꺼정 아홉이라."라고 혼잣말을 한다. 그리고는 앉아 있는 건달들을 둘러보며 "두 당 네놈씩만 잡으문 되야! 쫄지덜 말고 연장들 챙기드라고!"라고 말하며 자리에서 일어선다. 망설이고 있는 똘만이를 보고 오야지는 "니는 혹시나 몰릉께, 가차운*** 일원지구대 연락 취해 놓드라고!"라고 말하며 책상으로 걸어가 서랍을 열고 사시미를 꺼내어 허리춤에 찬다. 오야지는 사무실 문 쪽으로 앞서 나서며 건달들을 향해 "뭣들 허냐? 맞이라허 가즈아!"

---

*　　　다구 : 몽둥이 등 흉기.

**　　 설레발 : 몹시 서두르며 부산하게 구는 행동.

***　 가차운 : '가깝다'의 방언.

라고 말한다. 사무실 안에 있던 건달들은 큰 목소리로 "알겠습니다요, 성님!"이라 외치고 다부진 표정으로 오야지를 따라나선다.

거상파 아지트 건물 앞 왕복 2차선 도로. 도로 건너편에 용팔이파 건달들 30여 명이 손에 둔기와 흉기를 들고 정렬해 있다. 이들의 온몸에는 이레즈미* 문신이 그려져 있다. 거상파 아지트 건물 현관 밖으로 오야지를 중심으로 한 거상파 건달들 8명이 둔기와 흉기를 들고 걸어 나온다. 가운데 오야지가 서고 그의 양옆으로 세컨드와 솔, 건달 1, 2, 3, 4, 5와 똘만이가 나누어 선다. 왕복 2차선 좁은 차도를 사이에 두고 거상파와 용팔이파 건달들이 대치하고 서 있다. 거상파 건달들을 발견한 용팔이파 중간보스는 비열한 웃음을 흘리고 건들거리며 오야지를 향해 "어, 이. 안녕하쇼?"라고 인사를 한다. 거상파 오야지는 "안녕 같은 소리 허고 있네. 대가리는 어디 가고 느그들만 왔는가?"라고 묻는다. 용팔이파 중간보스는 "사업상 출타** 중이시라. 그건 그거고 너무한 것 아니오?"라고 묻는다. 거상파 오야지는 "뭐시?"라고 짧게 되묻는다. 용팔이파 중간보스는 "상도덕이란 게 있는 법인데, 잘하고 있는 남의 장사 가로채면 우린 뭐 먹고 살라는 거요?"라고 묻는다. 거상파 오야지는 "자슥, 약육강식***의 법칙도 모르냐, 이? 씬

---

*   이레즈미 : 일본어. 주입한다는 의미의 '이레루'라는 단어와 먹물이라는 단어 '스미'가 합쳐진 말. 먹물을 몸에 주입한다는 뜻. 일본의 전통적인 문신. 일본의 야쿠자들이 몸에 새기는 문신. 등을 덮고 팔, 다리, 가슴에 행해지는 모든 것들이 모두가 하나의 중심적인 디자인으로 이루어져 있다.

**   출타(出他) : 집에 있지 않고 다른 곳에 나감.

***   약육강식(弱肉強食) : 약한 자의 고기는 강한 자가 먹는다. 약한 사람은 강한 사람에게 먹힘. 강자가 약자를 지배하고 다스리는 세상 이치.

*놈이 먹어버리는 것이여!"라고 대답한다. 용팔이파 중간보스는 거상파 오야지를 향해 "이 바닥이 언제부터 사파리공원**이 됐소? 주워 처먹기 급급하게***?"라고 얘기한다. 거상파 오야지는 용팔이파 중간보스를 향해 "아야, 시끄잡다. 적당히 썰**** 풀어대고, 후딱***** 끝내 불자, 이?"라고 말한다. 거상파 오야지의 말이 끝나자마자 세컨드와 솔, 나머지 거상파 건달들이 앞으로 나선다. 이를 본 용팔이파 건달들도 "와! 아!" 함성을 지르며 빠른 걸음으로 거상파 건달들을 향해 다가간다. 거상파 건달 9명과 용팔이파 건달 30여 명의 싸움이 시작된다. 이들의 싸움으로 인해 2차선 차도는 아수라장******이 된다. 거상파 건달 한 명에 서너 명의 용팔이파 건달들이 달려든다. 흠씬******* 두들겨 맞아가면서도 거상파 건달들은 젖 먹던 힘까지 끌어 올리며 맞서 싸운다. 거상파 오야지와 세컨드, 솔은 용팔이파 건달들을 사정없이 두들겨 패며 제압해 나간다. 반면, 건달 1, 2, 3, 4, 5와 똘만이는 용팔이파 건달들에게 에워싸여 두들겨 맞는다. 이들은 맞으면서도 간간이 둔기를 휘둘러 가며 용팔이파 건달들에게 맞선다. 용팔이파 건달들 두 명

---

* 씬 : '쎈'의 방언. 강한의 의미.
** 사파리공원(safari park) : 야생동물을 놓아기르는 곳. 차를 타고 다니며 야생동물을 구경할 수 있는 지역.
*** 급급하게 : 급급(汲汲)하다. 한 가지 일에 마음이 쏠려 다른 일을 할 마음의 여유가 없다.
**** 썰 : 설(說). 말, 의견.
***** 후딱 : 날쌔게 행동하는 모양.
****** 아수라장(阿修羅場) : 전란이나 싸움, 사고 등으로 끔찍하게 혼란 상태에 빠진 현장을 일컫는 말.
******* 흠씬 : 매 따위를 심하게 맞는 모양.

에게 둘러싸여 얻어맞던 똘만이는 도망을 치기 시작한다. 똘만이는 도망치면서 자신에게 따라붙는 용팔이파 건달들을 한 명씩 때려눕힌다. 이때부터 용팔이파 건달들의 기세에 거상파 건달들의 기세가 꺾이기 시작한다. 용팔이파 건달 한 명과 싸움 중이던 오야지는 그를 때려눕히고 주위를 둘러본다. 거상파 조직원들이 용팔이파 조직원들에게 밀리고 있는 상황을 파악한다. 세컨드와 솔, 건달 1, 2, 3, 4, 5 등이 두들겨 맞고 있는 모습을 확인한 오야지는 똘만이를 향해 "똘만이 뭣 허냐, 이? 언능* 연락 취하드라고!"라고 소리친다. 똘만이는 외진 골목길 벽에 기대어 서서 전화기를 꺼내어 들고 전화를 건다. 이때 똘만이와 얘기를 하느라 시선을 돌린 오야지의 등 뒤에 용팔이파 중간보스가 다가선다. 용팔이파 중간보스는 비열한 웃음을 흘리며 한 치의 망설임도 없이 거상파 오야지의 복부에 사시미를 찔러 넣는다. 오야지는 "윽!" 하고 외마디 비명을 내뱉으며 자리에 주저앉는다. 거상파 오야지를 지켜보던 용팔이파 중간보스는 "잘 가쇼."라고 내뱉으며 싸움의 현장에서 사라진다. 오야지가 흉기에 찔려 주저앉은 모습을 발견한 솔은 용팔이파 건달들을 때려 눕혀가며 오야지에게 다가간다. 세컨드와 나머지 건달들은 용팔이파 건달들과 계속 싸우고 있다. 솔은 "성님!" 하고 부르며 오야지의 곁에 주저앉아 그의 배에 꼽혀 있는 사시미 손잡이에 손을 댄다. 오야지는 솔을 보며 "아야, 윽. 창새기** 딸

---

* 언능 : 얼른의 전남 방언. 시간을 끌지 아니하고 바로.
** 창새기 : 창자의 방언. 창자는 큰 창자와 작은 창자를 통틀어 이르는 말.

리 나온게 뽑지 말드라고. 윽."이라고 말한다. 이때 멀리서 경찰차 사이렌* 소리가 들려온다. 거상파 오야지는 안도의 한숨을 내어 쉬며 "인자 왔구마, 이. 윽. 되았서! 이번 전쟁은 승자도 패자도 없는 것이여!"라고 혼잣말을 한다. 솔은 주위를 둘러보다가 곁에 있던 건달 1을 향해 "차, 대!"라고 소리친다. 건달 1은 오야지와 솔을 흘깃 본 후 싸움의 현장에서 벗어나 주차된 차량이 있는 곳으로 뛰어간다. 경찰차가 싸움의 현장에 도착한다. 루나가 운전 중인 경찰차 안 뒷좌석에는 강 경사가, 조수석에는 오 경장이 타고 있다. 멈춰 선 차 안에서 루나가 서둘러 내리려 하자 오 경장은 "어이, 잠깐만. 보니까 다 끝나 가네!"라고 말한다. 궁금한 표정의 루나는 "네?"라고 묻는다. 뒷좌석에 앉은 강 경사가 루나를 보며 "지금 나가면 저것들 흥분해서 우리한테 덤벼! 진정되면 나가자고."라고 말한다. 루나는 뒷좌석의 강 경사를 보며 "무고한** 시민이 다치기 전에 잡아 들여야지요!"라고 말한다. 옆 조수석에 앉아 있던 오 경장이 루나를 보며 "기다렸다가 쓰러진 놈 댓 명만 잡아가면 된다니까! 고래 싸움***에 끼는 거 아니야, 등 터져!"라고 말하며 뒷좌석의 강 경사를 흘깃 보고 웃는다. 강 경사도 엷은 웃음을 흘린다. "휴~" 하고 한숨을 깊게 내어 쉬는 루나는 말없이 차에서 내린다. 루나의 모습에 당황한 강 경사와 오 경장은 "어, 어!"란 말만 내뱉

---

*   사이렌(siren) : 시간이나 경고를 알리기 위한 음향 장치.
**   무고(無辜)한 : 아무런 잘못이나 허물이 없다.
***   '고래 싸움에 새우등 터진다'의 응용 : 강한 자들끼리 싸우는 통에 아무 상관도 없는 약한 자가 중간에 끼어 피해를 입게 됨을 비유적으로 이르는 말.

는다. 루나는 싸움의 현장 중심에 서서 허리춤의 총을 꺼내어 들고 싸움 중인 건달들을 향해 겨눈다. 그리고는 "흉기 버리고 멈춰!"라고 소리친다. 루나의 모습을 흘깃 쳐다보는 거상파와 용팔이파 건달들은 "흥!" 하고 콧방귀를 뀌며 아랑곳하지 않고 싸움을 계속한다. 당황스런 표정의 루나는 하늘을 향해 권총을 들어 올린다. 그리고는 공포탄 두 발을 '탕! 탕!' 하고 쏜다. 짐짓 놀라며 싸움을 멈추는 거상파와 용팔이파 건달들은 다시 루나를 바라본다. 오야지의 곁에서 그를 엄호* 하고 있던 솔도 루나를 바라본다. 싸움을 멈추고 선 건달들에게 총을 겨누고 서 있는 루나의 모습에 눈이 번쩍하며 커지는 솔은 한참 동안 루나를 바라본다. 루나는 솔의 시선을 느끼지 못하고 "흉기 내려놓고 엎드려! 자식들아!"라고 소리친다. 이때 오야지와 솔의 곁으로 건달 1이 운전하는 차량이 다가선다. 솔은 넋을 놓고 루나의 모습을 바라보며 오야지의 곁에 앉아 있다. 거상파와 용팔이파 건달들은 현장에서 하나 둘 둔기와 흉기를 내려놓고 도망치기 시작한다. 건달 1이 운전하는 차량이 도착했음에도 불구하고 자신을 차에 태우지 않고 루나를 보고 있는 솔을 오야지는 숨을 헐떡이며 흘깃 본다. 잠시, 솔을 바라보던 오야지는 힘겨운 목소리로 "아야, 너 뭣허냐, 이?"라고 묻는다. 오야지의 말에 정신을 차린 솔은 오야지를 바라보며 "아, 그게…"라고 얼버무린다. 그리고는 서둘러 오야지를 부축해 건달 1이 몰고 온 차량 뒷좌석에 태우고 자신은 조수석에 올라탄다. 건달 1은 오야지와 솔

---

*   엄호(掩護) : 자기편 부대의 행동이나 목적 따위를 적의 공격이나 화력으로부터 보호함.

이 차량에 타는 것을 확인하고 차량 속도를 올려 싸움의 현장을 빠져 나간다. 차량 조수석에 앉은 솔은 싸움의 현장 중심에 서 있는 루나의 모습을 계속 바라본다. 싸움의 현장에서 도망치지 못한 거상파와 용팔이파 건달들은 하나 둘 바닥에 엎드린다. 거상파는 세컨드와 건달 2, 3이 그리고 용팔이파는 서너 명만 남아 엎드리는 자세를 취한다. 그때서야 경찰차에서 내리는 오 경장과 강 경사. 오 경장은 루나에게 다가서며 "어! 수고했어!"라고 말하고 강 경사는 "젊은 피가 다르긴 달라! 제법이네!"라고 얘기한다. 루나는 그들을 번갈아 쳐다보며 "선배님들, 실망했습니다."란 말만 내뱉고 경찰차에 오른다. 오 경장과 강 경사는 루나의 모습을 보고 눈을 흘기며 입을 삐죽거린다.

12

건달 1의 도약* …
루나에게 다가가는 솔

며칠 후, 서울구치소 면회실. 건달 1은 서울구치소에 수감 중인 세컨드를 만나러 간다. 투명한 유리벽 앞 의자에 건달 1이 오른 다리를 떨며 앉아 있다. 잠시 후, 교도관의 안내를 받으며 세컨드가 면회실 안으로 들어온다. 교도관은 세컨드에게 "여기!"라고 말하며 건달 1이 앉아 있는 곳을 가리켜 주고 옆으로 사라진다. 세컨드를 발견한 건달 1은 벌떡 일어나 고개를 숙이며 "성님!" 하고 인사를 한다. 투명 유리벽을 사이에 두고 세컨드와 건달 1이 마주 보고 앉는다. 세컨드는 건달 1에게 "오야지는 좀 어떠시냐?"라며 오야지의 안부를 묻는다. 건달 1은 "목숨은 건졌구만이라!"라고 대답한 후 걱정스런 표정으로 "그나저나 이게 어쩐 일이다요, 성님?"이라고 묻는다. 그리고는 고개를 좌

---

* 도약(跳躍) : 뛰어오름. 급격한 진보, 발전의 단계로 접어듦.

우로 갸웃거리며 "거시기, 뭐시냐 반, 반…"이라고 말을 더듬으며 단어를 떠올리려 한다. 답답한 표정의 세컨드는 건달 1을 향해 "반의사불벌죄*!?"라고 묻는다. 건달 1은 생글생글 웃으며 "맞습니다요, 성님! 그랑께 용팔이 애덜이 고소 안 해불면 쌍방 폭행이 합의로 무죄가 되아부는 거 아닙니까요, 이?"라고 묻는다. 세컨드는 "날 알아보는 놈이 있더라. 잡힌 놈들 중에 한 놈이 고소해 버렸다."라고 대답한다. 건달 1은 분한 듯한 표정으로 "그랑께, 성님이 거상파 2인자인 것을 알아불고 의도적으로다가 찔러 불었다! 이 말이지라?"라고 되묻는다. 세컨드는 대답 없이 고개를 끄덕인다. 분을 참는 듯한 건달 1은 "잡것들! 저것들은 이 바닥 윤리도 저버리는 상놈들이랑께라! 치사스럽게 짭새헌티 달건이**를 팔아 묵고 지랄이지라!"라고 얘기한다. 체념한 표정의 세컨드는 건달 1의 눈치를 살피며 "그러게 말이다. 형량이나 적게 나오길 기대해 봐야지. 운 좋으면 벌금으로…"라고 말끝을 흐린다. 고개를 끄덕이던 건달 1은 "알것습니다요, 성님. 몸조리 잘허고 계시랑께라. 지는 오야지 보필***허문서 신규 사업 추진허고 있것습니다요, 이!"라고 얘기한 후 자리에서 벌떡 일어선다. 일어선 건달 1을 쳐다보는 세컨드는 촉촉한 눈망울로 "저기, 갈 때 가더라도 영치금**** 좀 넣

---

*   반의사불벌죄(反意思不罰罪) : 형법에서 피해자가 처벌을 바라지 아니한다는 의사를 표시하면 처벌할 수 없는 범죄. 단순존속폭행죄, 과실상해죄, 단순존속협박죄, 명예훼손죄 따위가 있다.

**   달건이 : 건달. 하는 일 없이 놀면서 못된 짓을 하고 돌아다니는 사람.

***   보필(輔弼) : 윗사람의 일을 도움.

**** 영치금(領置金) : 교도소에 갇힌 사람이 교도소의 관계 부서에 임시로 맡겨두는 돈. 수감자가 체포 당시 지니고 있었거나 가족, 친지 등이 수용자 앞으로 넣어준 돈을

어놓고 가거라!"라고 애원한다. 당황하는 표정의 건달 1은 "그게, 지도 버스 타고 왔구만이라."라고 말하고 서둘러 고개 숙여 인사한 후 면회실을 빠져나간다. 돌아서 나가는 건달 1의 뒷모습을 세컨드는 못마땅한 표정으로 바라본다.

서울구치소 앞. 주차된 승용차 운전석에 똘만이가 앉아 있다. 구치소 밖으로 나오는 건달 1을 발견한 똘만이는 차에서 내려 차량 뒷좌석 문을 열어준다. 다가서는 건달 1을 향해 똘만이는 "컨드 성님 잘 계십니까요?"라고 묻는다. 건달 1은 거드름을 피우며 "나랏밥 쳐묵음서 배부르고 등 따시게 잘 있응게 걱정 붙들어 메드라고!"라고 대답한 후 차량 뒷좌석에 올라탄다. 뒷좌석 문을 닫은 후 운전석에 올라타는 똘만이를 보며 건달 1은 "인자 앞으로는 나가 문제여! 이참에 한 계단 올라서야제!"라고 내뱉는다. 똘만이는 건달 1을 돌아보며 "어디로 모실까요?"라고 묻는다. 건달 1은 "우덜 아지트 앞 네거리에 짱께집 알제? 그리 가드라고!"라고 얘기한다. 궁금한 표정의 똘만이는 건달 1을 보고 "거긴 왜?"라며 말끝을 흐린다. 건달 1은 똘만이를 보고 "앗따! 자슥! 궁금헌 것도 많다, 이? 가보문 아니께, 후딱 운전해 가드라고!"라며 면박을 준다. 잠시 후, 구치소 앞에 주차되어 있던 차량에 시동이 걸리고 이내 출발한다.

솔의 오피스텔.* 침대에 누워 있는 솔, 눈을 지그시 감고 있다. 잠

이른다. 교도소를 통하여 음식이나 물품을 구입하는 데 쓴다.
* 오피스텔(office+hotel) : 간단한 주거시설을 갖춘 사무실.

시 후, 눈을 뜨는 솔은 며칠 전 용팔이파와의 패싸움 당시 출동해 싸움을 종결시키던 경찰 루나의 모습을 떠올린다. 입가에 엷은 미소가 번지는 솔은 다시 눈을 지그시 감는다. 솔은 싸움 당일 오야지가 똘만이에게 했던 말, "니는 혹시나 몰릉께, 가차운 일원지구대 연락 취해 놓드라고!"를 떠올린다. 눈을 번쩍 크게 뜨는 솔은 벌떡 일어나 침대에 걸터앉는다. 옆 테이블 위에 놓인 모자를 집어 푹 눌러 쓰는 솔은 이내 자리를 털고 일어나 밖으로 나간다.

일원지구대 건물 앞. 순찰차 두 대가 주차되어 있다. 솔이 나타난다. 주위를 두리번거리며 지구대 건물 가까이 다가서는 솔은 건물 현관 유리문을 통해서 안쪽을 기웃거리며 살핀다. 지구대 안에서 루나의 모습은 보이지 않고 앉아 있는 강 경사와 서성이는 오 경장의 모습이 보일 뿐이다. 실망한 표정의 솔은 땅에 발길질을 하고 돌아서려 한다. 그 순간, 사복을 입고 출근하는 루나가 지구대 왼쪽 저편에서 나타난다. 루나를 발견한 솔은 주차된 순찰차 뒤편으로 몸을 숨긴다. 멀리서 하얀색 치마 원피스(one-piece)를 입고 긴 생머리를 휘날리며 일원지구대 쪽으로 걸어오는 루나를 솔은 황홀한 표정으로 바라본다. 루나가 지구대 건물 쪽으로 가까워 오자 솔은 주차된 순찰차 아래쪽으로 자세를 낮춰 몸을 숨긴다. 솔은 미소를 머금은 얼굴로 지구대 현관 앞에 다다른 루나를 고개를 살짝 들어 훔쳐본다. 솔의 시선을 느낀 듯, 루나는 지구대 안으로 들어서려다 말고 솔이 숨어 있는 쪽으로 고개를 돌린다. 솔은 루나의 시선을 피해 재빠르게 자세를 낮춘다. 솔은 루나에게 발각되지 않는다. 루나는 이상하다는 듯 고개를 갸웃거린

후, 정면을 보고 지구대 현관문을 열고 안으로 들어간다.

거상파 아지트 인근 중식당. 식당 안 한켠에 마련된 룸(room). 강남 일대의 고등학교 일진 아이들이 열 명가량 모여 각을 잡고 앉아 있다. 잠시 후, 건달 1이 룸 안으로 앞서 들어오고 똘만이가 뒤따라서 들어온다. 테이블 맨 윗자리 쪽으로 걸어가며 건달 1은 아이들을 향해 "잘들 있었는가?"라고 묻는다. 윗자리에 다다른 건달 1이 앉을 때 아이들은 입을 모아 "네, 성님!"이라 대답한다. 똘만이는 건달 1이 앉아 있는 곳 오른편 맨 앞자리에 앉는다. 건달 1은 각을 잡고 앉아 있는 아이들을 둘러본 후 만족한 웃음을 흘린다. 이내 건달 1은 아이들을 향해 "우선 시장*헌게, 일단 요기**부터 해불자고!"라고 얘기한다. 앞에 놓인 메뉴책자***를 들어 펴고 훑어보던 건달 1은 "뭐시 좋을랑가, 보자. 음. 난 평소 소식****헌게 짜곱으로 허것어!"라고 말한다. 메뉴책자를 내려놓는 건달 1을 보며 똘만이도 "저도 그러겠습니다요, 성님!"이라 말한다. 건달 1과 똘만이의 행동을 바라보던 일진 아이들의 표정이 일그러진다. 건달 1은 아이들을 둘러보며 "싸게싸게 시켜 보드라고!"라고 말한다. 건달 1과 똘만이의 눈치를 보던 아이들은 망설임 없이 '짜곱'을 얘기한다. 건달 1은 만족스런 웃음을 흘리며 "무쇠도 씹어 묵을 나이에 그걸로 될랑가 모르것네, 이. 부족허문 공깃밥 추가해서

---

* 시장 : 시장하다. 배가 고픔.
** 요기 : 시장기를 겨우 면할 정도로 조금 먹음.
*** 메뉴(menu) : 식당이나 음식점 따위에서 파는 음식의 종류와 가격을 적어놓은 책자.
**** 소식(小食) : 음식을 적게 먹음.

남은 양념에 싹싹 비비 묵드라고!"라고 선심* 쓰는 듯 얘기한다. 이어서 건달 1은 "왜 모였는지 다덜 아니께 더 이상 설명은 안 허것어! 중헌 것은 실적이 젤로다가 좋은 놈헌티는 거상파 식구가 될 수 있는 특전**을 베푼다는 것이여! 알긋제?"라고 묻는다. 일진 아이들은 일제히 "네, 성님!"이라고 대답한다. 진지한 표정을 짓는 건달 1은 "노파심***에서 이르는디, 이것이 중독성이 강헌게 느그들은 호기심으로라도 주뎅이로 처묵지 말드라고!"라고 주의를 준다. 이번에도 일진 아이들은 입을 모아 "네, 성님!"이라고 대답한다. 이때 종업원 1과 2가 카트에 음식을 싣고 룸 안으로 들어온다. 테이블 위에 짜장면 곱빼기가 담긴 그릇들과 단무지와 양파, 춘장이 담긴 접시를 부지런히 올려놓는다. 상차림이 끝나자 건달 1은 살짝 인상을 쓴 얼굴로 테이블을 훑어본 후 나가려는 종업원 1을 불러 세운다. 건달 1은 종업원 1을 향해 "어이, 나가 누군지 몰르것소?"라고 묻는다. 당황한 종업원 1은 "네? 누구⋯"라고 말끝을 흐린다. 건달 1은 "허메, 섭섭허네, 이. 나가 누군 줄도 모리고. 것다가 짜장이 곱빼기로다가 한 다스****인디 달랑 다꽝*****만 갔다가 준다요. 이?"라고 묻는다. 종업원 1은 건달 1을 향해 "그러면, 짬뽕 국물이라도 좀 갖다 드릴까요?"라고 되물어본다. 건달 1은 조금

---

* 선심(善心) : 선량한 마음. 남에게 베푸는 후한 마음.
** 특전(特典) : 특별한 은전. 특별한 규칙.
*** 노파심(老婆心) : 남의 일을 지나치게 걱정하고 염려하는 마음.
**** 다스 : 일본어. 물건 열두 개를 묶어 세는 단위.
***** 다꽝 : 일본어. 단무지.

더 인상을 찌푸리며 "국물 몇 숟가락 들이키자고 나가 이라는 게 아니제! 저 짝에 진짜루는 둘이서 가도 내를 알아보고 군만두 서비스 줍디다!"라고 얘기한다. 종업원 1은 억지로 얼굴에 미소를 띠며 "아, 네."라고 대답하고 룸 밖으로 나간다. 종업원 2도 카트를 밀며 따라 나간다. 건달 1은 못마땅한 표정으로 종업원들을 본 후, 아이들을 향해 "아야, 면발 불기 전에 얼렁* 들드라고!"라고 얘기한다. 룸 안의 사람들이 짜장면을 먹기 시작한다. 잠시 후, 종업원 1이 군만두가 열 개씩 담긴 접시 두 개를 들고 룸 안으로 들어온다. 건달 1 앞에 한 접시, 테이블 중간에 한 접시를 내려놓고 나간다. 나가는 종업원 1의 뒤에 대고 건달 1은 실실 웃으며 "나가 누군지 인자 알아부렀구마, 이!"라고 혼잣말을 한다. 그리고는 열심히 짜장면을 먹고 있는 룸 안 사람들을 둘러보고 거드름을 피우며 "봤제? 나가 이 정도여!"라고 힘주어 얘기한다. 건달 1은 검지손가락을 세워 룸 안 사람들의 인원수를 파악하고 접시 위에 놓인 군만두의 개수를 파악한다. 그리고는 건달 1은 "열하나."라고 혼잣말을 한다. 이어, 자신의 앞에 놓인 군만두 접시를 들어 젓가락으로 군만두 한 개를 집어 다른 군만두 접시에 던지는 듯 올려놓는다. 건달 1은 자신의 왼손에 들려 있는 아홉 개의 군만두가 담긴 접시를 자신의 짜장면 그릇 왼편에 내려놓는다. 이어 똘만이와 일진 아이들을 번갈아 둘러보며 "한나쓱 맛이나 보드라고!"라고 선심 쓰는 듯 얘기한다. 잠시 후, 짜장면과 군만두를 전부 먹어 치운 건달 1은 고개를 들며

---

*   얼렁 : '얼른'의 방언. 시간을 끌지 아니하고 바로.

배를 쓰다듬고 "커억!" 하고 트림을 한다. 그리고는 건달 1은 아이들을 둘러보며 "어디, 획기적인 유통방안 없긋냐?"라고 묻는다. 테이블 끝자락에 앉아 있던 일진 아이 영호가 손을 번쩍 든 다음 일어서서 입을 연다. 영호는 건달 1을 뚫어지게 바라보며 "저는 소셜네트워크 서비스*를 활용해 영업망을 구축하고 네트워크 마케팅**을 적용해 물건을 유통시키겠습니다. 물건값은 국세청의 계좌추적을 피하기 위해 비트코인***을 이용해서 받도록 할 생각입니다."라고 얘기한다. 건달 1을 제외한 모든 이가 "와, 아!" 하고 감탄사를 내뱉으며 박수를 친다. 영호는 만족한 표정을 지으며 자리에 앉는다. 건달 1은 멍한 표정으로 눈만 깜박인다. 똘만이가 그런 건달 1을 본 후 가까이 다가가 설명해 주려 한다. 똘만이는 건달 1에게 상체를 가까이하며 "그러니까 말입니다요, 성님!" 하고 입을 연다. 건달 1은 똘만이와 아이들을 번갈아 본 후 "스, 읍. 내를 뭘로 보고!? 알제! 나도, 안당게!"라고 화를 낸다. 그리고는 영호를 보고 건달 1은 헛기침을 하며 "흠, 흠. 훌륭하고마, 이. 근디**** 말이다. 코인(coin)은 아니지 싶다는 게 나으 생각이여!"라

---

*   소셜네트워크 서비스(social network service) : 온라인상에서 불특정 타인들과의 관계망을 구축하고 정보관리를 도와주는 서비스. 이용자들은 이를 통해 새롭게 인맥을 쌓거나 기존 인맥을 강화시킬 수 있다.

**   네트워크 마케팅(network marketing) : 소비자를 판매자로 삼아 구축한 그물망 조직을 활용해 상품을 판매하는 마케팅 방법. 점포가 없는 상태에서 중간 유통단계를 줄여 유통비를 줄이고 관리비, 광고비 따위의 여러 비용을 없애 싼 값으로 소비자에게 제품을 직접 공급하고 수익의 일부분을 소비자에게 돌려주는 체계이다.

***   비트코인(bitcoin) : 지폐나 동전과 달리 물리적인 형태가 전혀 없는 온라인 디지털 화폐이다.

****   근디 : '그런데'의 방언.

고 얘기한다. 룸 안의 모든 사람들의 시선이 건달 1에게 향한다. 건달 1은 "한두 푼 가는 물건값이 아닌디 말이다. 우덜이 코인 노래방을 운영허는 것도 아닌디 그것을 코인으로 받아불면 활용도가 떨어진다는 말이제!"라고 얘기한다. 이어 그는 "그라고 은행 가가 노상* 환전하는 것도 일이고. 물건값은 말이다. 신사임당 초상화로다가 현찰박치기**여!"라고 힘주어 얘기한다. 건달 1을 제외한 사람들이 눈만 깜박인다. 말을 마친 건달 1은 자리에서 일어선다. 아이들을 둘러보는 건달 1은 "나가 또 가봐야 헐 디가 있어서."라고 말한 후 잠시 생각한다. 그리고는 다시 말을 이어간다. 건달 1은 아이들을 둘러본 후 "오늘 음식값은 말이다."라고 말하고 잠시 쉰다. 이어, 건달 1은 똘만이와 아이들을 번갈아서 지그시 바라보고 "더치페이***여!"라며 말을 마친다. 건달 1의 말에 룸 안의 모든 사람들의 얼굴 표정이 일그러진다. 조용해진 룸 안 분위기에 건달 1은 기분이 좋아진 듯 "아따! 자슥들! 나으 주뎅이서 잉글리쉬(english) 나와분게 긴장들 허는구마, 이!"라고 얘기한다. 사람들의 반응이 없자 건달 1은 더욱 신이 나서 "나가 느그들을 위해서 조선말로다가 씨부리 주겄어!"라고 얘기한다. 룸 안의 사람들을 잠시 훑어보던 건달 1은 "더치페이는 말이다."라고 말한 후 잠시 쉰다. 그리고는 건달 1은 "뿜빠이****! 알것는가?"라고 룸 안 사람들을 향해 묻는다.

---

*　　　노상 : 늘, 늘상. 언제나 변함없이 한 모양으로 줄곧.
**　　현찰박치기 : 외상이나 카드 결제가 아닌 현금으로 거래하는 일.
***　 더치페이(dutch pay) : 비용을 각자 부담하는 일.
****　뿜빠이 : 분배(分配)의 일본어 발음. 회식이나 모임 따위의 전체 비용을 참석한 사람 수만큼 거두어 내는 일을 통속적으로 이르는 말.

반응이 없는 사람들을 둘러본 후 건달 1은 밖으로 나가기 위해 발걸음을 옮기며 "참으로 무식헌 것들이여, 이."라고 혼잣말을 한다. 룸 문 손잡이를 잡아 열고 밖으로 나서며 건달 1은 "세계화의 물결에 발맞춰 나가기가 참 거시기허네, 이."라고 혼잣말을 한다.

일원지구대 앞. 솔이 여전히 서성이고 있다. 지구대 왼편에서 오 경장과 강 경사가 한 손에 자판기 커피가 담긴 종이컵을 들고 다른 한 손에는 이쑤시개를 들고 이를 쑤시며 지구대 쪽으로 걸어온다. 강 경사는 이를 쑤시던 손을 내리며 오 경장을 향해 "덕분에 잘 먹었어!"라고 얘기한다. 오 경장은 강 경사를 보고 생글생글 웃으며 "입에 맞으셨다니 다행이네요!"라고 대답한다. 강 경사는 다시 오 경장을 보고 "그나저나 앞으로 머리 꽤나 아프게 생겼어! 그치?"라고 얘기한다. 오 경장은 모르겠다는 표정으로 "무엇 때문에…"라고 물으며 말끝을 흐린다. 강 경사는 "더 잘 알면서 왜 그래? 신입이 똘끼*가 좀 있는 것 같으니 우리가 골치**가 아파지지!"라고 얘기한다. 오 경장은 이제야 알았다는 듯 "아, 아. 예, 에. 아직 세상 돌아가는 이치***를 몰라서 그런 거겠죠. 여기서 하루 이틀 지내다 보면 달라지지 않겠어요?"라고 묻는다. 강 경사는 "그래야지. 쉽게쉽게 살아가는 법을 배워야지."라고 말하며 오 경장을 바라보고 가볍게 웃는다. 지구대에 다다른 강 경사와 오 경장. 오 경장은 지구대 앞에서 서성이고 있는 솔을 보고 말

---

*   똘끼 : '또라이의 끼'의 줄임말. 보통 뭔가 부족한 행동을 했을 때 사용한다.

**   골치 : '머리' 또는 '머릿골'을 속되게 이르는 말.

***   이치(理致) : 사물의 정당한 조리. 또는 도리에 맞는 취지.

문을 연다. 오 경장은 솔을 검지손가락으로 가리키며 "어? 아직도 저기 있네!"라고 혼잣말을 한다. 강 경사는 솔을 흘깃 보며 오 경장에게 "뭐가? 아는 사람이야?"라고 묻는다. 오 경장은 고개를 좌우로 내저으며 강 경사를 향해 "아니요. 아침부터 기웃거렸던 것 같은데 아직도 저러고 있는 것 같아서요."라고 대답한다. 강 경사는 눈살을 찌푸리며 솔을 유심히 바라본 후 "어라!? 어디서 본 것도 같고 아닌 것도 같고."라고 혼잣말을 한다. 오 경장은 "장시간 여기 있는 걸 보니, 보이스피싱* 조직한테 당한 거 아닐까요? 지구대 앞에서 만나기로 하고 바람맞는 상황 같은데요."라고 얘기한다. 강 경사는 살짝 인상을 찌푸리며 "그러게. 엮이면 귀찮아지니까 일단 건들지 말자고!"라고 얘기한다. 강 경사와 오 경장이 지구대 바로 앞까지 오자 솔은 그들을 의식하고 그들의 눈길을 피해 그들의 반대편으로 몸을 비틀어 피한다. 강 경사와 오 경장도 솔의 눈길을 피한다. 강 경사는 헛기침 "어, 험." 하고 내뱉으며 지구대 안으로 들어서고 오 경장은 뒤따라 들어간다.

일원지구대 안. 현관문이 정면으로 보이는 자리에 루나가 앉아 업무를 보고 있다. 강 경사와 오 경장이 현관문을 열고 안으로 들어선다. 고개를 들어 이들을 발견한 루나는 하던 일을 멈추고 자리에서 벌떡 일어선다. 루나는 강 경사와 오 경장을 향해 "점심, 잘 드셨어요?

---

* 보이스피싱(voice phishing) : 주로 금융기관이나 유명 전자상거래 업체를 사칭하여 불법적으로 개인의 금융정보를 빼내어 범죄에 사용하는 범법행위. 음성(voice)과 개인정보(private data), 낚시(fishing)를 합성한 용어이다.

여긴 별일 없었습니다."라고 얘기한다. 루나의 질문에 강 경사는 대충 "어, 어!"라고 대답하고 안으로 들어가 책상 의자에 앉는다. 오 경장도 마지못해 대답하는 듯 "어. 자네도 천천히 다녀와! 여기 걱정 말고."라고 대답한다. 루나는 가볍게 웃고 고개를 살짝 숙인 후 "그럼, 저 다녀오겠습니다."라고 대답한다. 몸을 현관문 쪽으로 돌려 빠른 걸음으로 루나는 걸어 나간다. 루나가 지구대 현관문을 열고 밖으로 나온다. 루나를 발견한 솔은 씨익 웃으며 벽 쪽으로 몸을 붙여 숨는다. 루나는 솔을 의식하지 않고 지구대 왼편으로 걸어간다. 솔은 루나의 뒤를 천천히 거리를 두고 따라간다.

지구대 인근 순댓국집 앞. 가게에 다다른 루나는 망설임 없이 안으로 들어간다. 안으로 들어서며 주방을 향해 "이모, 저 왔어요!"라고 루나는 친근하게 인사를 건넨다. 그리고는 1인용 조그만 테이블에 자리를 잡고 앉는다. 주방에서 일하고 있던 순댓국집 여주인은 루나를 발견하고 그녀를 바라보며 "어! 또 왔어? 질리지도 않니?"라고 묻는다. 루나는 여주인을 보고 방긋 웃으며 "이모 손맛이 좋아서 계속 오게 되네요."라고 대답한다. 이때, 솔이 안으로 들어와 루나가 보이는 쪽에 자리를 잡고 앉는다. 여주인은 솔을 발견하고 "어서 오세요!"라고 인사를 건넨다. 솔을 흘깃 보는 루나는 여주인을 보며 "일하세요. 여기는 제가!"라고 말하며 자리에서 일어선다. 그리고는 냉장고로 걸어가 물병과 물컵, 물수건을 챙겨 솔이 앉은 테이블로 다가가 올려놓는다. 루나는 솔을 향해 "이 집, 순댓국 끝내줘요!"라고 얘기한다. 살짝 당황하는 솔은 머뭇거리며 대답을 하지 못한다. 그러자 루나는 "일단, 특으로 드셔보시라니까요!"라고 얘기한 후 솔을 보고 방긋 웃는다. 솔은 루나를 쳐다보지 못하고 고개를 숙인 채로 머뭇거리며 "네, 에."라고 대답한다. 루나는 여주인이 있는 주방을 향해 "이모! 순댓국 특으로 하나씩! 그리고 전, 알죠?"라고 크게 외친다. 순댓국집 여주인은 자리로 돌아가 앉는 루나와 앉아 있는 솔을 번갈아 보며 웃는다. 잠시 후, 여주인은 음식이 담겨 있는 쟁반을 들고 나와 솔에게 다가간다. 솔의 테이블 위에 쟁반에 담아간 순댓국과 공깃밥, 새우젓과 다대기, 청양고추와 마늘 저민 것이 담긴 접시, 된장 종지, 김치와 깍두기가 담긴 접시 등을 놓아주며 루나를 보고 입을 연다. 여주인은 루나를 향해 "조금만 기다려!"라고 얘기하고 한쪽 눈을 깜박이며 윙크*를 한다. 루나는 말없이 여주인을 바라보며 역시 한쪽 눈을 깜박이며 윙크를 한다. 솔의 테이블 상차림이 끝나고 주방으로 돌아가 루나의 테이블 상차림을 준비하는 여주인. 이내 쟁반을 들고 나와 루나의 테이블에 쟁반에 담아간 음식들을 내려놓는다. 루나의 테이블 상차림을 마친 여주인은 "아차!"라고 혼잣말을 한 후 냉장고로 다가가 소주 한 병을 꺼내어 들고 다시 주방으로 들어간다. 주방 한구석에서 소주병 마개를 딴 여주인은 선반에 놓인 500ml 빈 생수병을 들고 안에 소주를 부어 채운다. 잠시 후, 식사 중인 루나에게 다가가는 여주인은 소주가 담긴 생수병을 테이블 위에 올려놓으며 "여기!"라고 얘기한다. 루나는 활짝 웃으며 속삭이는 듯한 목소리로 "매번 고마워요!"라고 여주인에게 얘

---

*   윙크(wink) : 상대에게 무엇인가 암시하거나 추파(秋波)로써 한쪽 눈을 깜박거리며 하는 눈짓.

기한다. 물컵 가득 생수병 속 소주를 따르는 루나는 주위를 둘러본다. 루나의 행동을 바라보고 있던 솔은 루나와 시선이 마주치자 고개를 숙여 눈길을 피하며 순댓국을 떠먹는다. 자신의 테이블 앞을 바라보며 자세를 가다듬는 루나는 컵을 들어 벌컥벌컥 다 마셔버린다. 테이블 위에 물컵을 내려놓는 루나는 다른 사람이 들릴 듯 말 듯한 소리로 "캬, 하!" 하고 신음을 내뱉는다. 그리고는 숟가락을 들어 순댓국을 맛있게 떠먹는다. 지금까지 루나의 행동을 사랑스런 눈빛으로 흘끔거리던 솔은 루나가 근무시간에 술을 마시는 것을 알아채고는 가볍게 웃는다.

　　순댓국집 밖. 식사를 마친 루나가 식당 밖으로 나와 지구대 방향으로 걸어간다. 이내, 솔도 식당 밖으로 나와 일정한 거리를 두고 루나를 쫓아간다. 잠시 길을 걷던 루나는 눈가에 살짝 인상을 쓰고 육교 옆 벤치*에 앉아 신문을 넓게 펴고 읽고 있는 남자, 복덕방 김씨를 살펴본다. 이때 짧은 치마를 입은 행인 1이 복덕방 김씨 앞을 스치고 지나간다. 김씨는 신문을 내려 자신의 앞으로 지나가는 행인 1의 다리를 게슴츠레**한 눈으로 훔쳐본다. 이 모습을 지켜보던 루나는 혀를 차며 "쯧쯧쯧, 대낮부터 자리 깔고 앉으셨네!"라고 혼잣말을 한다. 루나와 복덕방 김씨와의 거리가 점점 가까워진다. 바로 그때 김씨 앞으로 옆으로 넓게 퍼지는 짧은 치마를 입은 행인 2가 지나간다. 행인 2가 육

---

*　　벤치(bench) : 여러 사람이 함께 앉을 수 있도록 길게 만든 의자.
**　　게슴츠레 : 졸리거나 술에 취해서 눈이 흐리멍덩하며 거의 감길 듯한 모양.

교 계단을 밟으며 올라서자 김씨는 손에 들려 있던 신문을 버리고 주머니에서 스마트폰을 꺼내어 들며 뒤따라 올라간다. 이를 유심히 살피던 루나는 "내, 그럴 줄 알았다!"라고 혼잣말을 한 후 빠른 걸음으로 김씨를 쫓아간다. 조금 떨어진 곳에서 이를 지켜보던 솔은 걱정스런 표정으로 발걸음 속도를 높여 루나와의 간격을 좁힌다. 육교 계단 위를 오르는 행인 2의 뒤에 바짝 다가선 김씨는 스마트폰을 행인 2의 치마 밑으로 밀어 넣으며 도촬*을 시도한다. 행인 2는 눈치 채지 못한다. 김씨가 음흉한 웃음을 흘리며 도촬을 계속할 때 루나가 김씨의 곁으로 뛰어 올라간다. 김씨의 손에 들려 있는 스마트폰이 카메라 기능이 켜진 상태로 행인 2의 치마 속을 비추는 것을 확인한 루나는 김씨의 왼손 손목을 잡아 올려 수갑을 채운다. 화들짝 놀라며 루나를 바라보는 김씨를 향해 루나는 "당신을 도촬 현행범으로 체포합니다. 당신은 묵비권**을 행사할 권리가 있고 변호인을 선임할 권리가 있습니다. 또…"라고 미란다 원칙***을 설명하며 스마트폰이 들려 있는 오른손을 잡아 올려 마저 수갑을 채운다. 모든 상황을 알아버린 행인 2는 뒤를 돌아보며 "어, 우!"라는 비명을 남기고 가던 길을 간다. 양손에 수갑이 채워진 채로 자신을 바라보는 김씨를 살피던 루나는 그를 향해 "어!? 나, 알지?"라고 묻는다. 루나를 알아본 김씨는 화들짝 놀라며 눈이 커

---

*   도촬 : 몰래 사진 찍는 것. 몰래카메라. 도둑 촬영을 줄인 신조어. 말 그대로 찍히는 사람 모르게 사진을 찍는 것.

**   묵비권(默祕權) : 피고나 피의자가 자기에게 불리한 진술을 거부할 수 있는 권리.

*** 미란다 원칙(Miranda 原則) : 피의자를 체포할 때, 변호인선임권, 진술거부권 등 피의자의 권리를 반드시 알려야 하는 원칙.

진다. 그리고는 이내 "휴, 우~" 하고 긴 한숨을 내어 쉬는 김씨는 말없이 고개를 푹 숙인다. 루나는 의기양양*한 표정으로 김씨를 향해 "서까지 같이 갑시다!"라고 얘기한 후 몸을 돌려 육교 밑으로 김씨를 끌고 내려온다. 육교 아래로 내려온 루나와 김씨는 일원지구대를 향해 걸어간다. 조금 떨어진 곳에서 이 광경을 지켜보던 솔은 가벼운 웃음을 흘린다. 루나와 복덕방 김씨가 멀어지는 것을 확인하고 나서야 솔은 몸을 돌려 어딘가를 향해 걸어간다.

저녁, 오야지가 입원해 있는 병원. 오야지가 침대에 걸터앉아 눈을 질끈 감고 있다. 그의 곁에는 간호사가 상체를 숙이고 서서 상처를 소독해 주고 있다. 간호사는 "상처가 다 아물었어요. 이제 퇴원하셔도 될 것 같은데요?"라며 오야지의 의향을 물어본다. 눈을 뜨며 간호사를 바라보는 오야지는 "얼라? 시방 아금니** 꽉 깨물고 인내***허고 있는 거 안 보이쇼, 이? 퇴원은 무신 개풀 뜯어먹는 소리****다요?"라고 투정을 부린다. 소독용품을 정리하는 간호사는 말없이 웃는다. 오야지는 간호사를 보고 "낸 아파 죽것서서 못 나간게 그리 아쇼! 그라고 여그는 섭생*****이 원활치가 몬해! 허접씨레기****** 같은 것만 주워 묵어 그란지

---

*   의기양양(意氣揚揚) : 뜻한 바를 이루어 만족한 마음이 얼굴에 나타난 모양.
**   아금니 : 어금니.
***   인내(忍耐) : 괴로움이나 어려움을 참고 견딤.
****   개풀 뜯어먹는 소리 : '말도 안 되는 소리'를 뜻하는 관용구.
***** 섭생(攝生) : 병에 걸리지 아니하도록 건강관리를 잘하여 오래 살기를 꾀함.
****** 허접씨레기 : '허접쓰레기'의 방언. 좋은 것이 빠지고 난 뒤에 남은 허름한 물건.

자꾸 헛것이 보이싼게 닝게루* 최고 존놈으로다가 하나 갖다가 꼽아 주쇼!"라고 얘기한다. 말을 마치고 새침한 표정으로 앉아 있는 오야지를 보고 방긋 웃으며 간호사는 "네, 영양제 하나 놓아 드릴게요."라고 말한다. 그리고는 가져갔던 약품들을 챙겨 병실을 나간다. 간호사가 병실을 나감과 동시에 건달 1이 들어온다. 건달 1은 침대에 걸터앉아 있는 오야지를 보고 "허메, 성님! 몸도 편찮으신데 누워 게시지라, 잉!" 이라고 말하며 오야지에게 다가간다. 오야지는 빈손으로 들어서는 건달 1을 보고 못마땅한 얼굴 표정을 지으며 "아따, 얼굴 쪼까 보기 힘들구먼? 생체기도 다 아물어 가는디 뭣허러** 왔당가? 그것도 빈손으로다가."라고 투덜거린다. 이때, 솔이 입원실 문을 열고 안으로 들어선다. 그의 손에는 생크림 케이크(cake)가 들려 있다. 들어서는 솔의 손에 들린 케이크를 보고 기분이 좋아진 오야지는 솔을 향해 "거상의 미래, 솔이 왔는가?"라고 다정하게 맞이해 준다. 건달 1은 그런 오야지의 행동을 보고 못마땅한 표정을 띤다. 솔은 들어서며 오야지를 향해 "좀 괜찮으세요? 달달한 것 드시면 기분이 좋아지실 것 같아서 이거."라고 말하며 들고 간 생크림 케이크를 오야지에게 건넨다. 생글생글 웃으며 케이크를 받아 자신의 우측 침대 위에 올려놓는 오야지는 다시 근엄***한 표정으로 솔과 건달 1을 둘러본다. 이내 오야지는 "그랴, 나 없는 동안 별일들 없었는가?"라고 묻는다. 솔은 말없이 웃으며 고

---

*   닝게루 : 독일어 '링거'(ringer)의 일본어 발음.
**   뭣허러 : 뭣하다. '무엇하다'의 준말.
***   근엄(謹嚴) : 매우 점잖고 엄숙하다.

개를 푹 숙인다. 건달 1은 신이 난 표정으로 "지는 영업망 구축헌다고 쎄빠지게* 돌아다녔구만이라!"라고 얘기한다. 잠시 생각하는 듯한 오야지는 건달 1을 보고 "신규 사업도 중요허다만은 우덜이 이라고 가마니** 맹키로*** 가만히 있어서야 쓰것냐?"라고 얘기한다. 건달 1은 궁금한 표정으로 "무신**** 말씀이신지…"라며 말끝을 흐린다. 오야지는 솔과 건달 1을 둘러본 후 "용팔이 애덜 말이여. 우덜이 잠잠하게 있응게 지덜이 이 바닥을 삼켜부렀다! 요라고 생각할 것 아니여?"라고 얘기한다. 잠시 생각하는 듯 말을 끊었던 오야지는 다시 "그라고 땅바닥에 내동댕이쳐진 거상의 위상*****을 다시 드높여야 한다는 것이 나으 생각의 요지******여!"라고 얘기한다. 건달 1은 오야지를 향해 "맞구만이라! 승자 없는 싸움이라지만 우덜이 피해가 큰 것이 사실이지라! 복수를 해야지라!"라고 당차게 얘기한다. 건달 1은 솔과 오야지를 번갈아 바라본 후 "애기덜 소집허것습니다요, 성님! 지가 앞장서서 쓸어버리고 오것습니다요, 성님!"이라고 얘기한다. 말없이 듣고만 있던 오야지는 건달 1을 향해 "나도 이라고 있고 컨드도 빵에 있는디 일 크게 벌일 것 없당게!"라고 얘기한다. 잠시 말을 끊는 오야지를 솔과 건달 1이 궁금한 표정으로 바라본다. 오야지는 "한 놈만 제끼불문 되야부

---

* 쎄빠지게 : 쎄빠지다. '힘들다'의 전남 방언.
** 가마니 : 곡식이나 소금 따위를 담기 위해 짚을 돗자리 짜듯이 쳐서 만든 용기.
*** 맹키로 : '처럼'의 전남 방언.
**** 무신 : '무슨'의 방언.
***** 위상(位相) : 어떤 사물이 다른 사물과의 관계 속에서 가지는 위치나 상태.
****** 요지(要旨) : 말이나 글의 핵심이 되는 중요한 내용.

러!"라고 힘주어 얘기한다. 그리고는 솔을 지그시 바라본다. 솔은 오야지와 눈이 마주치자 살짝 놀라며 고개를 숙인다. 오야지는 솔과 건달 1을 번갈아 바라보며 "대가리만 제거허문 가딜은 와해되아 부러!"라고 힘주어 얘기한다. 곁에서 지켜보던 건달 1이 오야지를 보며 "용팔이를 담궈버리자는 말씀이지라?"라고 확인하는 듯 묻는다. 오야지는 말없이 고개를 끄덕인다. 병실 안에는 잠시 적막*이 흐른다. 오야지는 다시 솔을 쳐다보며 "아야, 니는 조직의 앞날을 책임져야 할 몸뎅이여! 헐 수 있긋냐?"라고 묻는다. 솔은 대답하지 못하고 고개만 푹 숙인다. 솔의 행동에 오야지는 "휴, 우~" 하고 긴 한숨만 내어 쉰다. 건달 1은 오야지와 솔의 행동을 탐탁지** 않게 바라본다. 잠시 후, 건달 1이 다부진*** 표정을 지으며 "아따, 성님! 땅 꺼지것소! 나가 누구요? 고향서 성님만 바라보고 상경한 놈 아니어라!? 믿고 맡기만 주쇼! 쥐도 새도 모리게**** 메가지***** 확 따불랑게!"라고 힘주어 얘기한다. 불안한 표정의 오야지는 건달 1을 보며 "니가? 할 수 있긋냐, 이?"라고 묻는다. 건달 1은 오야지를 보고 건들거리며 "두 말 허문 입 아프지라, 잉! 그리고 일단 일단락 지어불문 남바 쓰리(number three)는 지 자리여라!"라고 힘주어 얘기한다. 그리고는 거드름을 피우며 솔을 흘깃 쳐다

---

* 적막(寂寞) : 쓸쓸하고 고요함.
** 탐탁지 않다 : 탐탁하다. 모양이나 태도, 또는 어떤 일 따위가 마음에 들어 만족하다의 부정어.
*** 다부진 : 다부지다. 벅찬 일을 견디어 낼 만큼 굳세고 야무지다.
**** 모리게 : '모르다'의 방언.
***** 메가지 : '모가지'의 전라도 속어.

본다. 오야지는 고개를 끄덕이며 건달 1을 보고 "그랴, 니 자리여! 그 놈만 제거해 불문 니가 내 새끼여!"라고 다독이듯* 얘기한다. 오야지의 말에 건달 1은 만족한 웃음을 흘린다. 오야지는 건달 1을 보고 "니는 과업**을 수행허고 잠잠해질 때꺼정*** 당분간 잠수 타야 헌게 신규 사업은 솔이헌티로 넘겨 불도록 혀!"라고 얘기한다. 못마땅한 표정으로 솔을 흘깃 쳐다보는 건달 1은 비아냥거리며 "누군 좋아 뒤져불것네!"라고 말한 후 다시 오야지를 보고 "다 채려놓은 밥상에 숟가락만 달랑 얹게 생겼구만이라!"라고 불만스러운 듯 얘기한다. 건달 1은 다시 오야지를 향해 "잠시 동안만 그렇게 허것어라! 조요옹해지문 다시 지가 솔선수범****해가 사업 추진허것어라!"라고 얘기한다. 오야지는 고개를 끄덕이며 "그랴! 니가 거상의 핵심*****이여, 핵심!"이라고 말하며 건달 1을 다독인다. 솔은 "휴, 우~" 하고 작게 알 수 없는 한숨을 내어 쉰다.

---

* 다독이듯 : 다독이다. 남의 약점을 어루만져 따뜻이 감싸고 달래다.
** 과업(課業) : 마땅히 해야 할 일이나 임무.
*** 꺼정 : '까지'의 방언.
**** 솔선수범(率先垂範) : 남보다 앞장서 행하여 다른 사람의 본보기가 됨.
***** 핵심(核心) : 사물의 가장 중심이 되는 부분이나 요점.

13

솔, 루나를 만나다 …
용팔이 제거작전

    며칠 후 저녁 무렵, 일원지구대 앞. 반팔 티셔츠(T-shirts)와 트레이닝(training)복 하의를 입고 아디다스(adidas) 삼선 슬리퍼(slipper)를 신고 있는 솔이 나타난다. 트레이닝복 하의 바지단을 접어 올렸으나 오른쪽과 왼쪽의 높이가 다르다. 솔은 손에 세차 도구가 담긴 양동이를 들고 어깨에는 수도꼭지용 고무호스(hose)를 둘러메고 있다. 지구대를 바라보고 있는 솔의 입가에는 미소가 번져 있다.
    일원지구대 안. 박 경감이 손에 공문을 들고 서 있다. 그의 앞으로 최 경위, 강 경사, 오 경장, 루나가 정렬해 서 있다. 강남경찰서에서 하달된 공문을 들고 살펴보던 박 경감은 정렬해 있는 지구대원들을 둘러본 후 입을 뗀다. 박 경감은 "마약과의 전쟁이 선포됐다. 마약청정국이던 한국의 위상이 땅바닥으로 내동댕이쳐진 지 오래라는 사실은 여러분들도 잘 알 것이다. 최근 입수된 정보에 따르면 폭력조직

을 중심으로 강남 일대에 펜타닐이 유통되고 있으며, 그 수요계층이 청소년부터 고령층까지 매우 다양하게 분포하고 있는 것으로 파악됐다. 이에 강남경찰서를 중심으로 구내 전 지구대 모든 경찰 인력은 마약사범 단속에 총력을 기울이라는 상부의 지시다. 다들 잘 알겠지?"라고 얘기한다. 박 경감이 말을 마치자 지구대 밖에서 물 뿌리는 소리가 '쏴, 아.' 하고 들려온다. 박 경감의 물음에 대답하려던 루나를 포함한 경찰관들이 일제히 현관문 밖 물소리가 나는 곳으로 고개를 돌린다. 지구대 밖에는 솔이 주차된 순찰차 한 대에 고무호스로 물을 뿌리고 있다. 지구대 안에서 현관문으로 다가가 솔의 모습을 확인하는 최 경위는 "뭐야? 누가 손세차 불렀나?"라고 지구대 안의 경찰들을 돌아보며 묻는다. 루나와 강 경사, 오 경장은 서로가 번갈아 얼굴을 쳐다본 후 고개를 가로로 내젓는다. 최 경위는 루나를 보며 "이 순경! 나가서 확인해봐!"라고 명령한다. 루나는 "알겠습니다!"라고 짧게 대답한 후 지구대 현관문을 열고 밖으로 나간다. 솔이 양동이에 물을 받아 세차용 세제를 풀어 스폰지(sponge)를 이용해 거품을 내고 있다. 충분히 거품이 일어난 것을 확인한 솔은 양동이에 스폰지를 담가 적셔 순찰차를 닦기 시작한다. 밖으로 나온 루나는 지구대 현관문 바로 앞에 서서 조금 떨어진 위치에서 열심히 차를 닦고 있는 솔을 향해 입을 연다. 루나는 "저기요!"라고 솔을 부른다. 차를 닦던 솔은 고개를 살짝 돌려 루나를 흘깃 본 후 다시 차량 쪽으로 고개를 돌리고 열심히 차를 닦는다. 루나는 다시 솔을 향해 "저기요! 지금 뭐하시는 거예요?"라고 묻는다. 그때서야 솔은 차를 닦던 손길을 멈추고 루나를 보고 서서 말문을 연다. 솔은 루나를 보고 환하게 웃으며 "충성!" 하고 거수경례를 한 후, "보시다시피 차 닦고 있습니다."라고 대답한다. 알 수 없다는 표정의 루나는 솔을 향해 "왜요? 누가 시켰어요?"라고 묻는다. 솔은 루나의 눈치를 살피며 수줍은 웃음을 흘리면서 "그냥, 하고 싶어서, 왜냐하면, 음, 그러니까…"라고 선뜻 대답하지 못한다. 답답한 표정의 루나는 "우린 손세차 부른 적 없는데 왜 시키지도 않은 일을 하고 그래요?"라고 쏘아붙인다. 이어 루나는 "세차비 줄 생각 없으니까 그쪽이 뿌려놓은 물기만 도로 닦아놓고 가세요!"라고 퉁명스럽게 얘기한다. 그리고는 몸을 돌려 지구대 안으로 들어가려 한다. 돌아서는 루나의 모습에 다급해진 솔은 그녀를 향해 "이거, 서비습니다!"라고 얘기한다. 루나가 다시 솔 쪽으로 천천히 몸을 돌린다. 솔은 다시 돌아서서 자신을 바라보는 루나를 향해 "민생*의 안전을 위해 1년 365일 불철주야** 노고***를 아끼지 않으시는 선생님들께 뭔가 보답하고 싶다는 생각이 들어서."라고 얘기한다. 솔의 얘기가 끝나자 루나는 그를 향해 확인하는 듯한 말투로 "공짜!?"라고 묻는다. 솔은 말없이 환하게 웃으며 고개를 크게 위아래로 끄덕인다. 루나는 잠시 하늘을 바라보며 생각하는 듯하다가 이내 솔을 보고 "그럼, 옆에 차도 마저 닦고 가세요!"라고 새침하게 얘기한다. 솔은 더욱 환하게 웃으며 고개를 크게 위아래로 끄덕인다. 루나는 몸을 돌려 지구대 안으로 들어가고 솔은 다시

---

*   민생(民生) : 일반 국민의 생활 또는 생계.
**   불철주야(不撤晝夜) : 어떤 일에 몰두하여 조금도 쉴 사이 없이. 밤낮을 가리지 아니함.
***   노고(勞苦) : 힘들여 수고하고 애씀.

세차를 시작한다.

 동일 밤, 거상파 아지트 지하창고. 건달 1과 똘만이가 테이블이 놓인 소파에 앉아 있다. 테이블 위에는 길다란 사시미가 신문에 쌓인 상태로 놓여 있다. 건달 1은 테이블 가장자리에 워커*를 신은 오른발을 올려놓고 끈을 질끈 동여매고 있다. 걱정스러운 똘만이의 표정을 본 건달 1은 "낯째기** 때깔***이 워째 그 모냥새****냐, 이?"라고 묻는다. 그리고는 발을 바꾸어 왼발을 테이블 가장자리에 올려놓고 워커 끈을 질끈 동여맨다. 똘만이는 "성님, 넘버 쓰리도 좋지만, 용팔이는 성님도 아시지 않습니까?"라고 말하며 긴 한숨을 "휴~" 하고 내어 쉰다. 건달 1은 아무것도 아니라는 듯 "아야, 땅 꺼지것어야! 한숨은 무신! 나가 나부***** 맹키로 살째기****** 날아서 앵아리******* 침 쏘드끼 확 담궈 불랑게!"라고 자신 있게 얘기한다. 더욱 걱정스러운 표정의 똘만이는 "아무래도 혼자서는…"이라고 말끝을 흐린다. 건달 1은 왼발을 테이블에서 내려놓으며 "니는 사업 관리나 잘허고 있드라고! 솔이 그 잡것******** 말이여! 굴러********* 들어온 돌이 백힌 돌 빼부러서는 안 되

---

*   워커(walker) : 군용 신발.
**   낯째기 : '얼굴'을 천하게 이르는 말. 전남 방언.
***   때깔 : 눈에 선뜻 들어나 비치는 맵시나 빛깔.
****   모냥새 : '모양새'의 전라도 방언.
*****   나부 : '나비'의 전남 방언.
******   살째기 : '살짝'의 전남 방언.
*******   앵아리 : 심마니들의 은어로, '벌'을 이르는 말.
********   잡것 : 점잖치 못하고 잡스러운 사람을 속되게 이르는 말.
*********   굴러 들어온 돌이 박힌 돌 뺀다 : '외부에서 들어온 지 얼마 안 되는 사람이 오래전부터

제!"라고 분한 듯 얘기한다. 이어 그는 "나가 이참에 서열정리 깔쌈하게* 해주것어! 거상의 미래는 그놈이 아녀, 나여! 이, 나!"라고 힘주어 얘기한다. 똘만이는 그런 건달 1을 보며 짧은 한숨을 "휴~" 하고 내어 쉰다. 건달 1은 사각형으로 접은 종이 한 장을 똘만이에게 건네며 "앞전에 1차로다가 물건 쪼까 뿌리놨어! 여그 약사덜 연락처허고 약방 위치 적어놨응게 나 없는 동안 관리 잘허드라고!"라고 말한다. 건달 1은 테이블 위에 놓인 신문에 쌓인 사시미를 집어 들고 일어선다. 문으로 다가가는 그는 문 손잡이를 잡아 열고 다시 뒤를 돌아본다. 똘만이를 향해 다시 고개를 돌린 건달 1은 그를 향해 "일진 얼라**들헌티 니 연락처 뿌리 놨응게 물건 떨어질 때마다 연락 올 것이다. 그리 알고, 자! 파이팅(fighting)이여!"라고 얘기한다. 말을 마친 건달 1은 똘만이를 보며 콧잔등을 잔뜩 찌푸리며 생긋이 웃고 창고를 빠져나간다. 걱정스런 표정의 똘만이는 건달 1이 사라지고 창고 문이 달히자 긴 한숨을 "휴~" 하고 내어 쉰다.

 늦은 밤, 일원지구대 안. 루나가 홀로 앉아 지구대를 지키고 있다. 루나는 졸리운 듯 하품을 하더니 "아~" 하고 신음소리를 내뱉으며 기지개를 켠다. 지구대 밖에는 솔이 서성이며 지구대 안을 살핀다. 루나가 혼자인 것을 확인한 솔은 씩 웃고는 어디론가 사라진다. 지구대 안에서는 루나가 고개를 끄덕이며 졸고 있다. 배가 고픈 듯, 잠시

   있던 사람을 내쫓거나 해치려 함'이라는 뜻의 관용 표현.
*   깔쌈하게 : '멋지다'의 방언.
**   얼라 : '어린아이'의 방언.

후 루나의 뱃속에서 '꼬르륵~' 하는 소리가 들려온다. 졸다가 잠시 실눈을 뜬 루나는 오른손으로 배를 쓰다듬은 후 다시 존다. 이때, 지구대 현관문이 열린다. 솔이 한 손에는 치킨(chicken)이 담긴 쇼핑백(shopping-bag)을, 다른 한 손에는 마개가 뜯겨진 상태로 닫혀 있는, 소주가 채워져 있는 생수병을 들고 들어온다. 현관문이 열리는 소리에 화들짝 놀라는 루나는 벌떡 일어서며 솔을 향해 "충성!" 하고 거수 경례를 한다. 솔이 지구대 선배 경찰들이 아님을 알아차린 루나는 솔을 향해 "아, 깜짝이야! 어? 세차? 이 야심한* 밤에 또 웬일이세요?" 하고 묻는다. 솔은 생긋 웃으며 "오늘 수금했어요. 친구들 만나고 지나가는 길에 혼자 고생하고 계시는 게 보여서, 이거!"라고 말하며 루나에게 치킨이 담긴 쇼핑백을 건넨다. 이때, 루나의 뱃속에서 다시 '꼬르륵~' 하는 소리가 들려온다. 멋쩍은 듯 루나는 가벼운 웃음을 흘리고 자신의 배를 내려다보며 "저녁이 부실하긴 했어요!"라고 얘기한다. 루나는 이내 치킨이 담긴 쇼핑백을 받아들고 "이러시면 안 되는데, 사심** 없이 고생하는 경찰관에게 주시는 간식이라 생각하고 감사히 받겠습니다."라고 솔에게 얘기한다. 지구대 안 원형 테이블 위에 신문을 펼쳐 깔고 치킨상자를 꺼내어 올려놓는 루나는 의자에 앉으며 치킨상자를 개봉한다. 교촌치킨 레드-윙*** 세트(set). 이를 확인한 루나는 솔을 보고 환하게 웃으며 "내가 이 세트 좋아하는 거 어떻게 아셨데요?"

---

*　　야심(夜深) : 야심하다. 밤이 깊다.
**　　사심(私心) : 사사로운 마음. 자기 욕심을 채우려는 마음.
***　교촌치킨 레드-윙(red-wing) : 닭봉과 날개 부위를 튀겨 매운 양념으로 간을 한 치킨.

라고 얘기한다. 그리고는 맨손으로 상자 안에 담긴 닭봉 치킨을 집어 들고 입 안으로 가져가 오물거리며 먹는다. 치킨을 오물거리며 루나는 솔을 보고 "아직 따듯하니 맛있네요!"라고 얘기한다. 멀뚱히 서서 사랑스런 눈빛으로 치킨을 먹는 루나를 바라보고 있던 솔은 그녀를 향해 "좋아하시는 메뉴라니 다행이네요!"라고 말하며 수줍게 웃는다. 그런 솔을 흘깃 보며 루나는 다시 맨손으로 닭 날개 부위를 집어 입 안에 넣고 오물거리며 솔을 향해 "어머! 내 정신 좀 봐!"라고 얘기하며 일어선다. 그리고는 솔에게 의자를 빼어주며 "앉으세요! 선배들 순찰 갔어요. 돌아오려면 아직 멀었어요. 같이 먹죠!"라고 말하고는 방긋 웃는다. 솔은 망설이지 않고 "그럼!"이라 말하며 루나가 빼어준 의자에 앉는다. 자리에 앉은 솔은 루나의 눈치를 살핀다. 그는 손에 들고 있던 생수병을 조심스레 테이블 위에 올려놓고 루나 앞으로 천천히 밀어주며 "이거…"라고 말끝을 흐린다. 물이 담겨 있는 생수병이라 생각한 루나는 생수병을 들고 "고마워요! 마침 목도 탔는데."라고 말한 후 입으로 생수병을 가져간다. 벌컥벌컥 두 모금 마신 루나는 앞으로 상체를 숙이며 입 안에 있는 소주를 '꿀꺽' 하고 삼킨다. 루나는 획 하고 고개를 들어 솔을 째려보며 "캬!" 하고 신음소리를 내뱉는다. 이어 오른손으로 엄지척을 들어 올리며 "최고의 간식이네요!"라고 칭찬한다. 솔은 머리를 긁적이며 "일전에, 순댓국집 사장님이 하시는 걸 봐서…"라고 말끝을 흐린다. 솔의 얘기에 아랑곳하지 않는 루나는 맨손으로 닭봉 하나를 집어 올려 솔의 입가에 들이밀며 "이 닭봉이 닭들이 운동을 제일 많이 하는 부위라 쫄깃하니 맛있어요! 드셔보세요!"라고 얘기한다. 루나의 행동에 살짝 당황한 솔은 고개를 이리저리 돌려가며 눈치를 살피다가 입을 "아!" 하고 크게 벌려 받아먹으려 한다. 솔의 행동에 당황하는 루나는 정색을 하며 그의 입가에 가져갔던 닭봉을 든 손을 뒤로 뺀다. 그리고는 그를 향해 "어머! 짐승이세요!? 왜 먹이를 입으로 받아드세요? 손!"이라고 얘기한다. 입을 크게 벌리고 멈춘 상태로 눈만 깜박이던 솔은 무슨 의미인지 알았다는 듯 멋쩍게 웃으며 입을 오므린다. 그리고는 오른손을 들어 루나가 들고 있는 닭봉을 받아 입 안에 넣고 오물거리며 먹는다. 루나는 "고깃점이 탱탱하죠?"라고 솔에게 물은 후 생수병을 들어 그 안의 소주를 한 모금 마신 후 "캬!" 하고 신음소리를 내뱉는다. 이어, 치킨상자 안의 닭봉을 집어 입 안에 넣고 오물거리며 솔을 보고 가벼운 웃음을 흘린다. 루나의 웃는 얼굴을 보며 솔도 행복한 웃음을 흘린다.

 늦은 밤. 용팔이파 아지트 건물 인근 거리. 건물 앞 차도에는 검정색 제네시스 G90 차량이 주차되어 있다. 차량과 건물 사이 인도에는 용팔이파 중간보스와 부하 1이 서성이고 있다. 건달 1은 용팔이파 아지트 건물 근처 골목에서 몸을 숨기고 있다. 건달 1의 오른손에는 30cm가량의 사시미가 들려 있다. 건달 1은 벽에 기대어 서서 중간보스와 부하 1이 서성이는 곳을 살펴본다. 얼마 지나지 않아 두목 용팔이가 아지트 건물 밖으로 모습을 드러낸다. 이를 확인한 건달 1은 사시미를 든 오른손을 뒷짐 진 상태로 빠른 걸음으로 용팔이가 서 있는 곳으로 다가간다. 굽신거리는 중간보스와 부하 1에게 용팔이는 "오늘 고생들 했어. 영업 마무리하는 대로 들어들 가고."라고 얘기하며 중간보스의 어깨를 오른손으로 다독거린다. 이때, 건달 1이 "어이, 용팔이!"라고 외치며 용팔이와 중간보스, 부하 1이 서 있는 곳으로 다가온다. 건달 1을 등지고 중간보스와 부하 1과 얘기를 나누던 용팔이가 눈살을 찌푸리며 다가오는 건달 1 쪽으로 고개를 살짝 돌린다. 이때, 중간보스가 건달 1을 흘깃 보고는 그를 향해 "너, 뭐야!?"라고 소리친다. 건달 1은 용팔이와 중간보스, 부하 1이 서 있는 곳으로 가까이 다가온다. 그리고는 중간보스와 부하 1을 향해 "너그덜은 볼일 없응게 일단 빠져부러!"라고 얘기한다. 이어 건달 1은 용팔이를 보고 다가서며 "나, 몰르것는가?"라고 묻는다. 용팔이는 자신을 지나쳐 건달 1 쪽으로 나서서 그를 저지하려는 중간보스와 부하 1을 막아선다. 그리고는 몸을 건달 1 쪽으로 완전히 돌리고 그를 향해 "모르겠는데. 날 아나?"라고 묻는다. 용팔이와 다섯 걸음 정도 거리를 두고 가까이 다가선 건달 1은 "나, 거상파 넘버 쓰리여!"라고 힘주어 얘기한다. 용팔이는 말 없이 가소롭다는 듯 "흥!" 하고 콧방귀를 뀐다. 이때, 건달 1은 용팔이를 향해 "그 웃음이 마지막 하직* 인사여!"라고 말한다. 그리고는 전광석화**와 같은 몸놀림으로 뒷짐 진 오른손의 사시미를 용팔이의 복부를 향해 찌른다. 가볍게 피하는 용팔이는 왼손으로 건달 1의 사시미를 든 오른팔을 잡고 자신의 몸 쪽으로 당기면서 자신의 오른팔 팔꿈치로 건달 1의 관자놀이를 가격한다. 용팔이는 잡고 있는 건달 1의 오

---

*   하직(下直) : 먼 길을 떠날 때 웃어른께 작별을 고함.
**   전광석화(電光石火) : 번갯불이나 부싯돌의 불이란 뜻으로 극히 짧은 시간. 아주 신속한 동작.

른팔을 놓아주지 않는다. 이어, 용팔이는 충격으로 비틀거리는 건달 1의 사시미를 든 오른팔을 자신의 오른 무릎을 들어 올려 찍어 꺾어 부러뜨려 버린다. '두두둑' 하는 소리와 함께 건달 1의 "아악!" 하는 외마디 비명소리가 들려온다. 건달 1은 용팔이의 무릎 공격으로 오른팔이 부러지면서 오른손에 들고 있던 사시미를 땅에 떨어뜨린다. 엉거주춤 서 있는 건달 1은 부러진 오른팔을 왼팔로 감싸 안고 "아, 아!" 하는 비명을 내뱉으며 고통스러워한다. 건달 1을 잠시 바라보던 용팔이는 회심*의 미소를 흘리며 땅에 떨어진 사시미를 집어 들고 앉은 자세로 고통스러워하며 서 있는 건달 1의 두 다리 뒤꿈치 위 아킬레스건**을 그어 끊어버린다. 건달 1의 양 발목 뒤꿈치 부위에서 피가 솟아오른다. 건달 1은 "으악!" 하고 비명을 지르며 땅바닥에 뒤로 털석 드러누워 버린다. 용팔이는 신음소리를 내며 괴로워하는 건달 1을 흘깃 본 후 중간보스와 부하 1을 보며 "저 병신 갖다버려라!"라고 나지막이 얘기한다. 중간보스와 부하 1은 동시에 "알겠습니다. 형님!"이라고 대답한 후 누워서 고통스러워하는 건달 1의 양 겨드랑이에 팔을 끼어 나누어 잡고 질질 끌며 어디론가 사라진다. 용팔이는 주차된 제네시스 G90 차량 뒷좌석 문을 열고 차에 오른다. 차에 시동이 걸리고 이내 거리에서 사라진다.

---

*   회심(會心) : 마음에 흐뭇하게 들어맞음. 또는 그런 상태의 마음.
** 아킬레스건(achilles腱) : 발뒤꿈치의 뼈 위에 붙어 있는 힘줄. 인체에서 가장 강한 힘줄로 보행(步行) 운동에 중요함. 아킬레스 힘줄.

14

오늘부터 1일 …
펜타닐 유통

    며칠 후, 일원지구대 인근 꽃집. 꽃집 앞에는 장미꽃이 색깔별로 나뉘어 전시되어 있다. 꽃집 앞 왼편에 놓인 작은 칠판에는 색깔별 장미 꽃말이, 빨강-열정, 하양-순결, 분홍-행복한 사랑, 노랑-사랑의 감소, 파랑-불가능한 것, 검정-이별 등으로 한 줄씩 구분되어 적혀 있다. 잠시 후, 꽃집 왼편에서 베이지 색상*의 슬렉스** 팬츠와 티셔츠를 입고 흰색 로퍼***를 신은 솔이 나타난다. 꽃집 앞을 지나치려던 솔은 가게 앞에 전시된 장미꽃에 시선을 빼앗긴다. 걸음을 멈춰 서서 장미를 구경하던 솔은 이내 가게 좌측에 세워진 작은 칠판에 적혀 있는 꽃말

---

*   베이지((beige) 색상 : 연한 노랑.
**   슬렉스(slacks) : 느슨하고 헐렁한 서양식 바지. 요즘은 평상복, 운동복, 작업복으로 남녀노소가 널리 이용한다.
*** 로퍼(loafer) : 별도의 여밈 장치가 없어 탈착이 편리한 신발로 격식을 덜 차려도 되는 비즈니스 용도에서부터 레저 용도까지 남녀노소 널리 착용한다.

을 읽어 내려간다. "행복한 사랑."이라고 혼잣말을 하는 솔은 전시된 장미 중에서 분홍 장미 한 다발을 집어 올린다. 그리고는 가벼운 미소를 띤다.

일원지구대 앞. "고생들 하셨습니다. 먼저 갑니다!" 하는 루나의 목소리가 들려온다. 잠시 후, 긴 생머리를 풀어 헤친 상태로 베이지색 치마 원피스를 입고 흰색 로퍼를 신은 루나가 일원지구대 현관문을 열고 밖으로 걸어 나온다. 루나의 왼손에는 작은 손가방이, 오른손에는 핸드폰이 들려 있다. 퇴근의 기쁨 때문인지 루나의 얼굴에는 환한 웃음이 감돈다. 지구대 오른편으로 몸을 돌려 걸어가는 루나는 "아, 배고파! 빨리 가야지!"라고 혼잣말을 한다. 빠른 걸음으로 뛰듯이 걸어가는 루나의 긴 생머리가 바람에 휘날린다.

꽃집과 일원지구대 중간지점의 거리. 왼편에서는 분홍 장미 한 다발을 들고 있는 솔이, 오른편에서는 퇴근 중인 루나가 나타난다. 점점 둘의 거리가 가까워진다. 걸어오는 루나를 알아본 솔은 수줍은 미소를 띠며 장미꽃 다발을 한 손으로 잡고 자신의 몸 뒤로 숨긴다. 루나는 솔을 알아보지 못한 채 환한 웃음을 띠고 가벼운 발걸음으로 걸어온다. 마주 보고 있는 솔과 루나의 거리가 1미터 남짓. 이때까지도 루나는 솔을 알아보지 못한다. 루나가 솔을 지나치려는 순간, 솔은 몸 뒤에 숨기고 있던 장미꽃 다발을 앞으로 내밀고 "루나 씨! 이거!"라고 말하며 그녀에게 장미꽃 다발을 건낸다. 화들짝 놀라는 루나는 한 걸음 물러서서 솔을 지그시 들여다본다. 그리고는 솔에게 "어! 손세차 아저씨?!"라고 묻는다. 솔은 자신을 알아본 루나를 향해 가벼운 웃음을 흘리며 고개를 끄덕인다. 루나는 솔의 손에 들려 있는 장미꽃 다발을 내려다보고 "와! 예쁘다!"라고 얘기한다. 꽃다발을 받아들지 않는 루나에게 솔은 "빨리 받아요! 팔 떨어지겠어요!"라고 얘기한다. 솔의 말에 루나는 눈을 흘겨 뜨고 고개를 들어 솔을 째려보며 "이건 뭐죠?"라고 묻는다. 루나의 눈빛에 당황한 솔은 상체를 뒤로 살짝 뺀 후 다시 자세를 고쳐 잡으며 "그냥, 지나가다가 예뻐서 충동구매했는데, 마땅히 줄 사람이 없어서."라고 떠듬떠듬* 얘기한다. 솔의 행동에 루나는 짝다리를 짚고 서서 팔짱을 끼고는 의심스럽다는 투로 "고작 닭 한 마리 먹여놓고, 쑤욱! 작업 들어오는 거 아니죠?"라고 묻는다. 루나의 말에 당황한 솔은 과장된 목소리로 "에이, 설마! 나 차 닦고 다녀도 눈 높아요! 이건, 정말, 아무 의미 없이…"라고 얼버무린다. 솔의 행동에 루나는 "흥!" 하고 콧방귀를 뀌고는 "됐어요! 의미 없는 꽃다발을 내가 왜 받아요!"라고 말하며 서 있는 솔을 지나쳐 가던 길을 가려 한다. 루나의 행동에 더욱 당황하는 솔은 "아! 저기! 그럼, 술친구 될 거 기념하는 꽃다발!"이라고 루나에게 얘기한다. 가려던 발길을 멈춘 루나는 고개를 획 돌려 솔을 째려보고는 "술친구 될 거?"라고 묻는다. 솔은 한 손에는 장미꽃 다발을 들고 다른 한 손으로는 머리를 긁적이며 "음, 오늘은 삼겹살에 한 잔!"이라고 힘주어 얘기한다. 루나는 솔을 째려보던 눈가에 힘을 풀며 "어머머! 꽃으로 안 되니까 내가 좋아하는 걸로 들이대는 것 좀 봐!?"라고 혼잣말을 한다. 루나의 말에 솔은 장미꽃 다발

---

* 떠듬떠듬 : 말을 하거나 글을 읽을 때 자꾸 순조롭게 하지 못하고 막히는 모양. '더듬더듬'보다 센 느낌을 준다.

을 루나에게 들이밀며 "술친구 기념!"이라고 다시 한번 힘주어 얘기한다. 루나는 잠시 생각하는 듯 망설이다가 고개를 솔의 반대편으로 살짝 돌리며 "흥!" 하고 콧방귀를 뀐다. 이때, 루나의 뱃속에서 '꼬르륵' 하는 소리가 들려온다. 이 소리를 들은 솔은 루나의 행동에 엷은 미소를 띠며 "우선, 가시죠! 삼겹살하고 껍데기 죽여주는 곳 아는데."라고 말하며 한 걸음 앞장선다. 요지부동*하게 꼼짝도 하지 않고 짝다리를 짚고 팔짱을 낀 상태로 서 있던 루나가 실눈을 뜨고 앞서 걷는 솔을 살짝 쳐다본다. 두어 걸음 앞서 걷던 솔은 움직이지 않고 서 있는 루나 쪽으로 고개를 획 돌린다. 솔의 행동에 깜짝 놀라는 루나는 솔의 반대편으로 다시 고개를 획 돌린다. 솔이 몸을 돌려 다시 루나의 곁으로 다가선다. 그리고는 루나에게 "그럼, 그냥, 집에 가실래요?"라고 작은 목소리로 속삭이듯 물어본다. 솔의 행동에 루나는 몸을 획 돌려 앞서 한두 걸음 걸으며 "일단, 한 잔 찌끄리면서** 얘기해요!"라고 얘기한다. 루나의 행동에 솔은 환하게 웃으며 루나의 의중***을 알 수 없다는 듯 고개를 좌우로 흔든다. 그리고는 루나의 곁에 바싹 다가서서 걷기 시작한다. 팔짱을 낀 루나는 고개를 꼿꼿이 치켜세우고 눈을 가늘게 뜬 상태로 빠른 걸음으로 걸어간다. 이내, 솔은 종종걸음으로 루나를 따라 걸으며 흥분한 듯한 목소리로 "그 집은 파절이가 예술이에요!

---

*   요지부동(搖之不動) : 흔들어도 전혀 움직이지 않음. 결코 자신의 뜻을 굽히지 않는 고집 센 모습을 가리킴.
**   찌끄리면서 : 찌끄리다. 물이나 액체 등을 뿌리다의 전라도 사투리. 술 한 잔 하자의 의미.
***   의중(意中) : 마음속.

그리고 참숯에 불 피워 고기 구워 주는데, 참숯향이 은은한 게 고기가 입에 착착 달라붙어요!"라고 너스레*를 떤다. 루나는 말없이 빠른 걸음으로 앞서 걷고 솔은 계속 중얼거리면서 종종걸음으로 루나를 따라 걷는다. 이렇게 둘은 삼겹살집을 향해 걸어간다.

거상파 아지트 오야지 사무실. 책상 의자에 오야지가 굳은 얼굴 표정을 하고 앉아 담배를 태우고 있다. 그의 앞으로 소파에 건달 2, 3, 4, 5가 양 갈래로 나뉘어 고개를 푹 숙이고 앉아 있다. 잠시 후, '똑똑똑' 하는 사무실 문 노크(knock) 소리가 들린다. 건달 2가 서둘러 일어나 문을 열어주자 똘만이가 건달 1이 고개를 푹 숙이고 앉아 있는 휠체어를 밀고 들어온다. 건달 1의 오른팔은 깁스**가 되어 있고, 슬리퍼가 신겨진 양쪽 다리 발목에는 붕대가 감겨 있다. 이들이 들어오자 소파에 앉아 있던 건달 3, 4, 5가 일제히 일어선다. 오야지는 태우던 담배를 재떨이에 비벼 끄고 천천히 일어선다. 똘만이가 미는 휠체어가 오야지가 있는 곳에 가까이 와 멈춰 서자 고개를 푹 숙이고 있던 건달 1이 천천히 고개를 들며 다가서는 오야지를 향해 입을 연다. 눈가가 촉촉하게 젖은 건달 1은 오야지에게 "성님, 면목 없구만이라."라고 얘기한다. 오야지는 걱정스런 표정으로 건달 1에게 다가서며 과장된 억양으로 "아야, 월매나 아팠긋냐, 이?"라고 얘기한다. 오야지의 물음에 건달 1은 "아픈 것이 문제가 아니어라. 양쪽 씸줄이 다 끊어져 부러서 인

---

*   너스레를 떨다 : 수다스럽게 떠벌려 늘어놓는 말이나 행동.
**   깁스(gips) : 석고 가루를 굳혀서 단단하게 만든 붕대. 뼈, 관절의 병이나 인대의 손상, 골절, 관절염 따위에서 환부의 안정과 고정을 위하여 감는다.

자 평생 못 걷게 되아부렀어라."라고 담담하게 얘기한다. 오야지는 깜짝 놀라는 척하며 "허메, 워째야 쓰까잉!? 싸랑허는 나으 동상 빙신 맹근 놈의 원수는 꼭 갚아 줘야제!"라고 큰 목소리로 얘기한다. 오야지는 이어 똘만이를 보고 과장된 동작으로 문 쪽을 가리키며 "아야, 뭣허냐? 얼른 델꼬 가서 편히 쉬게 해줘야제!"라고 얘기한다. 오야지의 말에 감격한 듯한 건달 1은 "고맙구만이라! 성님 덕분에 편히 쉴 수 있어서 다행이지라. 그럼 가보것습니다요, 성님." 하고 인사를 한다. 그리고는 똘만이를 향해 힘없는 목소리로 "만이야, 가자."라고 얘기한다. 슬픈 표정으로 휠체어를 잡고 서 있던 똘만이는 휠체어의 방향을 바꾸어 문 쪽으로 밀며 걸어간다. 등 돌려 나가는 똘만이와 건달 1을 보며 썩은 미소를 띠는 오야지는 "여그는 걱정 말고 푹 쉬드라고!"라고 얘기한다. 똘만이와 건달 1이 문을 나서고 사무실 문이 닫힌다. 갑자기 오야지의 표정이 무섭게 일그러진다. 오야지는 사무실 안의 건달 2와 건달 3, 4, 5를 번갈아 둘러보며 "아야, 저 육실할* 놈 장바닥**에서 씨세미***나 팔게 해 부러라! 목구녕****에 풀칠*****은 해야 쓸 것 아니냐!"라고 내뱉는다. 건달 2가 고개를 숙이며 "알겠습니다요, 성님!" 하고 대답한다. 짜증스런 표정의 오야지는 다시 건달 2, 3, 4, 5를 둘러

---

*   육실할 놈 : 이미 죽은 사람에게 형벌을 가하여 그 목을 베는 '육시(戮屍)를 할'의 준말로 아주 꾸짖거나 저주할 때 욕으로 쓰는 말.

**   장바닥 : 장이 서 있는 곳. 시장.

***   씨세미 : 수세미의 전라도 방언.

****   목구녕 : 목구멍의 방언.

*****   목구녕에 풀칠하다 : 목구멍에 풀칠하다. 굶지 않고 겨우 살아가다.

보며 "솔이는 뭐 땜시* 코빼기**도 안 비친다냐?"라고 묻는다. 건달 2, 3, 4, 5는 대답 없이 고개를 좌우로 흔들며 서로 눈치만 본다. 오야지는 굳어 있던 얼굴 표정을 풀며 "자슥, 약장사에 시간 가는 줄도 모리는 갑다. 참으로 기특한 놈이여."라고 혼잣말을 하며 엷은 미소를 띤다. 이런 오야지의 모습에 건달 2, 3, 4, 5는 못마땅한 표정을 짓는다. 이어 오야지는 "암만 생각해도 말이다. 용팔이놈을 제거해야 쓰것어. 지원할 놈 어디 없는가?"라고 물으며 건달 2, 3, 4, 5를 둘러본다. 그들은 고개를 숙이거나 오야지의 시선을 피해 반대편으로 고개를 돌리면서 대답을 회피한다. 이런 건달들의 모습에 오야지는 한숨을 "휴~" 하고 내어 쉰다. 이어 오야지는 "역시, 믿을 놈은 한 놈밖에 읎써. 솔이 연락 취하드라고!"라고 얘기한다. 건달 2, 3, 4, 5가 동시에 엷은 미소를 띠며 "알겠습니다요, 성님!"이라 대답한다.

삼겹살집. 드럼통***으로 테이블을 만든 음식점. 음식점 안에는 서너 테이블에 손님이 앉아 있고, 한쪽에 솔과 루나가 마주 보고 앉아 있다. 이 둘 사이 빈 의자에는 솔이 준비했던 분홍 장미 한 다발이 놓여 있다. 둘이 앉은 테이블 위에는 빈 소주병이 7병 놓여 있고, 불판 위에는 익은 고기가 서너 점 남아 있다. 기본 반찬도 거의 다 먹고 빈 접시만 여러 개 놓여 있다. 말똥말똥**** 눈을 뜨고 앉아 있는 루나와는 다

---

*   뭐 땜시 : '무엇 때문에'라는 말로 전라도 지역에서 흔히들 쓰는 일상 용어.
**   코빼기도 안 비친다 : 코빼기도 내밀지 않다. 도무지 모습을 나타내지 아니함을 낮잡아 이르는 말.
*** 드럼통(drum桶) : 두꺼운 철판으로 만든 원기둥 모양의 큰 통. 기름 따위를 담음.
**** 말똥말똥 : 눈빛이나 정신이 맑고 생기가 있는 모양.

르게 솔은 술에 취해 몸을 전후좌우로 흔들며 앉아 있다. 솔을 보고 루나는 "벌써 취한 거예요?"라고 묻는다. 루나의 질문에 솔은 자세를 바로잡고 양손을 들어 내저으며 혀가 풀린 발음으로 "아니, 아니, 이 정도로 취할 내가 아니지."라고 대답한다. 그리고는 솔은 고개를 푹 숙인다. 잠시 후, 솔은 작은 소리로 코를 골며 잔다. 솔을 지그시 바라보던 루나는 한숨을 "휴~" 하고 내어 쉰다. 그리고는 술집 사장님을 부르며 루나는 "사장님, 여기 2인분에 소주 하나 추가요!"라고 주문을 한다. 사장님이 바로 고기와 술을 들고 나타난다. 턱을 고이고 앉아 자고 있는 솔을 지그시 바라보는 루나를 흘깃 본 후 사장님은 그녀에게 "애인분 취한 것 같은데 그만 드시죠?"라며 술을 더 마시려는 루나를 말리려 한다. 사장님의 말에 깜짝 놀라는 루나는 자세를 고쳐 앉으며 "애인 아니에요! 전 저런 나약한 남자 싫어라 해요!"라고 얘기한다. 이어 사장님을 향해 "가져오신 거나 얼른 주세요!"라고 얘기한다. 사장님은 루나에게 궁금하다는 듯 "이거 혼자 드시게요?"라고 묻는다. 루나는 당연하다는 듯 "넵!"이라고 짧게 대답한다. 가져간 고기와 소주를 테이블 위에 올려놓고 사장님은 "그만 드시는 게 좋을 것 같은데."라고 혼잣말을 하며 사라진다. 솔은 고개를 푹 숙이고 앉아 작게 코를 골며 자고 있다. 그런 솔의 모습에 아랑곳하지 않는 루나는 새로 가져온 고기를 불판에 올려놓으며 기분 좋은 듯 콧노래를 흥얼거린다. 또, 새로 가져온 소주를 흔들어 거꾸로 세운 후 병 아랫부분을 주먹으로 통통 친 다음 병을 따서 자신의 빈 잔을 채운다. 바로 잔을 들어 비워 버리는 루나는 "캬!" 하고 신음소리를 내뱉는다. 불판 위에 놓인 고기가 익어가고 고기를 뒤집는 루나의 손길이 바빠진다. 고기를 구워 잘라서 입에 넣어가며 혼자 빈 술잔을 채우고 마시기를 반복하는 루나. 그녀는 짧은 시간 동안 추가 주문한 술과 고기를 먹어 치운다. 마지막 한 잔을 채우는 루나, 불판 위에 남은 다섯 점의 고기를 탑을 쌓는 듯이 포개어 놓는다. 잔을 들어 마지막 소주를 마셔버리는 루나는 쌓아 놓은 고기탑으로 젓가락을 가져간다. 고기탑을 집어 올려 자신의 입으로 가져가는 루나는 입을 크게 벌리더니 고기탑을 입 안에 넣고 오물거리며 열심히 씹어댄다. 힘겹게 꿀꺽 삼키는 루나는 바로 "커억!" 하고 트림을 한다. 그리고는 술과 음식에 만족한 듯, 루나는 오른손으로 배를 쓰다듬으며 행복한 미소를 띤다. 이내 얼굴 표정이 굳어지는 루나는 자고 있는 솔을 다시 지그시 바라본다. 잠시 후, 루나는 천천히 오른손을 들어 자고 있는 솔의 왼팔을 잡아 흔들어 깨우며 "아저씨! 가야죠! 나, 다 먹었는데."라고 얘기한다. 솔은 반응이 없다. 루나는 다시 한번 솔의 팔을 잡아 흔들며 "아저씨! 계산하고 나가야죠!"라고 얘기한다. 깜짝 놀라는 듯 잠에서 깬 솔은 미간을 찌푸리고 루나를 잠시 쳐다보다가 루나임을 알아보고 헤벌쭉*하게 웃으며 "어!? 루나 씨, 히. 나랑, 오늘부터 1일!"이라 얘기하며 왼손 검지손가락을 치켜세워 올린다. 말이 끝나기가 무섭게 솔은 테이블 위에 오른팔을 올리고 머리를 오른팔 위로 올려놓으며 엎드린 자세로 자버린다. 루나는 솔의 행동에 콧방귀를 뀌며 "흥, 1일? 웃기시네!"라고 혼잣말을 한다. 그

---

* 헤벌쭉 : 입이나 구멍 따위가 넓게 벌어진 모양.

리고는 엎드려 잠든 솔의 어깨를 잡아 흔들며 "아저씨, 술값 안 낼라고 뺑끼* 치시는 거죠? 그러지 마시고 빨랑 일어나요. 네!?"라고 짜증 섞인 목소리로 얘기한다. 루나가 솔의 어깨에 손을 올리고 힘차게 흔들어대도 솔은 반응을 보이지 않는다. 솔의 무반응에 지친 루나는 흔들어 깨우기를 멈추고 자세를 고치고 앉아 한숨을 "휴~" 하고 내어 쉰다. 잠든 솔을 괘씸하다는 표정으로 내려다보던 루나는 테이블 한켠에 놓인 계산서를 집어 든다. 계산서를 보고 루나는 입을 벌리며 "허억!" 하고 놀란다. 그리고는 계산서를 다시 테이블 위에 살포시 내려놓는다. 원망스런 눈빛으로 솔을 내려다보던 루나는 고개를 이리저리 돌려가며 식당 안을 살핀다. 루나의 눈에 식당 안 한쪽 구석에서 손님 테이블에 가까이 서서 고기를 굽고 있는 사장님의 모습이 들어온다. 루나는 다시 고개를 가게 입구 쪽으로 돌려 카운터**에 사람이 있는지 없는지를 확인한다. 카운터가 비어 있음을 확인한 루나는 씨익 하고 비열한 웃음을 흘린다. 루나는 다시 고개를 돌려 솔을 지그시 내려다본 후 자신의 핸드폰과 손가방을 집어 들고 살며시 자리에서 일어선다. 일어선 루나는 다시 한번 등 돌리고 서서 고기를 굽는 사장님을 쳐다본다. 그리고는 몸을 돌려 카운터가 위치해 있는 입구 쪽으로 살금살금 걸어간다. 입구 현관문에 다다른 루나는 환한 미소를 띠며 문을 열고 밖으로 나가려 한다. 이때, 사장님의 목소리가 들려온다. 사장님은

---

* 뺑끼 : 뺑끼 치다(feint). 상대편을 속이기 위한 견제 동작이나 시늉을 말한다. 어떤 일을 할 때 꾀병이나 요령을 피울 때 '뺑끼 치네', '뺑끼 부리네'라고 많이 쓰인다.

** 카운터(counter) : 식당이나 상점 등의 계산대(臺). 또는 계산하는 일을 맡아보는 사람.

루나의 등에 대고 "손님! 계산하고 애인 데리고 가서야죠!"라고 큰 목소리로 소리치듯 얘기한다. 사장님의 목소리에 루나는 현관문을 밀어 열려다가 말고 굳어진 표정으로 고개를 푹 떨군다. 잠시 후, 고개를 들고 몸을 사장님 쪽으로 휙 돌린 루나는 그를 째려보며 "애인 아니라니까욧! 그리고 내가 젤 왜 데리고 가요?"라고 짜증스런 목소리로 쏘아붙인다. 사장님은 카운터 쪽으로 걸어 나오며 루나에게 "둘이 똑같이 생긴 게 딱 봐도 천생연분*이구만. 거 술값 얼마나 나왔다고 애인 버리고 먹튀**할라고 그래요? 치사스럽게."라고 얘기한다. 사장님이 카운터 안쪽으로 들어서고 루나는 말없이 긴 한숨만 "휴~" 하고 내어 쉰다. 사장님은 솔과 루나가 먹은 음식값을 정산하며 "보자, 고기가 10인분에 소주가 8개면." 하고 혼잣말을 한다. 루나를 쳐다보고 사장님은 "많이 드시긴 했네. 23만 원이요!"라고 덤덤하게 얘기한다. 루나는 짧은 한숨을 "휴~" 하고 내어 쉬고는 손가방에서 신용카드를 꺼내어 사장님을 보고 "여기요!"라고 말하며 건넨다. 카드를 받아 계산을 마친 사장님은 영수증과 카드를 루나에게 건네며 "자알 생긴 애인 버리고 가면 안 돼요!"라고 얘기한다. 사장님의 손에서 영수증과 카드를 낚아채는 루나는 말없이 몸을 휙 돌려 솔이 자고 있는 테이블로 걸어가 의자에 털썩 주저앉는다. 그녀는 '쿨, 쿨.' 작은 소리로 코를 골며 자고 있는 솔을 쳐다본다. 잠시 후, 자리에서 벌떡 일어서는 루나는

---

*   천생연분(天生緣分) : 하늘에서 정해준 연분. 천생인연.
**   먹튀 : '먹고 튀다'를 줄인 말.

손바닥으로 솔의 머리를 '빡' 소리가 나도록 세게 내려친다. 그리고는 그녀는 "에라이, 이 화상*아!"라고 혼잣말을 한다. 솔은 반응이 없다.

    일원동 소재 한 공원. 밝은 보름달이 공원을 훤히 비추고 있다. 인적이 드문 한적한 곳 벤치에 영호가 앉아 있다. 그의 오른편에는 막대사탕 모양으로 만든 펜타닐이 여러 개 담긴 조그만 쇼핑백이 놓여 있다. 잠시 후, 영호가 있는 곳 왼쪽 저편에서 솔의 고3 시절 때 화장실에서 담배를 태우던 불량 고3 학생 1이 나타난다. 성인이 된 그는 체중이 줄어 무척 여윈 상태다. 흐느적흐느적 느린 걸음걸이로 고개를 좌우로 돌려 주변을 살펴가며 벤치에 앉아 있는 영호에게 다가간다. 영호가 앉아 있는 벤치에 다다른 불량 고3 학생 1은 슬그머니 영호 오른편 옆자리에 앉는다. 그리고는 영호에게 "지난번의 두 배로 가져왔겠지?"라고 묻는다. 영호는 말없이 고개를 끄덕이며 오른손 손바닥을 쫙 펴서 불량 고3 학생 1에게 들이민다. 영호의 반응에 씨익 쓴웃음을 흘리는 그는 바지 오른편 주머니를 뒤적여 꼬깃하게 구겨진 오만 원권 네 장을 영호의 손바닥에 '탁' 소리가 나도록 올려놓는다. 양손으로 지폐를 펴서 세어 현금 액수를 확인한 영호는 말없이 자신의 오른편 바지 주머니에 돈을 집어넣는다. 그리고는 자신의 왼편에 놓여 있던 쇼핑백을 불량 고3 학생 1에게 던지듯 건네주고 자리에서 일어선다. 얼굴에 환한 미소를 띠는 불량 고3 학생 1은 쇼핑백을 받아 그 안의 내용물을 확인한다. 벤치에서 일어나 그를 지나쳐 자리를 벗어나

---

*   화상(畫像) : 어떤 사람을 마땅치 아니하게 여기어 낮잡아 이르는 말.

려던 영호는 두어 걸음 걷다가 고개를 돌려 불량 고3 학생 1을 보며 "그거, 하면, 좋아요?"라고 묻는다. 쇼핑백 안을 살피던 불량 고3 학생 1은 고개를 들어 "낄. 낄. 낄."거리며 웃음을 흘리고 영호를 바라본다. 그는 입가에 묘한 웃음을 흘리며 영호에게 "백문불여일행*!"이라고 얘기한다. 영호는 살짝 인상을 쓰며 무슨 말이냐는 투로 "에?"라고 불량 고3 학생 1을 향해 고갯짓을 한다. 불량 고3 학생 1은 고개를 들어 하늘을 보며 다시 "낄. 낄. 낄." 하고 웃음을 흘린 후 고개를 획 돌려 영호를 째려본다. 그리고는 "백 번 내 얘기 들어봐야 뭐하겠어? 한 번 해보면 알지!"라고 영호에게 얘기한다. 영호는 "흥!" 하고 비웃는 듯 콧방귀를 뀌고는 고개를 들어 달을 바라본다.

루나의 자취방 인근 오르막길. 콘크리트** 길 위에서 대형마트(mart) 쇼핑카트 바퀴가 굴러가는 소리가 '드르륵, 드르륵' 하고 들려온다. 고개와 상체를 앞으로 푹 숙이고 양팔을 뒤로 한 채 루나가 힘겹게 걷고 있다. 그녀의 이마에는 구슬땀이 맺혀 있다. 루나의 양손은 카트 손잡이를 잡고 있다. 카트 안에는 술에 취한 솔이 실려 있다. 얼굴에 엷은 미소를 띠고 자고 있는 그의 가슴팍에는 그가 루나에게 주기 위해 샀던 꽃다발이 놓여 있다. 고개를 푹 숙인 루나는 가끔 한숨을 "휴~" 하고 쉬어가며 카트를 끌고 오르막길을 올라간다.

---

*   백문불여일행(百聞不如一行) : 백문불여일견(百聞不如一見), '백 번 듣는 것보다 한 번 보는 것이 낫다'의 변용. '백 번 듣는 것보다 한 번 해보는 것이 낫다'는 의미.

**   콘크리트(concrete) : 시멘트에 모래와 자갈을 섞고 물을 가해 반죽한 것. 또는 그것을 굳힌 것.

15

솔의 임무 …
앵벌이*가 되다

  다음날. 일원지구대 안. 지구대 안에는 루나와 오 경장, 강 경사 등이 각각 따로따로 앉아 각자의 업무를 보고 있다. 책상 앞에 앉은 루나는 솔을 만났던 어제의 일을 떠올린다. 술에 취한 솔이 루나를 향해 "오늘부터 1일!"이라고 얘기하던 순간을 떠올린 그녀는 입가에 미소를 띠며 고개를 숙인다. 루나의 뒤에 앉아 신문을 읽고 있던 오 경장이 신문을 접으며 웃고 있는 그녀에게 "이 순경, 잘 알고 있지?"라고 말을 건넨다. 화들짝 놀라는 루나는 오 경장을 향해 고개를 돌리며 "네?"라고 묻는다. 오 경장은 "어, 어. 던지기 수법하고 묻드랍 수법으로 약이 유통되고 있다는 신문기사가 났어!"라고 얘기한다. 루나는 고개를 끄덕이며 "네, 에. 배수로나 에어컨(air conditioner) 실외기 뒤편

---

* 앵벌이 : 불량배의 부림을 받는 사람이 구걸이나 도둑질 등으로 돈벌이하는 짓. 또는 그 사람.

에 던져 놓는 던지기는 알고 있는데…."라고 말끝을 흐린다. 그리고는 오 경장을 향해 "묻드랍은요?"라고 묻는다. 오 경장은 의외라는 투로 "엘리트* 이 순경이 그걸 모르나?"라고 되묻는다. 이어 그는 어깨를 으스대며 목에 힘을 주고 "그건 말이야. 땅에 '묻다'와 '떨어뜨리다'라는 영어 '드랍'(drop)의 합성어야. 유통책들이 공원이나 인근 야산에서 땅을 파고 약을 떨어뜨린 후에 묻어두면 약쟁이들이 땅을 파고 찾아간다는 신종 수법이지."라고 자세하게 설명해 준다. 루나는 잘 알겠다는 듯 "네, 에. 녀석들 머리 꽤나 굴렸네요. 공급책과 수요자를 동시에 검거할 수 있는 확률이 점점 줄어드는데요?"라고 얘기한다. 곁에서 듣고만 있던 강 경사가 혼잣말로 "쥐새끼들은 잠복해 있다가 하나씩 하나씩 천천히 잡아들이면 되니까 걱정 붙들어 메세요!"라고 얘기한다.

루나의 자취방. 커튼과 침대 위 시트, 이불 등이 모두 분홍색이다. 방 한켠 벽에 붙어 있는 거울 앞에는 초승달 모양의 목걸이가 걸려 있다. '때르르릉, 때르르릉' 하고 전화벨이 울린다. 침대 위에서 솔이 잠을 자고 있다. 전화벨 소리에 놀라 솔은 잠에서 깬다. 누워 있다가 벌떡 일어나 앉은 솔은 주위를 두리번거리며 전화기를 찾는다. 침대 옆 방바닥에 놓여 있는 전화기를 찾은 솔은 전화를 받는다. 수화기 저편에서 건달 2의 음성이 들려온다. 건달 2는 솔에게 "잘 살고 계신가? 통 얼굴을 볼 수가 없어서."라고 얘기한다. 솔은 "어? 어. 그냥 그럭저

---

*   엘리트(elite) : 뛰어난 능력이 있거나 사회 또는 사회단체에서 지도적 입장에 있는, 소수의 빼어난 사람.

력 지내고 있어."라고 말하며 상황을 모면*하려 한다. 건달 2는 솔에게 "어제만 열 통 넘게 전화했는데, 받지도 않고 뭐가 그리 바빠서?"라고 묻는다. 솔은 애써 태연한 척 "사는 게 그렇지 뭐."라고 얘기한다. 건달 2는 "오야지가 좀 보자셔!"라고 솔에게 얘기한다. 솔은 "어? 어. 퇴원하셨지?"라고 건달 2에게 묻는다. 건달 2는 "몰라서 묻는 거야? 알면서 확인하는 거야? 뭐가 그리 재미나는지 모르지만 같이 좀 즐겨보자고?"라고 솔에게 얘기한다. 솔은 당황하며 "재미는 무슨, 바로 찾아뵐게!"라고 말하며 전화를 끊는다. 침대에 걸터앉은 상태로 방 안을 살피는 솔은 책상 위에 놓인 장미꽃 다발을 발견한다. 솔은 안도의 한숨을 내어 쉬는 듯 "휴~" 하고 짧은 한숨을 내어 쉰다. 그리고는 다시 한번 고개를 좌우로 돌려가며 방 안을 살피고는 얼굴에 알 수 없는 미소를 띤다.

　오후, 거상파 오야지 사무실. 책상 의자에 앉아 오야지가 담배를 태우고 있다. 잠시 후, '똑, 똑' 하는 노크소리가 들려온다. 사무실 문이 열리고 똘만이가 안으로 들어온다. 그의 손에는 오만 원권 지폐가 가득 들어 있는 나이키(nike) 운동화 상자가 담긴 쇼핑백이 들려 있다. 안으로 들어서는 똘만이는 오야지가 앉아 있는 곳으로 다가가 책상 위에 쇼핑백을 올려놓으며 "성님, 지난 한 달간 실적입니다요."라고 얘기한다. 상자를 열어본 후 만족한 웃음을 흘리는 오야지는 이내 궁금하다는 표정으로 "뭐시여?"라고 묻는다. 똘만이는 "세컨드 성님이

---

*　　모면(謀免) : 어떤 일이나 책임을 꾀를 써서 벗어남.

빵에 있는 관계로 제가 인수인계* 받았습니다요."라고 얘기한다. 오야지는 이해가 안 간다는 듯한 말투로 "솔이는?" 하고 묻는다. 똘만이는 "얼굴 본 지 좀 됐습니다요."라고 얘기한다. 양 미간을 찌푸리며 가늘게 실눈을 뜨는 오야지는 똘만이를 향해 "그랴? 자네가 고생이 많구만. 그건 그랗고, 멍청한 우리 아가는 뭐하고 있당가?"라고 묻는다. 똘만이는 오야지를 향해 "성님 뜻대로 실행했습니다요."라고 얘기한다.

 일원동 소재 한 재래시장. 건달 1이 왼손으로 카세트 플레이어**의 플레이 버튼(play button)을 누른다. '유 레이즈 미 업***'이란 노래가 흘러나온다. 장애인이 엎드려서 밀고 끌 수 있을 정도의 높이가 낮은 손수레에 수세미와 고무줄, 하얀색 좀약 등 잡다한 물건이 실려 있다. 땅에 엎드려 있는 건달 1의 가슴팍에는 바퀴가 달린 널빤지가 깔려 있다. 그의 허리 부분부터 다리 발목까지는 고무 재질로 된 치마 형태의 보호대가 둘러 처져 있다. 한 손에 장갑을 착용한 그는 손수레를 밀었다가 깁스를 한 팔로 땅을 짚어 몸을 끌어 당겨가며 조금씩 앞으로 나아간다. 노랫소리에 뒤를 흘끔거리는 사람들, 시장에서 물건을 사고 파는 사람들 등이 건달 1의 모습을 보며 인상을 찌푸린다. 가끔 그의 곁을 지나는 행인들이 지갑에서 천 원짜리 지폐를 꺼내어 손수레 위

---

*　　인수인계(引受引繼) : 업무나 물품 따위를 넘겨받고 물려줌. 인계인수.

**　　카세트 플레이어(cassette player) : 카세트 테이프의 재생 전용 장치. 녹음기.

***　　유 레이즈 미 업 : '유 레이즈 미 업'(You Raise Me Up). 노르웨이(Norway) 국적의 남성과 아일랜드(Ireland) 국적의 여성으로 구성된 2인조 그룹 '시크릿 가든'(Secret Garden)의 노래. 2001년 앨범(album) '원스 인 어 레드 문'(Once in a Red Moon)에 수록된 곡.

에 놓여 있는 바구니 안에 넣어준다. 행인들이 바구니에 돈을 넣어줄 때마다 건달 1은 "감사합니다! 감사합니다!"를 연발한다.

저녁, 일원지구대 앞. 사복으로 갈아입은 루나가 퇴근 중이다. 얼굴에 미소를 머금은 그녀가 가벼운 발걸음으로 걸어 나와 어디론가를 향해 힘차게 걸어간다. 재래시장에 도착한 루나. 얼굴에 환한 웃음이 가득한 루나가 시장에서 장을 보고 있다. 손에는 콩나물이 담긴 봉지, 북어채가 담긴 봉지, 네모난 두부가 담긴 봉지 등이 들려 있다. 무엇인가 더 살 것이 있는지 루나는 두리번거리며 시장을 돌아다닌다. 루나의 자취방 건물 앞. 시장보기를 마친 루나가 나타난다. 손에는 이것저것 구매한 물건들이 여러 가지 들려 있다. 발걸음을 멈추고 옥탑방을 바라보던 그녀는 잠시 생각하는 듯하다가 이내 방긋 웃고는 자신의 방으로 올라간다. 루나의 자취방 안. 방문이 열리고 미소를 머금은 얼굴로 루나가 방 안을 살펴본다. 텅 빈 방 안. 솔이 나가고 방 안에 아무도 없음을 알게 된 루나는 서운한 표정으로 "어! 갔네."라고 혼잣말을 한다. 그리고는 짧은 한숨을 "휴~" 하고 내어 쉰다. 이어, 루나는 방 안으로 들어선다. 그녀는 장 봐온 물건들을 방 한켠에 내려놓으며 "밥이나 먹고 가지."라고 혼잣말을 한다. 침대로 걸어가 걸터앉는 루나는 손바닥으로 솔이 누워 있던 자리를 쓸어내린다. 앉아 있는 루나의 얼굴 표정이 쓸쓸*하다.

밤, 오야지 사무실. 책상 의자에 오야지가 45도 정도 비스듬하게

---

* 쓸쓸하다 : 달갑지 아니하여 조금 싫거나 언짢다. 유의어 '못마땅하다'.

앉아 있고 그 앞 소파에 건달 2, 3, 4, 5가 두 명씩 나뉘어 앉아 있다. 갑자기 사무실 문이 열리고 솔이 사무실 안으로 들어선다. 솔을 흘깃 보는 굳은 표정의 오야지는 "아야! 인기척은 허고 들어와야제!?"라고 소리친다. 오야지의 말에 대답하지 않은 솔은 고개를 한 번 푹 숙인 후 오야지가 앉아 있는 책상 의자 가까이 다가간다. 오야지는 앉아 있던 의자의 방향을 솔이 있는 쪽으로 45도 정도 틀어 그를 흘깃 올려다본다. 그리고는 "너, 뭣허는 놈이여?"라고 묻는다. 솔은 대답하지 못한다. 오야지는 고갯짓으로 건달 2, 3, 4, 5를 가리키며 "업장 관리는 저것들이 허고!"라고 말하며 다시 솔을 바라본다. 오야지는 다시 "약장사는 만이가 좆빠지게 뛰어 뎅기고! 그람 니는?"이라고 솔에게 묻는다. 솔은 대답하지 못하고 고개를 잠시 숙인다. 오야지는 그런 솔을 보고 "나으 얘기 기억 못허는가, 이? 신규 사업 책임지고 주도적으로 다가 움직여 보라고 했는디, 잊었는가?"라고 다그친다. 솔은 "죄송합니다."라고 짧게 대답한다. 답답한 표정의 오야지는 "휴, 우~" 하고 한숨을 길게 내어 쉰 후 솔에게 "그라문 우리 식구 하나가 용팔이헌티 허벌나게* 당해 분 사실은 알고 있것제?"라고 묻는다. 솔은 짧은 한숨을 "휴~" 하고 내어 쉰 후 오야지를 보며 "아직, 죄송합니다."라고 대답한다. 화가 난 오야지가 의자에서 벌떡 일어선다. 허리춤에 양손을 올리는 오야지는 솔에게 "뭐시여? 시방 함 해보자는 것이여?"라고 소리친다. 솔은 대답하지 못하고 고개를 푹 숙인다. 오야지는 솔과 앉아 있

---

* 허벌나게 : '허벌나다'는 '굉장하다'라는 뜻의 서남 방언.

는 건달들을 번갈아 보며 "나가 지금꺼정 살아오면서 조직에 빌붙어 처묵고 사는 놈덜 가만 놔둔 적은 읎어!"라고 얘기한다. 오야지의 행동에 앉아 있던 건달들은 움찔한다. 오야지는 다시 솔을 노려보며 "아야, 조직을 위해 헌신*허는 모습을 보여줘야 허지 않것냐?"라고 묻는다. 솔은 대답하지 못하고 서 있는다. 그런 솔을 보고 오야지는 "손 씻고 싶고 잡으문 말만 혀! 손목아지, 발목아지 똑똑 끊어가 내쫓아 버릴랑게!"라고 윽박**지른다. 솔은 아무 말도 하지 못하고 고개만 푹 숙이고 서 있는다. 그런 솔의 모습을 보며 오야지는 다시 의자에 앉는다. 오야지는 책상 위에 놓인 담뱃갑에서 담배를 꺼내어 입에 물고 불을 붙인다. 깊게 한 모금 빨아들여 마신 후 천천히 내뱉으며 오야지는 솔에게 낮은 목소리로 "아야, 니가 혈 일이 한 가지 있기는 헌디 말이다."라고 다시 말문을 연다. 솔은 천천히 고개를 들어 오야지를 쳐다본다. 오야지는 솔에게 "돌로 치문 돌로 쳐불고 떡으로 치문 떡으로 쳐부는***게 여그 법도**** 아니긋냐, 이?"라고 얘기한다. 오야지의 말에 솔은 이해할 수 없다는 듯 눈만 깜박이며 그를 쳐다본다. 오야지는 다시 담배를 한 모금 깊이 빨아들였다 내뱉으며 솔에게 "용팔이 말이다. 솔이 니가 나서서 보내불고 오드라고!"라고 얘기한다. 오야지의 말이 끝나자 소파에 앉아 있던 건달 2, 3, 4, 5는 소리 없이 비열

---

*   헌신(獻身) : 몸과 마음을 바쳐 있는 힘을 다함.
**   윽박 : 억지로 짓누르다. 몹시 억누르다.
***   돌로 치면 돌로 치고 떡으로 치면 떡으로 친다 : 남이 나를 대하는 것만큼 나도 남을 그만큼밖에는 대접하지 아니한다는 것을 비유적으로 이르는 말.
**** 법도(法度) : 법률과 제도. 생활상의 예법과 제도.

한 웃음을 흘린다. 당황하는 표정의 솔의 모습을 오야지는 곁눈질로 살핀다. 그리고는 책상 서랍을 열어 길다란 사시미를 꺼내어 책상 위에 '탁' 하는 소리가 나도록 올려놓는다. 그리고는 솔에게 "그래야 니가 빌붙어 처묵고 사는 놈이 아니라는 걸 나가 알제."라고 얘기한다. 솔은 마른 침을 꿀꺽 삼킨다. 그런 솔의 모습을 오야지는 실눈을 뜨고 살펴본다. 솔은 사시미를 내려다보고 다시 한번 마른 침을 꿀꺽 삼킨다. 그리고는 사시나무 떨듯*이 벌벌 떨리는 손을 솔은 천천히 들어 올린다. 솔은 천천히 오른팔을 뻗어 사시미를 집어 든다. 솔이 사시미를 집어 들고 나서야 오야지는 만족한 웃음을 흘리며 솔에게 "그람, 그래야제. 그래야, 우덜 식구제! 인자 나가 보드라고!"라고 얘기한다. 오야지와 솔을 살피고 앉아 있던 건달 2, 3, 4, 5의 얼굴에는 비열한 웃음이 번진다.

---

*   사시나무 떨듯 : 몸을 몹시 떠는 모양.

16

노파의 말 …
중독된 아이들

　며칠 후 저녁, 솔의 오피스텔. 솔이 침대에 걸터앉아 양 무릎에 양 팔 팔꿈치를 고이고 두 손을 머리에 올린 상태로 고개를 푹 숙이고 있다. 침대 옆 테이블 위에는 반 정도 찢겨진 사진 한 장이 들어 있는 액자가 놓여 있다. 사진 속에는 초췌한 한 여인이 갓난아이를 안고 있는 모습이 담겨 있다. 사진이 담긴 액자 앞에는 오야지로부터 건네받은 길다란 사시미가 놓여 있다. 잠시 후, 양손을 머리에서 떼고 서서히 고개를 드는 솔은 액자 속 사진을 바라본다. 한참 동안 사진을 바라보던 솔은 "미안해. 이렇게 살게 될 줄 몰랐어. 그런 눈으로 보지 말고."라고 혼잣말을 한다. 솔이 말을 마치자마자 사진이 담긴 액자 유리가 '빠직' 하는 소리를 내며 금이 간다. 눈이 커지며 유리가 깨진 액자를 잠시 바라보던 솔은 테이블 서랍을 열고 액자를 집어넣는다. 그리고 날카로운 사시미도 서랍 안으로 집어넣는다. 서랍 속에 놓인 액

자와 사시미를 잠시 바라보던 솔은 이내 서랍장을 닫아버린다. 그리고는 침대에서 몸을 일으켜 밖으로 나간다.

인사동 골동품을 파는 거리 입구. 청바지와 티셔츠, 운동화 차림에 조그마한 핸드백을 둘러멘 루나가 솔을 기다리며 서 있다. 시계를 본 후에 주변 거리를 두리번거리기를 반복한다. 잠시 후, 거리 저편에서 청바지와 티셔츠, 운동화 차림의 솔이 나타난다. 솔이 자신을 발견하기 전에 그를 먼저 발견한 루나는 방긋 웃는다. 솔이 웃고 있는 자신의 모습을 보기 전에 루나는 서둘러 웃음을 지워버린다. 솔이 루나 앞에 다다르자 그녀는 눈을 흘기며 솔에게 "뭐냐? 요조숙녀*를 기다리시게 하는 이 똥매너**는?" 하고 묻는다. 루나의 행동에 솔은 멋쩍은 웃음을 흘리며 "가자. 맛있는 밥 사줄게."라고 말을 돌린다. "흥!" 하고 콧방귀를 뀌며 고개와 몸을 비스듬히 틀어서는 루나를 보고 솔은 "술도 사줄께."라고 말하며 달랜다. 획하고 고개를 돌려 솔을 쩨려보는 루나는 "칫!"이라 말하며 혀를 차고는 앞서 걷는다. 솔은 환하게 웃으며 앞서 걷는 루나를 따라가 옆에 서서 걷는다. 인사동 거리 상점과 노점상에서 파는 물건들을 둘러보며 즐거운 시간을 보내는 솔과 루나는 꿀타래***를 만들어 파는 가게 앞에서 걸음을 멈춘다. 루나는 "이야, 아!" 하고 감탄사를 내뱉으며 가게 주인이 꿀타래 만드는 모

---

*	요조숙녀(窈窕淑女) : 말과 행동이 품위 있고 정숙한 여자.
**	매너(manner) : 행동 방식이나 자세. 태도. 버릇. 몸가짐. 일상생활에서 차리는 예의와 예절.
***	꿀타래 : 꿀을 명주실처럼 가늘게 하여 실타래 모양으로 말아서 만드는 다과의 한 종류.

습을 지켜본다. 곁에서 말없이 서서 루나와 꿀타래를 만드는 가게 주인을 번갈아 가며 살피던 솔을 흘깃 보는 루나는 "이게 왜 꿀타래인 줄 알아?"라고 묻는다. 솔은 모르는 게 당연하다는 듯 눈을 크게 뜨며 고개를 좌우로 천천히 흔든다. 그런 그를 보고 루나는 "옛날에 임금님이 오래 살기를 바라는 신하들이 장수를 상징하는 실을 닮은 과자를 꿀로 만들어 임금님께 바쳤대. 실이 감겨 있는 타래를 닮아 꿀타래가 된 거야!"라고 설명해 준다. 루나의 설명에 솔은 놀랍다는 듯 "우, 아!" 하고 감탄사를 내뱉고는 "루나 아는 거 많구나?"라고 루나를 추켜세운다*. 꿀타래를 만들며 솔과 루나를 살피던 가게 주인이 방긋 웃는다. 가게 주인은 이쑤시개로 꿀타래 하나를 꼭 찍어 올려 앞에 서 있던 루나에게 건네며 "살살 녹아요. 그냥, 드리는 거니 드셔보세요!"라고 얘기한다. 기분이 좋아진 듯 루나는 활짝 웃으며 이쑤시개에 꼽혀 있는 꿀타래를 받아 얼른 입에 넣는다. 눈을 감고 꿀타래를 입 안에서 녹여 먹는 루나의 표정이 환하게 밝아진다. 루나의 행동을 살피던 솔은 루나에게 "사줄까?"라고 묻는다. 얼굴이 굳어지며 눈을 번쩍 뜨는 루나는 고개를 휙 돌려 솔을 째려보며 "아니!"라고 잘라 말한다. 그리고는 가게 주인을 보며 엄지척을 들어 올린 후 "살찔까봐서요. 히."라고 말한다. 미안한 표정으로 가게 주인과 루나를 살피는 솔을 보는 루나는 그의 손을 잡아 끌며 "가자!"라고 새침하게 말하며 가게 앞을 벗어난다.

---

*   추켜세우다 : 정도 이상으로 크게 칭찬하다.

솔은 떨떠름한* 표정으로 루나의 힘에 이끌려 발걸음을 옮긴다. 가게 주인은 웃는 얼굴로 멀어지는 솔과 루나의 뒷모습을 보며 열심히 꿀 타래를 만든다.

 인사동 거리 한정식집 방 안. 솔과 루나가 마주 보고 앉아 있다. 둘 사이에 놓인 상 위에는 나물류, 김치류, 국과 밥, 생선회, 생선찜, 수육, 불고기, 동동주 등 다양한 음식이 한가득 차려져 있다. 상 위에 놓인 음식들을 둘러보는 루나의 표정이 밝다. 눈은 음식들을 하나하나 둘러보면서 입은 솔을 향해 얘기한다. 루나는 솔에게 "그냥, 대충대충 먹어도 되는데. 세차비 수금했어?"라고 묻는다. 솔은 재미있다는 표정을 지으며 루나에게 "아니, 입 안에 맛있는 거 넣어주고 싶어서."라고 얘기한다. 솔의 말에 루나는 방긋 웃으며 솔을 쳐다본다. 이어, 루나는 동동주가 담긴 그릇에 기울어져 있는 표주박을 들어 동동주를 떠서 솔 앞에 놓인 사발을 채워준다. 이내, 자신의 사발에도 동동주를 채우는 루나는 사발을 들어 올리며 "먹자!"라고 얘기한다. 건배를 마친 솔과 루나는 동동주를 마시고 음식을 먹기 시작한다. 루나의 젓가락질이 바쁘다. 음식을 먹으며 가끔 솔의 눈치를 살피는 루나의 표정은 해맑기만 하다. 그런 루나의 모습을 솔은 행복한 표정을 지으며 살핀다. 어느덧 음식들이 거의 다 사라지고 빈 접시가 늘어만 갈 때 솔은 루나를 보며 입을 연다. 솔은 루나에게 "혹시, 나랑 같이 해보고 싶은 거 있어?"라고 묻는다. 루나는 궁금한 표정으로 눈만 깜박이다가

---

* 떨떠름하다 : 마음이 내키지 않다.

이내 솔을 보고 "어? 글쎄, 왜?"라고 되묻는다. 솔은 "음, 좀 더 의미 있는 시간을 만들어 보고 싶다는 생각이 들어서!"라고 루나에게 대답한다. 루나는 "이열*!" 하고 감탄사를 내뱉고는 "오늘 따라 좀 멋지다!"라고 솔을 칭찬한다. 루나의 칭찬에 솔은 머리를 긁적인다. 루나는 고개를 들어 방 안 천장을 올려다보며 "뭘 해야 좋을까?"라고 혼잣말을 한 후 바로 솔을 보며 "너 사는 곳을 한 번 보고 싶다는 생각이 드네."라고 얘기한다. 그녀는 다시 고개를 들어 방 안 천장을 바라보고 "또."라고 말하며 생각하는 듯하다가 솔을 보고 "아! 너, 채플린 알아? 찰리 채플린**!" 하고 힘주어 묻는다. 솔은 눈만 깜박인다. 루나는 솔을 보며 "내가 제일 좋아하는 사람! 옛날 배우인데. 그 사람 나오는 흑백 무성영화가 보고 싶어지네."라고 얘기한다. 루나는 다시 방 안 천장을 보며 생각하는 듯한 표정으로 "마지막으로, 음…" 하며 시간을 끈다. 그리고는 솔을 쳐다보며 신이 난 표정으로 "어! 우리, 강가나 산속으로 캠핑 한 번 가볼까?" 하고 묻는다. 솔은 가볍게 미소 지으며 고개를 끄덕인다. 그리고는 루나를 보고 솔은 어두운 표정으로 "다행이다. 나랑 같이 해보고 싶은 것들이 있어서."라고 혼잣말하는 듯 얘기한다. 루나

---

*   이열 : 감탄사의 하나. 우리말의 '우와', '와' 등으로 해석하면 된다.

**   찰리 채플린(Charles Spencer Chaplin, 1889~1977) : 영국의 희극배우, 음악가, 영화감독이자 제작자. 1914년 첫 영화를 발표한 이래 '황금광 시대', '모던 타임즈', '위대한 독재자' 등 무성영화와 유성영화를 넘나들며 위대한 대작을 만들어 냈다. 콧수염과 모닝코트(morning coat, 남자가 낮 동안에 입는 서양식 예복의 한 가지) 등의 이미지로 세계적인 인기를 얻었으며, 1975년 엘리자베스 여왕으로부터 공로를 인정받아 작위를 받았다. 88세 일기로 사망하기 전까지 75년을 일했으며 그동안 수많은 찬사와 비난을 받아왔다.

는 그런 솔의 얼굴을 살피며 걱정스런 표정으로 "너, 혹시, 군대 가?"라고 묻는다. 솔은 허탈하다는 듯 소리 없이 미소 지으며 고개를 좌우로 흔든다. 아니라는 표시를 한 솔은 루나에게 "면제."라고 짧게 얘기한다. 루나는 말없이 환하게 웃는다.

밤, 한정식집 앞. 음식점에서 솔과 루나가 걸어 나온다. 루나가 앞서 걸어 나오고 음식값 계산을 마친 솔이 뒤따라 나온다. 배가 부른 루나의 표정이 밝기만 하다. 음식점 입구에 서서 솔이 자신에게 다가올 때까지 루나는 기다린다. 솔이 다다르자 루나는 그에게 "이제, 뭐 할 꼬야?"라고 애교스럽게 묻는다. 솔은 잠시 생각하는 듯 "음…" 하는 소리를 내며 고개를 갸웃거린다. 그리고는 루나의 손을 잡아 올리고 "일단, 이리로 가자!"라고 말하며 루나를 이끌고 걸어간다. 루나는 힘없이 따라나선다.

인사동 거리. 허름한 옷차림에 머리가 희끗희끗한 뚱뚱한 노파* 한 명이 간이 의자에 앉아 있다. 그녀의 앞에는 조그마한 테이블이 펼쳐져 있다. 테이블 위에는 반지, 목걸이, 코시지**, 브로치*** 등 여러 종류의 액세서리****가 놓여 있다. 노파의 오른편 저쪽에서 솔과 루나가 나타난다. 노파를 먼저 발견한 루나는 허름한 옷차림의 그녀를 살핀다. 측은한 눈길로 계속 노파를 바라보던 루나는 솔을 보며 "구경하

---

*   노파(老婆) : 늙은 여자. 할머니. 할멈. 노구.
**   코사지(corsage) : 여성의 허리, 어깨, 가슴에 다는 꽃장식. 코르사주.
***   브로치(brooch) : 옷의 깃이나 앞가슴에 다는 장신구의 한 가지.
**** 액세서리(accessory) : 복장에 딸려서 그 조화를 꾀하는 장식품.

자!"라고 말하고 그의 팔을 당겨 노파에게 다가간다. 이것저것 손으로 만지작거리며 구경하는 루나는 "와! 예쁘다!"라고 감탄사를 내뱉는다. 솔은 말없이 루나와 테이블 위의 액세서리들을 번갈아 바라본다. 루나는 다시 테이블을 눈으로 훑어가며 액세서리들을 쳐다보다가 가슴에 다는 브로치 하나를 들어 올린다. 그리고는 자신의 왼쪽 가슴에 대어본다. 바로 솔에게 상체를 돌리며 루나는 "예뻐?" 하고 묻는다. 솔은 고개를 끄덕이며 "어! 예쁘다!"라고 대답한다. 이때 노파가 갑자기 눈을 감고 몸을 부르르 떤다. 마주 보듯 서 있던 솔과 루나는 노파를 쳐다본다. 걱정스런 눈빛으로 루나는 "할머니! 어디 아프세요?"라고 묻는다. 솔은 눈만 깜박이며 서 있는다. 루나가 노파의 어깨 위에 손을 얹고 살며시 흔들면서 "할머니, 구급차 불러드릴까요?"라고 얘기한다. 그때, 부르르 떨던 몸을 멈추는 노파는 눈을 크게 뜨고 루나를 째려보며 낮은 음성으로 "해와 달이 만나선 안 돼!"라고 말한다. 눈이 커지는 루나는 바로 노파의 어깨에서 손을 뗀다. 그리고 말없이 잠시 노파를 바라본다. 곁에 서 있던 솔은 루나의 어깨 위에 손을 올리며 "가자, 좀 이상하다."라고 얘기한다. 떨떠름한 표정의 루나는 솔을 보며 "어? 어. 어."라고 말한다. 솔과 루나가 동시에 몸을 틀어 노파의 왼편으로 걸어간다. 점점 멀어져 가는 솔과 루나를 노파는 몸 상체를 좌우로 흔들면서 게슴츠레한 눈빛으로 바라본다. 노파와 점점 멀어져 가던 루나는 두어 걸음에 한 번씩 고개를 돌려 노파를 바라본다. 루나의 표정이 어두워진다. 루나와는 다르게 솔은 무표정한 얼굴이다. 솔과 루나가 사라질 때까지 노파는 상체를 좌우로 흔들고 앉아서 그들을 바라본다.

　일원동 거리 한 건물 옥상. '빵, 빵' 하는 자동차 클랙슨* 소리가 들려온다. 별이 반짝이는 하늘 아래 옥상 위에는 얼마 전 건달 1과 똘만이로부터 펜타닐 유통에 관해 지시를 받았던 강남 일대 고교 일진 아이들 네 명(일진 아이 1, 2, 3, 4)이 모여 있다. 아이들 모두 불안 증세를 나타낸다. 아이 1은 입으로 "왜 안 와! 씨발! 왜 안 와! 씨발!"이라고 혼잣말을 하며 서성인다. 아이 2는 쪼그리고 앉아 사시나무 떨듯 몸을 떤다. 아이 3은 괴로운 얼굴 표정으로 옥상 벽을 발로 찬다. 아이 4는 차디찬 옥상 바닥에 대(大)자로 누워 "헉! 헉!" 숨을 몰아쉰다. 잠시 후, 어깨에 가방을 둘러메고 운동화 상자가 담긴 커다란 쇼핑백을 들고 있는 영호가 나타난다. 영호의 인기척에 아이들의 시선이 모두 영호에게 쏠린다. 표정이 밝아지는 아이들의 입에서는 누가 먼저랄 것도 없이 "왔어! 왔어!"라는 기쁨의 탄성이 흘러나온다. 영호는 비열한 웃음을 흘리며 아이들이 모여 있는 곳으로 다가온다. 영호가 아이들에게 다다르자 아이들은 가까이 모여든다. 모여든 아이들의 가운데에 영호는 들고 온 쇼핑백을 던진다. 일진 아이 1이 서둘러 쇼핑백 안에서 운동화 상자를 꺼내어 뚜껑을 연다. 상자 안에는 막대사탕 모양으로 만든 펜타닐이 가득 담겨 있다. 아이들의 표정이 한층 더 밝아진다. 이때 일진 아이 2가 "빨리 줘. 빨리!"라고 얘기하며 상자 안 펜타닐 하나를 집어 올려 껍질을 벗기고 입 안에 넣는다. 다른 아이들도 빠른 손

---

*　클랙슨(klaxon) : 자동차 경적의 상표명. 변하여, 경적의 통칭이 됨.

놀림으로 펜타닐을 하나씩 집어 올려 껍질을 벗기고 입 안에 집어넣는다. 그런 아이들의 모습을 보던 영호는 "1억 원어치야! 계산 잘들 하고 처먹어!"라고 쏘아 붙인다. 영호의 말에 펜타닐을 입에 물고 눈이 풀린 일진 아이 4는 "대가리는 폼*으로 달고 다니냐? 먹은 만큼 약값 올려 받으면 되지!"라고 말한다. 나머지 아이들이 펜타닐을 하나씩 입에 물고 '낄낄낄' 소리를 내며 웃고는 "말해 뭐해!", "그럼! 그럼!" 등의 혼잣말을 해가며 일진 아이 4의 말에 동조**한다. 이들을 둘러보던 영호는 "개새끼들 1억이 장난이냐! 정신 똑바로 차려!"라고 소리친다. 그리고는 운동화 상자가 놓여 있는 곳으로 다가가 쪼그리고 앉아 가방을 열고 펜타닐을 두 손으로 한가득 들어 올려 가방 속에 쑤셔 넣는다. 가방을 여민 후 일어서며 어깨에 둘러메는 영호는 날카로운 눈빛으로 아이들을 돌아가며 째려본 후 뒤돌아서 자리를 벗어난다. 영호가 사라진 후, 아이들은 갑자기 "아, 아!" 하는 신음소리를 내기 시작한다. 그리고는 느릿느릿한 몸동작으로 일어서더니 눈에 힘이 풀린 상태로 마치 영화 속 좀비처럼 움직이기 시작한다. 일진 아이 1은 상체를 'ㄱ'자 형태로 굽힌 상태로 겨우 중심을 잡고 서 있는다. 아이 2는 상체를 좌우로 흔들며 느릿느릿 걸어 다닌다. 아이 3은 누워서 머리 뒤통수를 옥상 바닥에 대고 고개를 뒤로 밀어 젖힐 수 있을 만큼 젖힌 상태로 입을 벌리고 "헉, 헉!" 숨을 몰아쉰다. 아이 4는 쪼그리고 앉아

---

* 폼(form) : 모양, 형상, 외형, 윤곽. 사람의 모습. 인체의 모양.

** 동조(同調) : 남의 주장에 따르거나 보조를 맞춤.

옥상 벽에 머리를 기대고 앞뒤로 몸을 천천히 흔든다. 이들의 입에선 알 수 없는 신음소리가 계속 흘러나온다.

솔의 오피스텔 건물 앞. 솔과 루나가 손을 잡고 걸어온다. 솔은 루나에게 "나, 여기 살아."라고 얘기한다. 솔을 쳐다보는 루나는 말없이 가벼운 웃음을 흘린다. 둘은 망설임 없이 안으로 들어간다. 솔의 오피스텔 방 안. 현관문이 열리고 솔이 안으로 들어선다. 솔은 뒤를 돌아보며 "들어와!"라고 얘기한다. 이내, 루나가 방 안 현관으로 들어선다. 루나는 조심스럽게 고개를 돌려가며 방 안을 살핀다. 솔은 방 한켠에 마련된 주방 조리 기구대로 걸어간다. 루나는 솔을 뒤따른다. 조리 기구대 앞 식탁에 다다른 솔은 뒤를 돌아 루나를 보고 식탁 의자를 빼주며 "어, 여기 앉아."라고 얘기한다. 루나는 여전히 조심스런 눈빛으로 주위를 두리번거리며 말없이 의자에 앉는다. 솔은 조그마한 주전자에 물을 받아 인덕션* 위에 올려놓는다. 조용히 앉아 있는 루나를 보며 솔은 "우리 집엔 믹스커피**밖에 없어!"라고 얘기한다. 솔의 얘기에 루나는 조심스런 목소리로 "달달하니 좋지 머."라고 대답한다. 종이컵에 믹스커피를 붓고 물을 따르는 솔을 보고 루나는 "커피잔도 없어?"라고 묻는다. 솔은 흘긋 루나를 돌아본 후 웃는다. 다시 앞을 보는 솔은 믹스커피 봉지를 이용해 종이컵에 물과 섞인 믹스커피를 휘휘 저어 녹인다. 커피가 다 만들어진 듯, 솔은 식탁 의자에 앉아 있는 루나

---

*　　　인덕션(induction) : 인덕션 레인지. 전기로 작동하는 조리 기구.
**　　믹스커피(mix coffee) : 고형의 커피, 크림, 설탕을 일정 비율로 배합해 한 잔 분량으로 포장한 인스턴트 커피.

에게 종이컵을 들고 다가가 맞은편에 앉는다. 루나의 앞에 솔은 믹스커피가 녹아 있는 종이컵을 들이민다. 루나와 솔 둘은 말없이 커피를 마신다. 커피를 마시면서도 루나는 조심스럽게 고개를 좌우로 돌려가며 방 안을 살핀다. 솔은 그런 루나의 모습이 귀여운 듯, 엷은 미소를 띤 채로 흘끔거린다. 얼마간의 시간이 흘렀을 무렵, 루나는 솔의 행동을 살핀다. 자신을 지그시 바라보고 있는 솔의 시선을 부담스럽게 느낀 루나는 갑자기 새침한 표정으로 "나, 갈래!"라고 얘기한다. 그리고 자리에서 벌떡 일어선다. 루나의 행동에 아쉬운 표정의 솔은 "어? 벌써?"라고 루나에게 묻는다. 루나는 살짝 인상을 찌푸린 후 솔을 째려보며 "성인 남녀가 밀폐된 공간에 오래 같이 있으면 안 되는 거야!"라고 얘기한다. 말을 마친 루나는 현관문 쪽으로 걸어간다. 돌아서 걸어가는 루나의 모습을 보며 솔은 아쉬운 표정을 짓는다. 루나가 신발을 신고 현관문 밖으로 나가자 솔은 빠른 걸음으로 쫓아가 신발을 신고 따라나선다. 현관문이 닫힌다.

　솔이 고교 재학 시절 세차 아르바이트를 했던 아파트단지 경비실. 경비실 안 라디오(radio)에서 '고맙소'*란 노래가 흘러나온다. 경비원은 집에서 준비해 온 도시락으로 저녁식사를 마치고 물을 마시고 있다. 빈 도시락 정리를 마친 경비원은 경비실 한쪽 벽에 걸려 있는 벽시계를 바라본다. 시계는 밤 9시를 가리키고 있다. 경비원은 "이런! 벌써 시간이 이렇게 됐네!"라고 혼잣말을 한다. 그리고는 자리에서 일

---

* 　　고맙소 : 대한민국 대표 트로트 가수 조항조가 2017년 8월 발표한 노래.

어나 책상 위에 놓여 있던 모자를 머리에 눌러쓰고 책상 위 한켠에 놓인 랜턴을 집어 든다. 경비원은 "한 바퀴 돌아볼까!"라고 말하며 경비실 밖으로 나간다.

인적이 드문 아파트 건물 앞. 건달 1과 똘만이로부터 마약 유통을 지시받았던 강남 일대 고교 일진 아이 5가 서성인다. 그의 손에는 비닐로 겹겹이 쌓인 조그마한 종이상자가 들려 있다. 안에는 사탕 모양의 펜타닐이 들어 있다. 아파트단지 안을 오가는 사람들을 조심스럽게 살피던 그는 아무도 자신을 쳐다보지 않음을 확인하고 아파트 필로티*를 통해 건물 뒤로 걸어 들어간다. 아파트 건물 저편 모퉁이에서 경비원이 나타난다. 경비원은 일진 아이 5가 건물 뒤로 들어가는 것을 목격한다. 경비원은 "밤톨만 한 자식이! 담배를 태우려면 지네 집서 태우던가! 왜 남의 동네까지 와서 숨어서 태우고 난리야?"라고 혼잣말을 한다. 경비원은 일진 아이 5가 사라진 곳으로 빠른 걸음으로 걸어간다. 경비원은 다시 "요녀석 잡히기만 해봐라! 아주 그냥!"이라고 혼잣말을 한다. 아파트 건물 뒤편에서는 일진 아이 5가 조심스런 눈빛으로 주위를 살피며 배수로를 따라 느릿느릿 걸어간다. 다시 주위를 살피던 일진 아이 5는 손에 들고 있던 종이상자를 배수로에 슬며시 떨어뜨린다. 이때 경비원이 종이상자가 배수로에 떨어지는 것을 목격한다. 경비원은 "어? 아니네!"라고 혼잣말을 한다. 일진 아이 5는 종종걸

---

* 필로티(佛, pilotis) : 르코르뷔지에가 제창한 근대 건축 방법의 하나. 건축물의 1층은 기둥만 서는 공간으로 하고 2층 이상에 방을 짓는 방식이다. 건축의 기초를 받치는 말뚝이라는 의미를 갖는다. 기둥만 서 있는 공간.

음으로 자리를 벗어나려 한다. 경비원은 "뭘 흘렸지?"라고 말하며 종이상자가 떨어진 곳으로 다가간다. 일진 아이 5의 걸음이 점점 빨라진다. 종이상자가 떨어진 곳에 다다른 경비원은 상자를 주워 들고 잠시 내려다본 후 흔들어 본다. 그리고는 멀어지는 일진 아이 5를 향해 "학생! 이거 흘렸어!"라고 소리친다. 화들짝 놀란 일진 아이 5는 고개를 돌려 뒤를 돌아본다. "젠장!"이라고 혼잣말을 하는 일진 아이 5는 고개와 몸을 앞으로 돌려 서둘러 뛰어 현장에서 달아난다. 일진 아이 5의 모습에 당황하는 경비원은 "어, 어? 학생! 이거 가져가라고!"라고 말하며 일진 아이 5를 쫓아 뛰어간다.

　아파트단지 밖 거리. 솔과 루나가 손을 잡고 걸어온다. 잠시 후, 아파트단지 입구에서 일진 아이 5가 빠른 속도로 뛰어나온다. 루나와 부딪힐 뻔한 일진 아이 5는 "에이, 씨!"라고 말한 후에 다시 앞을 보며 전속력으로 뛰어간다. 솔은 "야! 야 인마! 사과는 하고 가야지!"라고 소리친다. 루나는 솔을 말리며 "됐어. 급한가 보지 뭐."라고 얘기한다. 이때 아파트단지 입구에서 경비원이 손에 종이상자를 들고 뛰어나오며 "학생! 이거 가져가!"라고 소리친다. 뛰는 발걸음이 느려진 경비원은 숨을 헐떡이며 솔과 루나가 서 있는 곳에 멈춰 선다. "헉, 헉."거리며 숨을 고르는 경비원을 살피던 루나는 "괜찮으세요?"라고 묻는다. 경비원은 "어? 어. 난 괜찮은데. 저 녀석 배수로에 이걸 흘리고 가서."라고 얘기한다. 미간을 살짝 찌푸리는 루나는 "배수로에요?"라고 묻는다. 경비원은 "헉, 헉." 하고 숨을 고르며 말없이 고개를 끄덕인다. 루나는 경비원으로부터 종이상자를 낚아채듯이 빼앗은 후 흔들어 본다.

그리고 경비원에게 "제가 찾아줄게요!"라고 말한다. 그리고 일진 아이 5가 사라진 곳을 바라본다. 멀어진 그의 뒷모습을 확인한 루나는 주변을 두리번거린다. 루나의 시야에 아파트단지 입구 옆 경비실 앞에 주차되어 있는 순찰용 스쿠터*가 들어온다. 루나는 바로 경비원에게 스쿠터를 가리키며 "저것 좀 빌릴게요!"라고 얘기한다. 솔은 루나와 경비원을 번갈아 보고 눈만 깜박이며 서 있는다. 루나는 헬멧**을 쓰고 스쿠터에 올라 타 시동을 건 후 일진 아이 5가 사라진 방향으로 출발한다. 솔이 궁금하다는 표정으로 루나에게 "뭐해?"라고 묻는다. 스쿠터를 솔 앞에 세우는 루나는 "먼저 가! 해야 할 일이 생겨서. 연락할게!"라고 말한 후 다시 스쿠터를 몰고 일진 아이 5를 뒤쫓는다. 솔은 눈만 깜박이며 서 있는다.

아파트단지 외곽. 일진 아이 5가 뒤를 흘끔거리며 천천히 뛰어간다. 저기 멀리서 루나가 타고 있는 스쿠터의 엔진***소리가 '웅, 웅' 하고 들려온다. 일진 아이 5는 다시 뒤를 흘끔거리고는 경비원이 따라오지 않음을 확인하고 나서 서서히 뛰던 발걸음을 멈추고 걷기 시작한다. 루나가 타고 있는 스쿠터 엔진소리가 점점 가까워 온다. 걷고 있는 일진 아이 5의 곁에 가까이 다가와 그의 걸음에 스쿠터 속도를 맞추는 루나는 그를 보고 "어디 가?"라고 묻는다. 일진 아이 5는 루나를 흘깃 본 후 살짝 인상 쓰며 침을 "퇴!" 하고 뱉고는 앞을 보며 걸어간

---

* 스쿠터(scooter) : 소형 오토바이의 하나.
** 헬멧(helmet) : 쇠나 플라스틱으로 만들어 머리를 보호하기 위해 쓰는 투구 모양의 모자.
*** 엔진(engine) : 기관(機關). 동력 기관.

다. 그의 반응에 루나는 한 손에 들려 있는 종이상자를 흔들어 보여준다. 상자 안에서는 펜타닐이 움직이며 달가닥*거리는 소리가 들린다. 일진 아이 5는 다시 고개를 돌려 종이상자를 흔들고 있는 루나를 본 후 "에이, 씨!"라고 소리치고 앞을 보며 전속력으로 뛰기 시작한다. 멀어지는 그의 뒷모습을 살피던 루나는 씨익 하고 가볍게 웃고는 스쿠터의 속력을 높여 일진 아이 5의 뒤를 따라간다. 일진 아이 5 가까이 스쿠터를 몰고 다가간 루나는 그를 향해 "증거가 있고 증인이 있는데 도망가면 뭐하니? 힘 빼지 말고 누나랑 같이 가자!"라고 얘기한다. 일진 아이 5는 젖 먹던 힘까지 다해 속력을 높여 뛰어 도망치려 한다. 루나는 스쿠터의 속력을 높여 그의 곁으로 다가가며 "앞으로 조금만 더 가면 지구대야. 방향을 잘 보고 뛰었어야지!"라고 얘기한다. 루나의 말에 뛰던 발걸음을 멈추는 일진 아이 5는 양 무릎에 양손을 올리고 상체를 숙인 상태로 "헉, 헉." 하고 숨을 고른다. 그의 곁에 스쿠터를 세우는 루나는 헬멧을 벗은 후 오른손으로 머리카락을 쓸어 올린다. 헬멧을 스쿠터 발판에 내려놓은 루나는 일진 아이 5를 보고 활짝 웃는다. 그리고는 바로 그에게 "저 앞에, 지구대 보이지?"라고 묻는다. 스쿠터에서 내린 루나는 일진 아이 5에게 다가가 곁에 서서 핸드백을 열고 수갑을 꺼낸다. 일진 아이 5의 무릎에 올려 있던 그의 왼손을 잡아 올리는 루나는 수갑을 채운다. 루나는 나머지 한쪽 수갑을 자신의 오른팔에 채운다. 상체를 들어 올려 똑바로 서는 일진 아이 5를 보고 환

---

* 　　달가닥 : 작고 단단한 물건이 맞부딪치는 소리.

하게 방긋 웃으며 루나는 "가자!"라고 얘기한다. 루나가 앞서 걷고 일진 아이 5가 따라 걷는다.

17

공생*관계 …
영호, 검거되다!

며칠 후 저녁. 거상파 아지트 건물 앞. 건물 앞 현관에 건달 2와 똘만이가 서성이고 있다. 똘만이는 건달 2에게 "벌써 여러 명 잡혔습니다요, 성님."이라고 말문을 연다. 건달 2는 똘만이에게 "입 꾹 다물고 있어야 하는데 말이야."라고 얘기한다. 이때, 최 경위가 운전하고 있는 순찰차 한 대가 건물 앞으로 다가온다. 차 뒷좌석에는 박 경감이 앉아 있다. 순찰차를 발견한 똘만이는 차 안을 살핀다. 건달 2는 "씨발!" 하고 혼잣말을 한다. 똘만이는 고개를 들어 건달 2를 보며 "냄새, 맡았나 봅니다요, 성님." 하고 얘기한다. 이내, 차량이 현관문 앞에 멈추고 박 경감이 차에서 내린다. 차 문을 닫으려다 말고 박 경감은 차 안으로 고개를 들이밀며 최 경위에게 "차 숨겨놓고 얼른 와!"라고 얘

---

*   공생(共生) : 서로 도우며 함께 삶.

기한다. 그리고는 차량 문을 닫는다. 최 경위는 "네! 저쪽에 박아놓고 오겠습니다!"라고 말한 후 순찰차를 몰고 사라진다. 박 경감을 보고 서 있던 건달 2와 똘만이는 허리를 'ㄱ'자로 숙이며 "오랜만입니다요. 큰성님!" 하고 인사를 한다. 허리를 펴는 이들을 살펴보던 박 경감은 "큰성님은 무슨, 자식들 인사성은 여전하구만! 나 왔다고 전해!"라고 말하며 지하 룸살롱으로 내려간다. 지하로 내려가는 박 경감의 뒷모 습을 째려보던 건달 2는 똘만이에게 고갯짓을 한다. 똘만이는 알았다 는 듯 고개를 한 번 숙이고는 건물 안으로 들어간다.

　오야지 사무실. 소파에 오야지가 앉아 있다. '똑! 똑!' 하고 문을 두 드리는 소리가 들려온다. 오야지는 "들어오드라고!"라고 말한다. 문 이 열리고 똘만이가 들어온다. 문을 닫고 들어선 똘만이는 오야지에 게 다가가 "박 경감 왔습니다요, 성님!" 하고 얘기한다. 오야지는 오만 상*을 찌푸리며 똘만이에게 "뭐시여! 흘러 들어간 것이여?" 하고 묻는 다. 똘만이는 머리를 긁적이며 "그건, 저도 모르겠습니다요, 성님!" 하 고 대답한다. 오야지는 한숨을 "휴~" 하고 길게 내어 쉰 후 똘만이에게 "알았응게, 나가 보드라고!"라고 얘기한다. 그리고는 소파 앞 테이블 에 놓여 있던 담배를 하나 꺼내어 물고 불을 붙인다. 오야지는 담배를 깊이 빨아들이고 "후~" 하고 연기를 뿜어낸다.

　룸살롱 안. 룸 안 상석** 소파에 박 경감이 등을 기대고 앉아 있다.

---

*　　오만상(五萬相) : 얼굴을 잔뜩 찌푸린 모양.
**　상석(上席) : 일터나 계급 또는 모임 따위에서의 윗자리.

그의 양팔은 소파 등받이 위에 올려져 있다. 박 경감 왼편에 조금 거리를 두고 최 경위가 앉아 생글생글 웃고 있다. 룸 안의 문이 열리고 황 마담이 들어온다. 안으로 들어서며 황 마담은 박 경감을 향해 비음*이 섞인 음성으로 "어머, 오빠! 연락이나 하고 오지. 그동안 왜 이렇게 뜸했어?"라고 묻는다. 박 경감은 비열한 웃음을 흘리며 "나랏일 하는 사람이 이런 데 올 시간이 어디 있나?"라고 얘기한다. 박 경감의 말에 최 경위가 고개를 박 경감의 반대쪽으로 돌리며 비웃는 듯 웃음을 흘린다. 황 마담은 박 경감의 오른편에 바싹 다가가 앉으며 팔짱을 낀다. 그리고는 박 경감에게 "에이, 오빠도 참. 그래도 정기적으로 한 달에 한 번씩은 방문해 줘야지. 나 외롭지 않게!"라고 애교를 부린다. 박 경감은 황 마담의 어깨에 팔을 올리며 "외로웠어? 나 반겨주는 사람은 자기밖에 없고만!"이라 말하고는 황 마담의 얼굴에 자신의 얼굴을 비벼댄다. 이때 문이 열리고 오야지가 들어온다. 그의 손에는 '비타500' 음료수 열 개 들이 상자가 들려 있다. 환하게 웃는 얼굴로 들어서는 오야지는 박 경감을 향해, "아따, 성님! 연락도 없이 우짠 일이다요?"라고 묻는다. 얼굴 표정이 굳어지는 박 경감은 오야지를 향해 "강남 바닥에 소문 자자하게 났드라!"라고 내뱉는다. 오야지는 애써 궁금한 표정을 지으며 모르는 척 박 경감에게 "뭐시 말이다요, 성님?" 하고 묻고는 박 경감 오른편에 자리를 잡고 앉는다. 박 경감은 "우리 이 순경 알지? 지구대 가서 얘기할까?"라고 비아냥거리는 듯 얘기한다. 오

---

*   비음(鼻音) : 코가 막힌 듯이 내는 소리. 코 안을 울리면서 내는 소리. 콧소리.

야지는 "아따 우리 성님, 승질*도 급하시지라잉! 그라고, 나가 순경 나부랭이**허고 뭐시 할 말이 있다요, 이?" 하고 박 경감을 향해 어울리지 않는 애교를 부린다. 이어, 오야지는 가져온 음료수 상자를 테이블 위에 올려놓고 박 경감이 앉아 있는 쪽으로 들이민다. "일단 요것만 챙겨주쇼, 잉! 우덜이 여직*** 터를 덜 닦아놔서 말이지라."라고 얘기한다. 굳어 있던 얼굴에서 입꼬리만 살짝 올려 웃는 박 경감은 "자네는 눈치가 빨라서 좋아!"라고 말한 후에 최 경위를 흘깃 쳐다본다. 최 경위는 상체를 앞으로 기울이며 음료수 상자를 챙긴다. 오야지는 황 마담을 향해 "아야, 뭣허냐, 잉? 한 상 거하게 채리놓고, 우리 집 에이스****들로다가 델꼬 오드라고!"라고 얘기한다. 황 마담은 입을 가리고 "사장님도 참. 호, 호, 호." 하고 웃은 후 자리에서 일어나며 "바로 대령하겠습니다요!"라고 말하고는 밖으로 나간다. 나가는 황 마담을 쳐다보던 오야지는 고개를 돌려 박 경감과 최 경위를 번갈아 바라보며 생글생글 비굴한 웃음을 흘린다.

　일원동 소재 공원 입구. 솔이 서성이고 있다. 영호가 손에 양동이를 들고 공원 안으로 들어간다. 양동이 안에는 꽃삽과 비닐로 겹겹이 포장된 종이상자 하나가 담겨 있다. 솔의 앞을 스치는 듯 영호는 지나간다. 자신의 앞을 스치는 영호를 피해 솔은 한 걸음 뒤로 물러선다.

---

*　　승질 : '성질'의 방언. 사람이 지닌 마음의 본바탕.
**　　나부랭이 : 어떤 부류의 사람이나 물건을 낮잡아 이르는 말.
***　　여직 : 여태. 아직.
****　　에이스(ace) : 제일인자. 최고 선수.

시계를 본 후, 공원 주변 거리를 두리번거리며 솔은 누군가를 기다린다. 얼마간의 시간이 지났을 무렵, 경찰 근무복을 입고 모자를 눌러쓴 루나가 운전하는 순찰차가 공원 입구에 주차한다. 차에서 내린 루나는 한 손에 랜턴을 들고 주위를 비춰가며 솔에게 가까이 다가간다. 솔과 루나의 눈이 마주친다. 서로를 알아보며 미소를 짓는 솔과 루나. 이 둘의 거리가 점점 가까워진다. 둘의 거리 사이가 1m도 채 안 됐을 무렵, 루나는 랜턴을 비춰가며 솔의 몸을 살핀다. 루나는 솔이 아무것도 없이 빈손으로 서 있음을 확인한다. 루나는 솔을 보고 새침하게 "이제, 식었나봐?"라고 말한다. 솔은 눈을 크게 뜨고 루나를 바라보며 "어? 뭐가?"라고 묻는다. 루나는 솔에게 "빈손이네?"라고 묻는다. 솔은 "어? 배고파?"라고 루나에게 물어본다. 루나는 "배가 고프고 안 고프고를 떠나서, 나를 만나러 오는데 그 흔한 커피 한 잔도 안 뽑아오냐?"라고 얘기한다. 솔은 머리를 긁적이며 "근무시간이라."라고 얼버무린다. 루나는 "흥! 갖다 붙이기는, 언제는 근무시간 아니라서 닭 사들고 왔었나?"라고 투정을 부린다. 솔은 루나를 달래는 듯한 음성으로 "퇴근시간에 다시 올게."라고 얘기한다. 루나는 "흥!" 하고 콧방귀를 뀌고는 혼자 공원 입구 안으로 들어간다. 솔은 루나를 따라 공원 입구 안으로 들어선다.

　공원 안 인적이 드문 곳. 영호가 공원 벤치에 앉아 주위를 두리번거린다. 그의 오른 발 아래에는 꽃삽과 펜타닐이 포장된 종이상자가 담긴 양동이가 놓여 있다. 지나는 행인들을 살피던 영호는 손목시계를 들여다본다. 영호는 "아직, 멀었네."라고 혼잣말을 한다. 그리고는 주머니를 뒤적여 막대사탕 모양의 펜타닐 하나를 꺼내어 든다. 눈 바로 앞까지 들어 올려 유심히 펜타닐을 바라보던 영호는 "그렇게 좋은가?"라고 혼잣말을 한다. 잠시 망설이는 듯한 모습을 보이던 영호는 껍질을 벗기고 입 안으로 펜타닐을 집어넣는다. 잠시 후, 영호는 "허, 억!" 하는 비명을 내지르며 고개를 뒤로 젖히고 하늘을 바라본다. 눈을 감고 펜타닐을 섭취하던 영호는 "하, 하!" 하고 숨을 몰아쉰다. 게슴츠레한 눈으로 손목시계를 쳐다보는 영호는 오른 발 옆에 놓인 양동이를 집어 든다. 그리고는 정면에 약 15m 정도 떨어진 곳에 심어져 있는 아름드리 느티나무가 서 있는 곳으로 비틀거리며 걸어간다. 나무에 다다른 그는 양동이를 땅에 내려놓고 비틀거리며 주저앉아 꽃삽을 꺼내어 땅을 파기 시작한다. 영호가 땅을 파고 있는 곳 주변. 솔과 루나가 걸어온다. 솔은 루나에게 "근무시간에 이래도 되나?"라고 묻는다. 루나는 당연하다는 듯이 솔에게 "응!"이라 대답한다. 루나는 이어 "근데, 우리 지구대 좀 이상해!"라고 얘기한다. 솔은 궁금하다는 표정으로 "뭐가?"라고 묻는다. 루나는 솔에게 "사람들이 뭔가 열심히 일하는 것 같으면서도 결정적인 순간엔 뒤로 물러서는 느낌!"이라고 얘기한다. 솔은 루나에게 "왜 그럴까?"라고 묻는다. 루나는 솔에게 "글쎄, 고인 물은 썩는다*는데… 무사안일주의**가 팽배***해 있는 것 아닐

---

*   고인 물은 썩는다 : 물은 흐르지 않고 오랜 시간 동안 고여 있으면 쉽게 오염이 된다는 의미.
**   무사안일주의(無事安逸主義) : 큰 탈이 없이 편안하고 한가로운 상태나 상황만을 유지하려는 태도나 경향.
***   팽배(澎湃) : 어떤 기세나 사조(思潮)가 맹렬한 기세로 일어남.

까?"라고 되묻는다. 루나의 말에 눈만 깜박이던 솔은 그녀에게 "어렵다."라고 얘기한다. 둘은 어느새 영호가 있는 곳까지 다다른다. 영호는 아름드리 느티나무 아래에서 몸을 앞뒤로 흔들며 땅을 파고 있다. 루나가 그런 영호의 모습을 발견한다. 영호를 본 루나는 "어! 저거 뭐야!"라고 혼잣말을 한다. 곁에 있던 솔은 "어? 뭐?"라고 묻는다. 루나는 솔에게 "가만, 너! 집에 가 있어!"라고 얘기한다. 솔은 멍한 표정으로 루나를 살핀다. 루나는 영호가 땅을 파고 있는 곳으로 천천히 다가가며 솔을 뒤돌아보고 "이상하게 너만 만나면 일이 터지냐?!"라고 혼잣말을 한다. 그리고는 조심스레 영호에게 다가간다. 생각 없이 서 있는 솔을 다시 돌아보는 루나는 짜증 섞인 목소리로 "나, 바쁘니까 집에 가 있으라고!"라고 얘기한다. 그때서야 솔은 아쉬운 표정으로 뒷걸음치다가 돌아서 자리를 벗어난다. 루나가 가까워지고 있음을 모르는 영호는 펜타닐에 취해 몸을 흔들며 힘겹게 땅을 판다. 영호의 곁에 다다른 루나는 자신이 옆에 서 있음을 모르고 땅을 파고 있는 영호의 모습을 이리저리 살펴본다. 루나는 양동이 안에 종이상자가 담겨 있는 것까지 확인한 후에 영호에게 "너, 뭐하니?"라고 묻는다. 실눈을 뜨고 비몽사몽*한 상태로 루나를 쳐다보는 영호는 "헤." 하고 웃는다. 루나는 영호에게 "당신을 마약 투약 및 유통 혐의로 체포합니다."라고 말한 후 허리춤의 수갑을 빼어 영호의 왼 손목에 채운다. 상황을 파악하지 못하고 헤벌쭉 웃고만 있는 영호를 일으켜 뒷짐을 지게 한 후 오른손

---

* 비몽사몽(非夢似夢) : 깊이 잠들지도 깨지도 않은 어렴풋한 상태.

에도 남은 수갑을 채운다. 그리고는 순찰차가 서 있는 곳까지 영호를 끌고 가서 차 뒷좌석에 태운다. 루나는 차 문을 닫고 고개를 들어 주위를 살핀다. 루나의 시야에 차 변호사 아들이 교복을 입고 입에 담배를 물고 공원 입구 안으로 들어가는 모습이 들어온다. 루나는 "저 자식이 근데!"라고 혼잣말을 한다. 빠른 걸음으로 걸음을 옮겨 차 변호사 아들에게 다가가려던 루나는 잠시 걸음을 멈춘다. 루나는 차 변호사 아들의 손에 꽃삽이 들려 있음을 확인한다. 그리고는 "어! 삽 들고 있네?"라고 혼잣말을 한다. 차 변호사 아들은 루나를 의식하지 못하고 담배를 맛있게 태우며 공원 안으로 들어간다. 루나는 발소리를 죽여가며 천천히 차 변호사 아들의 뒤를 따라간다. 영호가 땅을 파던 느티나무 아래에 다다른 차 변호사 아들은 입에 물고 있던 담배를 "퉤!" 소리를 내며 바닥에 내뱉는다. 그리고는 발로 비벼 담뱃불을 끈다. 이어, 영호가 땅을 파던 느티나무 아래 주변을 이리저리 살핀다. 차 변호사 아들은 "아니, 이것들이! 돌멩이 큰 거 올려놓으라 했드만! 어디다가 묻은 거야?"라고 혼잣말을 한다. 루나는 천천히 차 변호사 아들에게 다가간다. 차 변호사 아들은 자리를 잡고 앉아 땅을 파기 시작한다. 루나가 차 변호사 아들에게 점점 더 가까이 다가간다. 그리고 그의 눈에 랜턴을 비추며 "얘! 너, 이거 찾지?"라고 말하고는 손에 들고 있는 종이상자를 흔들어 보인다. 랜턴 불빛에 눈이 부셔 루나가 경찰임을 알아보지 못한 차 변호사 아들은 인상을 찌푸리며 "뭐야? 이씨!"라고 말한다. 랜턴을 끄고 차 변호사 아들의 얼굴을 살피던 루나는 그가 자신이 첫 부임 당시 야간순찰 때 으슥한 건물 뒤에서 천 의원 아들과 함께 담배를 태우던 고교생 차 변호사 아들임을 알아본다. 루나는 바로 "어! 이게 누구야? 차 변호사 아드님이시네!"라고 얘기한다. 이제야 경찰 루나가 자신을 바라보고 있음을 확인한 차 변호사 아들은 "어!"라고 소리치며 땅바닥에 주저앉는다. 루나는 그런 그를 보며 "내가, 너 조심하랬지?"라고 얘기한다. 차 변호사 아들은 땅바닥에 주저앉아 얼굴을 찌푸리며 머리를 긁적인다. 루나는 차 변호사 아들에게 "훌륭하신 변호사 아빠 일거리 늘어 좋아하시겠다!"라고 빈정거린다. 차 변호사 아들은 눈만 깜박인다. 루나는 차 변호사 아들에게 "가자, 가서 간이 마약 시약검사부터 받아보자!"라고 얘기한다. 그리고는 루나는 말없이 고개를 푹 숙이는 차 변호사 아들의 뒷목 옷자락을 움켜쥐고 일으켜 세운다. 루나는 영호가 타 있는 순찰차가 있는 곳까지 차 변호사 아들을 끌고 간다. 영호의 옆에 차 변호사 아들을 태우고 차 문을 닫는 루나는 "휴~" 하고 짧은 한숨을 내어 쉰다. 루나는 바로 양손을 박수치는 듯이 '탁, 탁.' 하는 소리를 내며 턴다. 그리고는 얼굴에 만족한 미소를 띠며 "일타쌍피*!"라고 혼잣말을 한다. 주위를 둘러보던 루나는 얼굴에 당당한 표정을 지으며 운전석에 올라 순찰차를 몰고 공원을 벗어난다.

---

* 　일타쌍피(一打雙皮) : 화투, 고스톱에서 화투짝 한 장을 내고 피 두 장을 가져온다는 뜻으로, 한 가지 일을 하여 두 가지 이익을 봄을 이르는 말.

18

일망타진* …
옥상 씨네마

　며칠 후, 솔의 오피스텔. 솔이 침대에 누워 생각에 잠겨 있다. 얼마 전, 인사동 한정식집에서 루나와 함께였던 시간을 떠올린다. 솔은 루나가 했던 말, "아! 너, 채플린 알아? 찰리 채플린! 내가 제일 좋아하는 사람! 옛날 배우인데, 그 사람 나오는 흑백 무성영화가 보고 싶어지네!"를 떠올린다. 루나를 떠올리며 솔은 미소 짓는다. 이어 그는 오야지가 했던 말, "용팔이 말이다. 솔이 니가 나서서 보내불고 오드라고!"를 떠올린다. 솔의 얼굴에 미소가 사라진다. 솔은 바로 몸을 일으켜 침대에 걸터앉는다. 솔은 괴로운 표정을 지으며 고개를 숙였다가 고개를 들어 침대 옆 테이블을 지그시 바라본다. 이내, 테이블 서랍을 열어 며칠 전 서랍 안에 넣어두었던 사시미를 꺼내어 든다. 사시미 손

---

*　　일망타진(一網打盡) : 어떤 무리를 한꺼번에 모조리 잡음.

잡이를 잡은 손을 이리저리 돌려가며 칼날을 살피던 솔은 사시미를 테이블 위에 올려놓는다. 이때, 루나에게서 전화가 걸려온다. 솔은 발신자를 확인한 후 전화를 받으며 "어, 나야."라고 대답한다. 수화기 건너편에서 밝은 루나의 음성이 들려온다. "바쁨? 오늘 뭐할 것임?"이라고 묻는 루나의 질문에 솔은 "글쎄…"라고 말을 얼버무린다. 솔의 반응에도 아랑곳하지 않은 루나는 들뜬 목소리로 "나, 월급날! 오늘 저녁 먹자! 내가 쏠께!"라고 힘주어 얘기한다. 심각한 표정의 솔은 "아니, 오늘은 안 될 것 같아."라고 잘라 거절한다. 솔의 냉담한 반응에 루나는 잠시 말을 끊었다가 다시 말을 이어간다. 루나는 솔에게 "어, 어. 오늘 바쁘구나? 그럼, 시간 나면 연락 줘."라고 얘기하고 전화를 끊는다. 전화기를 침대 위에 올려놓은 솔은 테이블 위 사시미를 다시 지그시 내려다본다. 이때, 다시 전화벨이 울린다. 솔은 전화기를 들어 발신자가 똘만이임을 확인한다. 전화기 종료버튼을 눌러 걸려온 전화를 끊으려다가 잠시 생각에 잠긴 솔은 통화버튼을 눌러 전화를 받는다. 솔은 "어."라고 짧게 대답한다. 수화기 건너편에선 똘만이가 차분한 음성으로 말문을 연다. 똘만이는 솔에게 "어디십니까요? 성님?"이라 묻는다. 솔은 "알 거 없고, 용건만 말해."라고 퉁명스럽게 대답한다. 똘만이는 솔에게 "성님이 보자십니다요."라고 얘기한다. 솔은 똘만이에게 "그래."라고 짧게 말하고 전화를 끊는다.

1층에 커피(coffee) 전문점이 위치한 일원동 소재의 상가 건물 앞. 커피 전문점 앞 도로에는 순찰차가 한 대 서 있다. 루나와 오 경장이 커피 전문점 앞에 서서 커피를 테이크-아웃*하기 위해 키오스크**에 주문을 넣고 있다. 기분이 좋은 듯 오 경장은 루나에게 "이래도 되나 모르겠네?"라고 얘기하며 생글생글 웃는다. 루나는 "뭘요. 자주 사드리는 것도 아닌데."라고 오 경장에게 얘기한다. 주문한 음료가 나오고 루나와 오 경장은 음료를 받아 순찰차가 정차된 곳을 바라보며 선다. 음료에 꼽혀 있는 스트러우***에 입을 대고 흡입하며 루나는 솔과 통화했을 때 냉담하던 솔의 말, "아니, 오늘은 안 될 것 같아."를 떠올린다. 주머니에서 전화기를 꺼내 드는 루나는 다시 솔에게 전화를 건다. 전화 신호음이 계속 울리지만 솔은 전화를 받지 않는다. 종료버튼을 누르려 할 때 루나의 전화기 위로 끈적끈적한 액체 한 방울이 떨어진다. 전화기 위 액체를 유심히 바라보던 루나는 고개를 들어 하늘을 올려다본다. 루나의 시야에 건달 1과 똘만이에게서 마약 유통을 지시받았던 강남 일대 고교 일진 아이 1이 상체를 건물 옥상 벽에 걸치고 팔을 늘어뜨린 상태로 입을 벌리고 침을 흘리고 있는 모습이 들어온다. 루나는 "어? 어!"라고 소리치며 그를 유심히 쳐다본다. 루나의 행동에 곁에 서서 음료를 마시던 오 경장이 "왜?"라고 짧게 묻는다. 루나는 오 경장을 보고 하늘을 손가락으로 가리키며 "저기요. 좀 이상해요!"라고 얘기한다. 오 경장은 하늘을 흘깃 올려다본 후 "저 자식, 뭐하는 거

---

* 테이크 아웃(take-out) : 조리가 끝난 음식물을 포장하여 판매하는 방식.

** 키오스크(kiosk) : 공공장소에 설치된 무인 정보 단말기. 주로 정부 기관이나 은행, 백화점, 전시장 등에 설치되어 있으며 대체로 터치스크린(touchscreen) 방식을 사용한다.

*** 스트러우(straw) : 병이나 컵에 담긴 음료를 마실 때 사용하는 도구. 빨대.

야?"라고 혼잣말을 한다. 루나는 오 경장에게 당연하다는 말투로 "올라가 봐야죠."라고 얘기하고는 건물 안으로 들어간다. 루나의 뒷모습을 보며 오 경장은 귀찮다는 투로 "뭘 또 올라가 확인까지 한다고."라고 얘기한다. 그리고는 살짝 인상을 찌푸린 후에 오 경장은 마지못해 간다는 듯이 루나를 따라 들어간다. 건물 옥상. 옥상에는 일진 아이 1, 2, 3, 4, 6, 7, 8, 9 등이 모여 있다. 건달 1과 똘만이로부터 펜타닐 유통에 관해 지시를 받았던 유통책 아이들이 펜타닐을 섭취하고 약성분에 취해 있다. 여덟 명의 아이들은 각기 다른 증세의 펜타닐 중독증세를 나타낸다. 일진 아이 1은 건물 벽에 상체를 밖으로 내밀고 걸친 상태로 침을 흘리고 있다. 일진 아이 2, 3, 4는 상체를 'ㄱ'자 형태로 굽힌 상태로 옥상 여기저기에서 겨우 중심을 잡고 서 있다. 일진 아이 6, 7은 상체를 좌우로 흔들어가며 옥상 이곳저곳을 느릿느릿 걸어 다닌다. 일진 아이 8, 9는 옥상 바닥에 누워 숨을 헐떡이고 있다. 이들 모두의 입에선 알 수 없는 신음소리가 흘러나온다. 잠시 후, 루나가 옥상에 올라와 몸을 숨겨가며 아이들에게 살금살금 다가간다. 루나의 뒤에는 오 경장이 뒤따른다. 루나의 뒤에서 어깨 너머로 아이들을 살피는 오 경장은 "어라? 약 빨았네? 이 순경! 나는 내려가서 지원 요청할 테니까, 자네는 여기서 저것들 감시하고 있어!"라고 말하며 현장을 벗어나려 한다. 루나는 멀어지는 오 경장을 보며 "에? 저 혼자요?"라고 허탈한 목소리로 짧게 묻는 듯 얘기한다. 루나의 목소리에 화들짝 놀라는 오 경장은 입술에 검지를 세워 갖다 붙이며 "쉿!" 하고는 몸을 돌려 현장을 벗어난다. 루나는 다시 앞을 보며 오 경장의 행동이 마음에 들지 않는다는 듯 입을 삐죽거린다. 그녀는 몸을 숨기고 펜타닐에 취한 아이들을 살펴본다.

거상파 아지트 건물 오야지 사무실. 오야지가 책상 의자에 거드름을 피우며 앉아 있다. 그의 앞으로 솔과 똘만이, 건달 2, 3, 4, 5가 각각 두세 명씩 정렬해 서 있다. 똘만이가 오야지를 보며 "성님, 유통책 얼라들이 연락이 안 됩니다요. 납입금 들어올 날이 지났는데, 어쩌면 짭새들한테 다들 잡혔을지도 모르겠습니다요."라고 펜타닐 유통 상황을 보고한다. 오야지는 정렬해 있는 사람들을 둘러보며 "아야, 시방 그게 중헌 것이 아니여. 나가 제일로다가 목표로 허는 것이 뭐시다냐?"라고 묻는다. 오야지의 질문에 건달 2는 "성님, 아직도 강남 바닥에 용팔이가 활개치고* 돌아다니고 있습니다요."라고 얘기한다. 오야지는 건달 2의 말에 "그라게 말이다. 솔이는 뭐하고 있당가?"라고 솔에게 묻는다. 솔은 대답하지 못하고 고개를 숙인다. 솔의 행동에 화가 난 오야지는 솔에게 "나으 말이 껌이당가? 얼라들 껌 씹디끼 잘근잘근 씹어버리게?"라고 묻는다. 솔은 아무 말도 하지 못하고 더 깊숙이 고개를 숙인다. 솔의 곁에서 솔을 흘끔거리던 건달 3은 오야지를 보며 "성님, 용팔이가 삼성동에 위치한 한 호텔 VIP**룸에 기거***하고 있다는 정보를 입수했습니다요."라고 얘기한다. 이어 건달 4는 오야지를 보고 앞으로 나서며 "쉬러 갈 때는 혼자 직접 차를 몰고 호텔로 간다는 사실

---

*   활개치고 : 활개치다. 의기양양해 제 세상처럼 함부로 날뛰다.
**   VIP(Very Important Person) : 요인. 중요한 사람.
***   기거(起居) : 먹고 자고 하는 따위의 일상적인 생활을 함. 또는 그 생활.

도 알아냈습니다요. 성님!"이라 얘기한다. 오야지는 말없이 고개를 끄덕인다. 잠시 후, 솔을 째려보는 오야지는 솔에게 "자네는 뭘 하고 있었는가?"라고 묻는다. 솔은 대답하지 못한다. 오야지는 "아야, 식구들이 정보를 수집해 줬응게 인자는 실행할 때 아니긋냐?"라고 솔에게 묻는다. 마른 침을 꿀꺽 삼키는 솔은 오야지를 보며 마지못해 "내일…"이라고 말끝을 흐리며 대답한다. 솔의 말에 오야지는 "그랴, 지금꺼정 기둘리줬는디* 하루 더 못 있것냐, 이? 나으 기대 저버리지 말고 서둘러 매듭지어 보드라고!"라고 얘기한다. 솔은 오야지를 보고 "알겠습니다."라고 짧게 얘기한다. 오야지는 주위를 둘러보며 "나가 좀 피곤헌게 다들 나가서 일들 보드라고."라고 얘기한다. 오야지의 말에 모여 있던 사람들이 모두 오야지를 향해 상체를 'ㄱ'자 형태로 굽혀 인사를 하고는 사무실을 나간다. 그때, 솔은 오야지에게 인사를 하지 않고 돌아서서 나간다. 그런 그의 모습을 오야지는 실눈을 뜨고 째려본다.

　일원동 소재 건물 옥상. 루나가 아이들을 살피고 있다. 경찰차 사이렌 소리가 들려온다. 건물 밖에는 경찰특공대 대원들이 탑승한 차량 세 대가 건물 앞에 멈춰 선다. 차에서 내린 경찰특공대 대원들 약 10여 명가량이 서둘러 건물 안으로 들어가 옥상으로 올라간다. 사이렌 소리를 들은 루나는 안도의 한숨을 "휴~" 하고 내어 쉰 후 마약에 취해 정신이 없는 아이들 앞으로 몸을 드러내 보인다. 총을 머리 오른편 위까지 치켜든 루나는 아이들에게 다가서며 "얘들아, 누나랑 같이

---

*　　기둘리줬는디 : '기둘리다'는 '기다리다'의 전라도 사투리.

가자!"라고 얘기한다. 아이들 모두 루나의 말을 알아듣지 못한다. 루나는 당황스런 표정으로 눈을 깜박이며 아이들을 둘러본다. 그때, 경찰특공대 대원들 10여 명이 옥상으로 올라와 루나를 지나친 다음 아이들에게 다가간다. 이들은 약에 취해 있는 아이들을 한 명씩 연행해 건물 밖으로 끌고 나간다. 옥상이 텅 비었을 때 오 경장이 나타난다. 오 경장은 루나의 어깨를 두드리며 "오늘도 한 건 했네! 촉*이 살아있어!"라고 칭찬한다. 루나는 오 경장을 보며 가볍게 웃고는 "운이 좋았을 뿐이에요."라고 얘기한다. 총을 허리춤에 찬 총지갑에 넣으며 루나는 "가시죠. 고생 많으셨습니다."라고 얘기하고 앞장서 옥상을 벗어난다. 오 경장도 루나의 뒤를 따라 옥상에서 벗어난다.

　루나의 자취방 건물 앞 도로. 화물차 한 대가 나타난다. 루나가 지금 사는 곳으로 이사할 때 중국음식을 배달했던 중국집 배달원 철가방이 화물차 운전수가 되어 화물차를 운전하고 있다. 운전 중인 그의 옆 조수석에는 솔이 앉아 있다. 화물차 운전석 뒤 짐칸에는 꽃으로 장식된 아치형** 구조물, 간이 의자 두 개, 간이 테이블 두 개, 흰색 스크린***, 대형 스피커****, 목재와 공구상자 등이 실려 있다. 또 빔-프로젝터*****, 노트북(notebook), 찰리 채플린 영화 DVD(digital versatile disc)

*	촉 : 느낌, 감 등의 의미.
**	아치형(arch形) : 활과 같은 곡선으로 된 형태나 형식.
***	스크린(screen) : 영화나 환등(幻燈) 따위를 투영하기 위한 백색 또는 은색의 막.
****	스피커(speaker) : 소리를 크게 하여 멀리까지 들리게 하는 장비.
*****	빔-프로젝터(beam-projector) : 빛으로 영상을 확대하여 스크린에 비추어 주는 기기.

등이 담긴 종이상자가 실려 있다. 이외에도 포트와인*, 와인글라스**, 초콜릿(chocolate), 큐브치즈***, 스테인리스**** 쟁반, 아이스버킷*****, 각얼음 등이 담겨 있는 종이상자가 실려 있다. 루나의 자취방 건물 앞에 차를 세우는 화물차 운전수는 건물을 위아래로 살피며 혼잣말로 "어! 여, 거네!"라고 얘기한다. 운전수의 말에 솔은 "여기, 아세요?"라고 묻는다. 운전수는 화물차 시동을 끄고 사이드 브레이크******를 당기며 솔을 흘깃 보고 "소싯적에 내 여서 짱깨 배달 안 했쓰요. 그때 여 살던 고딩 딸래미가 아주 당찼었는데."라고 얘기한다. 솔은 말없이 고개를 숙이며 웃는다. 운전수는 솔을 보며 "그 딸아 아직도 여 사나 모리겠네. 얼굴은 반반한데******* 떡잎*********이 글렀다 아이요."라고 말하며 차 문을 열고 내린다. 솔은 더 이상 말을 이어 붙이지 않고 차 문을 열고 내린다. 차 화물칸에 실려 있던 장갑을 손에 착용한 운전수는 건물 대문 앞에 차량 화물칸에 실려 있던 짐을 모두 내

---

* 포트와인(port wine) : 발효 중에 브랜디를 첨가하여 알코올 농도를 높인 술. 단맛이 있는 포도주.

** 와인글라스(wineglass) : 포도주나 특히 셰리(sherry, 스페인 남부지방에서 생산되는 백포도주)를 마실 때 쓰는 유리잔.

*** 큐브치즈(cube cheese) : 정사각 육면체로 고체화시킨 치즈.

**** 스테인리스(stainless) : 니켈, 크롬 등을 많이 포함하고 있어 쉽게 녹이 슬지 않는 강철.

***** 아이스버킷(ice bucket) : 얼음통. 포도주병 등을 넣어 차게 식히기 위해 얼음을 채우는 통.

****** 사이드 브레이크(side brake) : 주차 중에 자동차가 움직이지 않도록 손으로 작동하는 브레이크.

******* 반반한데 : 반반하다. 생김생김이 얌전하고 예쁘장하다.

******** 떡잎 : '될성싶은 나무는 떡잎부터 알아본다'에서의 떡잎. 크게 될 사람은 어릴 때부터 다르다는 속담. 떡잎은 싹이 트면 최초로 나오는 잎.

려놓는다. 어느덧 짐이 모두 내려지고 운전수는 장갑을 빼서 차량 화물칸에 던지고 운전석에 오르려 한다. 운전수의 모습에 당황한 솔은 그에게 "그냥 가시게요? 3층까지 올려야 하는데."라고 얘기한다. 운전수는 솔을 흘깃 보며 퉁명스럽게 "내 할 일은 이까지가 끝이라예."라고 대답한다. 솔은 다급하게 운전수에게 "사장님, 도와주시면 기름값 좀 더 드릴게요."라고 얘기한다. 솔의 말에 운전수는 차량 화물칸에 던져두었던 장갑을 다시 집어 손에 끼운다. 그리고는 솔을 보고 "내, 돈 보고 하는 거는 아이고, 젊은이 고생스러울까 봐서 하는 거라예."라고 말한다. 말이 끝나기가 무섭게 빠른 몸놀림으로 화물차 운전수는 대문 앞에 놓여 있던 짐을 하나씩 들어 3층으로 나른다. 곁에 있던 솔도 떨떠름한 표정을 지으며 대문 앞에 놓여 있는 짐을 하나씩 들어 3층으로 나른다.

일원지구대 인근 버스정류장. 청바지에 티셔츠, 운동화 등 사복으로 갈아입은 루나가 버스(bus)를 기다리고 있다. 잠시 후, 버스가 도착하고 루나가 차에 오른다. 버스 안 빈 좌석에 자리를 잡고 앉은 루나는 핸드백에서 전화기를 꺼내어 든다. 루나는 망설이지 않고 솔의 전화번호를 찾은 후 통화버튼을 누른다. 통화 걸림 신호음이 울리지만 솔은 전화를 받지 않는다. 루나는 혼잣말로 "하루 종일 통화가 안 되네!"라고 말하며 걱정스런 표정으로 인상을 찌푸린다.

루나의 자취방 건물 옥상. 솔이 분주히 움직이고 있다. 3층 올라오는 계단 입구에 솔은 꽃으로 장식된 아치형 구조물을 세운다. 그리고는 미리 준비한 나무를 이용해 톱질과 망치질을 해가며 4각의 프레임*을 만들어 가져온 스크린을 걸은 다음 벽에 고정시킨다. 솔은 어느 정도 거리가 떨어진 곳에 테이블 하나를 놓고 그 위에 빔-프로젝터와 노트북을 설치한다. 이어, 조금 떨어진 곳에 의자 두 개를 놓고 가운데에 테이블 하나를 놓는다. 의자 사이에 놓인 테이블 위에 솔은 아이스버킷을 올려놓고 포트와인을 넣은 다음 얼음을 채워 넣는다. 또, 미리 준비한 스테인리스 쟁반에 초콜릿과 큐브치즈를 담아 테이블 위에 올려놓는다. 이후, 솔은 대형 스피커를 의자 두 개의 양옆으로 각각 하나씩 설치한다. 마지막으로 솔은 와인글라스를 아이스버킷 옆에 올려놓으며 모든 준비가 끝난 듯 주위를 살펴본다. 솔의 얼굴에 환한 웃음이 번진다.

　루나가 사는 동네 인근 버스정류장. 해가 기울어 어둑어둑한 시간. 버스 한 대가 정차하고 루나가 내린다. 시무룩한 표정의 루나는 다시 전화기를 꺼내어 들고 솔의 번호를 누른 후 통화버튼을 누른다. 통화 연결음이 울린다. 솔은 전화를 받지 않는다. 걱정스러운 표정의 루나는 깊은 한숨을 "휴~" 하고 내어 쉬고는 집을 향해 걸어간다.

　루나의 자취방 건물 옥상. 꽃으로 꾸며진 아치형 구조물 옆에 솔이 서서 루나를 기다린다. 그의 손에는 채플린 영화 DVD가 여러 장 들려 있다. 골목길 저편에서 루나가 나타난다. 루나는 고개를 푹 숙이고 어두운 얼굴로 천천히 걸어온다. 전화를 받지 않은 솔을 걱정하는

---

*　프레임(frame) : 뼈대. 틀.

표정이 역력하다*. 솔은 고개를 숙이고 걸어오는 루나를 발견하고는 얼굴에 웃음이 번진다. 루나가 자취방 건물에 점점 가까워 온다. 루나는 여전히 고개를 푹 숙이고 걷고 있다. 건물에 다다른 루나는 한숨을 "휴~" 하고 내어 쉬고는 건물 위로 올라간다. 루나가 3층 옥상에 다다르자 솔은 그녀를 향해 "왔어?"라고 묻는다. 화들짝 놀라는 루나는 한 걸음 뒤로 물러선 다음 다시 앞을 보며 솔을 지그시 쳐다본다. 그리고 솔과 자신의 사이에 놓여진 꽃으로 장식된 아치형 구조물을 보고 얼굴이 환하게 밝아진다. 루나는 자신도 모르게 "와, 아!" 하는 탄성을 자아낸다**. 그런 루나의 모습을 살피는 솔의 얼굴에 웃음이 번진다. 잠시 후, 솔을 흘깃 쳐다보는 루나의 얼굴이 굳어진다. 루나는 오른손 주먹에 힘을 집어넣고는 솔의 복부를 가격한다. 솔이 "악!" 하는 외마디 비명을 지르며 상체를 숙인다. 루나는 "하루종일 전화를 안 받아? 죽을래? 너, 얼마나 걱정한 줄 알아!"라고 소리친다. 상체를 앞으로 조금 숙였다가 다시 일으키는 솔은 루나를 보고 살짝 미소를 지으며 "걱정, 했어?"라고 묻는다. 루나는 솔에게 "됐그둥!"이라고 말하며 꽃으로 장식된 아치형 구조물을 통해 안으로 걸어 들어간다. 그리고는 솔이 준비해 놓은 의자에 털썩 주저앉는다. 솔은 그런 루나의 모습을 바라보고 서 있는다. 루나는 주위를 둘러보고는 "이럴려고 전화 안 받았어?"라고 솔에게 묻는다. 솔은 머리를 긁적이며 "깜짝 놀라

---

*   역력하다(歷歷) : 자취, 낌새, 기억 따위가 환히 알 수 있게 또렷하다.
**   자아낸다 : '자아내다' 어떤 느낌이나 일, 말 따위를 끄집어서 일으켜 내다.

는 표정이 보고 싶어서."라고 얘기한다. 루나는 꼼꼼하게 여기저기 살펴본 후 커다란 스피커에 눈길이 멈춘다. 그리고 솔을 향해 고개를 획 돌리며 "바보야! 무성영화인데 스피커를 이렇게 큰 것 달 필요가 있냐?"라고 지적한다. 루나의 말에 솔은 눈만 깜박이다가 "아! 맞다! 무성영화!"라고 혼잣말을 한다. 솔과 루나는 동시에 소리 없이 웃는다. 루나는 천천히 다가오는 솔에게 "준비 열심히 했네! 성의가 가상*하니 이따가 갈 때 상 줄께!"라고 새침하게 얘기한다. 솔은 말없이 웃으며 천천히 걸어와 루나가 앉아 있는 의자 옆 빈 의자에 앉는다. 그리고는 테이블 위에 손에 들고 있던 찰리 채플린 영화 DVD를 내려놓는다. 이어, 솔은 테이블 위에 놓인 와인글라스 하나를 집어 들어 루나에게 건넨다. 루나는 와인글라스를 받아든다. 솔은 아이스버킷에 담가놓은 포트와인을 꺼내어 마개를 딴다. 루나는 이리저리 고개를 돌려가며 와인을 살핀다. 그리고는 "어! 포트와인이네?"라고 말하며 들뜬 모습을 나타낸다. 솔은 루나에게 "알아?"라고 묻는다. 루나는 "술에 관한 한."이라고 말하며 "크크크." 하고는 소리 내어 웃는다. 솔은 "일반 와인은 도수가 낮아 입에 안 맞을 것 같아서 이걸로."라고 얘기한다. 루나는 솔을 칭찬하는 듯한 투로 "뭐 좀 안다, 너!"라고 얘기한다. 솔은 루나가 들고 있는 와인글라스에 와인을 채운다. 이어 자신의 잔에도 와인을 채운다. 루나는 테이블 위 스테인리스 쟁반 위에 놓인 초

---

*   가상(嘉尙) : 착하고 기특하게 여김.

콜릿과 큐브치즈를 살펴보고는 "안주도 센스* 있는데!"라고 말하며 솔을 추켜세운다. 와인병을 내려놓은 솔은 환하게 웃으며 루나에게 "영화 보자!"라고 얘기한다. 루나도 환하게 웃으며 말없이 고개를 끄덕인다. 솔은 준비해 놓은 노트북에 찰리 채플린 영화 DVD 한 장, '더 키드**'를 꺼내어 집어넣는다. 영화가 시작된다. 의자 등받이에 등을 기대는 둘, 와인을 홀짝이며 말없이 영화를 감상한다. 영화를 보는 내내 솔은 루나의 옆얼굴을 흘끔거리며 쳐다본다. 그리고는 알 수 없는 미소를 띤다. 루나는 영화에 집중해 솔의 그런 행동을 알아채지 못한다. 이렇게 두어 시간이 흘러갔을 무렵, 피곤한 듯 루나는 고개를 끄덕이며 존다. 고개를 떨구며 깜짝 놀라는 루나는 손에 들고 있던 와인글라스를 테이블 위에 올려놓는다. 그리고는 이내 등받이에 등을 기대고 고개를 솔 쪽으로 기울이며 잔다. 솔은 곁눈질로 그런 루나를 살핀다. 루나의 행동이 재미있다는 듯 솔은 웃음을 흘린다. 어느새, 영화의 엔딩-크레딧***이 올라가고 솔은 루나의 어깨를 손가락으로 톡톡 두드린다. 루나는 화들짝 놀라며 잠에서 깬다. 솔은 루나를 지그시 바라보며 "나, 가야지."라고 얘기한다. 루나는 오른손을 들어 눈을 비비고는 "벌써?"라고 묻는다. 솔은 말없이 웃는 얼굴로 고개를 끄덕인다. 솔이 자리에서 일어서자 루나도 따라서 일어난다. 아쉬운 표정의 솔은

---

* 　　센스(sense) : 사물의 미묘한 느낌이나 의미를 깨닫는 감각이나 판단력.
** 　　더 키드(the kid) : 1921년 찰리 채플린의 무성영화.
*** 　　엔딩-크레딧(ending-credit) : 영화가 끝난 직후 스크린 자막을 통해 제공되는 영화 제작과 관련된 상세정보.

루나에게 "잘 자고, 또 보자."라고 말하고 루나는 고개를 끄덕인다. 솔은 바로 몸을 돌려 계단 쪽으로 걸어간다. 루나도 솔의 뒤를 따라 걸어간다. 계단 앞에 다다랐을 무렵 계단을 내려가는 솔에게 루나는 "뭐 잊은 거 없어?"라고 묻는다. 솔은 내려가다 말고 돌아서서 루나를 보며 "어? 뭐?"라고 묻는다. 루나는 방긋 웃고는 바지 주머니에 오른손을 찔러 넣으며 "상!"이라 짧게 대답한다. 솔은 루나를 올려다보는 자세를 취하며 "아, 아! 얼른 줘!"라고 얘기한다. 여전히 주머니를 뒤적이며 루나는 솔에게 "눈 감아!"라고 말한다. 솔은 웃는 얼굴로 눈을 감으며 오른손을 들어 펼쳐 루나에게 내민다. 루나는 주머니에서 빈손을 뺀 후에 천천히 솔에게 다가가 상체를 기울여 그의 이마에 3초간 키스(kiss)를 한다. 루나의 입술이 솔의 이마에서 떨어지고 솔은 눈을 떠 루나를 올려다본다. 솔과 루나 모두 쑥스러운 듯 말이 없다. 솔이 먼저 "갈게."라고 말하고 돌아서 계단을 내려간다. 루나는 웃는 얼굴로 계단을 내려가는 솔의 모습을 바라본다. 건물 대문을 나서서 몸을 돌려 루나를 돌아보는 솔은 "들어가!"라고 얘기하고 뒷걸음치며 오른손을 들어 흔들어 보인다. 루나는 말없이 웃는 얼굴로 오른손을 들어 솔에게 흔들어 보인다. 그런 루나를 보고 솔은 다시 "들어가라니까!"라고 소리친다. 솔의 행동에 루나는 흔들던 오른손을 내리면서 고개를 끄덕인다. 그리고는 솔의 시야에서 벗어날 만큼 옆으로 비켜서서 몸을 숨기고 솔을 내려다본다. 시야에 더 이상 루나의 모습이 보이지 않자 솔은 루나가 방으로 들어갔다고 생각하고 몸을 돌려 앞을 보고 뛰어간다. 솔이 뛰어가기 시작하자 루나는 다시 계단 입구로 걸어 나와 멀어져 가는 솔의 뒷모습을 바라본다. 루나의 얼굴에는 행복한 미소가 감돈다.

19

임무완수

　다음날 밤, 용팔이파 아지트 건물 인근 거리. 장대비가 내리고 있다. 건물 앞에는 용팔이가 타고 다니는 차량, 제네시스 G90이 주차되어 있다. 대략 30m 떨어진 곳 건물 모퉁이에 솔이 몸을 숨기고 있다. 우산을 들고 건물 벽에 기대어 선 그의 어깨에는 휴대용 검정색 이젤케이스*가 메어져 있다. 이젤케이스 안에는 사시미가 들어 있다. 용팔이파 중간보스와 부하 1이 용팔이의 차량 근처를 서성이며 서 있다. 중간보스는 "자식들 이제 잠잠하네!"라고 혼잣말을 한다. 부하 1은 중간보스를 바라보며 "거상 애들 말입니까요?"라고 묻는다. 중간보스는 "그 병신들 말고 누구 있어?"라고 말하며 "낄낄낄."거리며 웃는다. 이때, 건물 안에서 용팔이가 걸어 나온다. 용팔이를 발견한 중간보스와

---

*　　이젤케이스(easel case) : 그림을 그릴 때 캔버스(canvas)나 화판을 안정시키기 위한 받침대를 담는 통.

부하 1은 상체를 'ㄱ'자로 굽히며 "안녕하십니까요!"라고 인사를 한다. 용팔이는 중간보스를 보며 "별일 없지?"라고 묻는다. 중간보스는 비굴한 웃음을 흘리며 "조용합니다요, 형님."이라 대답한다. 용팔이는 주위를 두리번거리며 살펴본다. 용팔이의 행동에 솔은 건물 벽 뒤로 몸을 숨긴다. 용팔이는 다시 중간보스를 보고 "개미새끼 한 마리 안 보이네. 이런 날 장사 되겠어? 일찍 문 닫고 들어가라."라고 얘기한다. 그리고는 건물 밖으로 한 걸음 나서려 한다. 용팔이를 지켜보고 서 있던 중간보스는 옆에 놓여 있던 우산을 펼쳐 용팔이가 비를 맞지 않도록 받쳐준다. 부하 1은 주머니를 뒤적여 차키를 꺼내어 들고 차량 운전석 쪽으로 비를 맞으며 뛰어간다. 용팔이는 부하 1에게 "됐어! 혼자 간다!"라고 얘기한다. 부하 1이 용팔이와 용팔이 곁에서 우산을 받치고 서 있는 중간보스 곁으로 다가온다. 부하 1은 차키를 용팔이에게 건네며 허리를 'ㄱ'자로 굽힌다. 차키를 받아드는 용팔이의 모습을 지켜보던 솔은 앞 차도에 정차하고 있는 택시(taxi)에 올라탄다. 택시기사는 솔에게 "어서 오세요. 어디로 모실까요?"라고 묻는다. 택시 차창 밖으로 용팔이가 차량에 오르는 모습을 확인한 솔은 택시기사에게 "저 차 따라가 주세요."라고 얘기한다. 용팔이가 탄 차량이 출발하고 솔이 탄 택시가 용팔이가 운전 중인 차량을 뒤쫓아간다.

20분 후, 삼성동 노보텔 엠배서더 호텔(Nobotel Ambassador Hotel) 앞. 호텔 정문에는 호텔직원 1, 2가 경계근무를 서고 있다. 잠시 후, 용팔이가 운전하는 제네시스 G90 차량이 호텔 정문 앞에 다다른다. 호텔직원 1이 차량을 정면으로 보고 서서 허리를 굽혀 인사한다. 발렛파킹*을 위한 호텔직원 2는 차량 안에 용팔이 혼자 타고 있음을 확인하고 운전석 쪽으로 뛰어간다. 차량이 멈춰서고 호텔직원 2가 운전석 문을 활짝 열어준다. 이때 40m 떨어진 지점에 솔이 탄 택시가 서행을 하며 나타난다. 택시 안에서 솔은 택시기사에게 "여기서 세워주세요!"라고 얘기한다. 용팔이가 차에서 내려 호텔 정문을 통해 안으로 들어간다. 호텔직원 2는 용팔이가 운전해 온 차량에 올라탄 후 차를 몰고 지하주차장으로 사라진다. 이를 택시 안에서 지켜보고 있던 솔은 주머니를 뒤져 만 원권 지폐를 던지듯 택시기사에게 건네주고 내린다. 솔이 빠른 속도로 뛰어 호텔 정문으로 들어갈 때, 호텔직원 1은 그를 보고 허리를 굽혀 인사한다. 호텔 로비** 안에는 손님들 여럿이 서성이고 있다. 로비 끝자락 엘리베이터(elevator) 앞에 용팔이가 홀로 서서 엘리베이터가 내려오기를 기다린다. 이를 목격한 솔은 바지 주머니를 뒤져 검은색 천으로 된 마스크(mask)를 꺼내어 입에 두른다. 그리고는 엘리베이터가 내려오는 층수를 확인하며 빠른 걸음으로 용팔이가 서 있는 곳으로 다가간다. 엘리베이터 문이 열리고 용팔이와 솔이 함께 탑승한다. 용팔이가 돌아서서 엘리베이터 층수버튼 11층을 누른다. 솔은 용팔이의 행동을 보면서 엘리베이터 층수버튼에 손을 가져가다가 뒤로 한 걸음 물러서며 같은 층을 누르려 했다는 듯 "아!"라고 소리 낸다. 용팔이는 그런 솔을 흘깃 쳐다본다. 솔은

---

* 발렛파킹(valetparking) : 프랑스어. 일반 백화점, 음식점, 호텔 따위의 주차장에서 주차요원이 손님의 차를 대신 주차하여 주는 것.

** 로비(lobby) : 호텔이나 극장·회사 따위에서, 현관으로 통하는 통로를 겸한 공간.

엘리베이터 안 한쪽 구석에 몸을 기대며 애써 태연한 척한다. 솔의 행동에 용팔이도 더 이상 솔을 의식하지 않는다. 엘리베이터가 움직이고 솔은 어깨에 메고 있는 이젤케이스를 잘 고쳐 멘다. 잠시 후, 엘리베이터가 멈추고 용팔이가 먼저 내린다. 엘리베이터 앞에는 삼거리로 길이 형성되어 있다. 엘리베이터에서 내린 용팔이는 정면으로 걸어간다. 솔은 엘리베이터에서 내려 우측으로 돌아선다. 우측 길모퉁이에 몸을 숨긴 솔은 용팔이가 어디로 가는지 살펴본다. 용팔이가 VIP룸 앞에 멈춰 서서 고개를 돌려 솔이 몸을 숨긴 쪽을 흘깃 돌아다본다. 솔은 재빠르게 몸을 숨긴다. 솔을 보지 못한 용팔이는 문을 열고 룸 안으로 들어간다. 솔은 긴장이 풀린 듯 한숨을 "휴~" 하고 내어 쉰다. 그리고 모퉁이를 돌아 룸 문 앞까지 걸어간다. 룸 문 앞에서 멈춰 선 솔은 고개를 좌우로 두리번거리며 문 손잡이를 잡아 돌려본다. 손잡이가 잠겨 있음을 확인한 솔은 긴 한숨을 "휴~" 하고 내어 쉰다. 그리고는 앞으로 걸어간다. 복도 끝 벽면에는 비상계단과 그 옆에 직원 전용 엘리베이터가 설치되어 있다. 솔은 엘리베이터 한쪽 벽면에 등을 기대고 서서 고개를 떨구고 잠시 생각에 잠긴다. 이때, 갑자기 직원 전용 엘리베이터에서 '띵동' 하는 소리가 나며 엘리베이터 문이 열린다. 호텔직원 3이 음식과 와인이 올려져 있는 카트를 밀고 엘리베이터에서 내린다. 흘깃 호텔직원 3을 쳐다본 솔은 다시 고개를 떨군다. 호텔직원 3이 카트를 밀고 비상계단을 지나치려 할 때 솔은 눈을 번뜩이며 그를 쳐다본다. 그리고는 호텔직원 3에게 다가가 뒤에서 왼손으로 입을 막고 오른손으로 비상계단 문을 열고 안쪽으로 그를 끌고 들어간다. 잠시 후, "윽!" 하는 호텔직원 3의 비명소리가 들린다. 3분 후, 비상계단 문이 열리고 호텔직원 3의 옷을 입고 마스크를 벗은 솔이 한 손에 사시미를 쥔 손을 뒤로한 채 복도로 들어선다. 솔은 카트 위에 사시미를 올려놓고 보이지 않도록 카트 위에 놓여 있던 천으로 덮는다. 주위를 살피는 솔은 카트를 밀고 용팔이가 들어간 룸 앞으로 다가간다. 룸 앞에 다다른 솔은 문을 두드리려다 말고 잠시 망설인다. 심호흡을 하는 듯 숨을 몰아쉬는 솔은 결심한 듯 침을 꿀꺽 삼키며 문을 두드린다. '똑, 똑' 하는 노크소리가 난 후 약 30초 정도의 시간이 흘렀을 무렵 팬티(panties) 위에 나이트가운*만 걸치고 있는 용팔이가 문을 열고 솔을 쳐다본다. 이레즈미를 새겨 넣은 그의 몸이 나이트가운을 삐져나와 살짝살짝 드러나 보인다. 멀뚱멀뚱 서 있는 솔을 보고 용팔이는 "뭐야?"라고 묻는다. 솔은 당황하지 않고 침착하게 "룸서비습**니다."라고 대답한다. 용팔이는 아무 의심 없이 문을 열고 솔을 룸 안으로 들인다. 솔이 들어가고 룸 문이 닫힌다. 룸 안. 솔이 카트를 밀고 안으로 들어서고 그 뒤를 용팔이가 따라서 들어온다. 객실 구조를 잘 모르는 솔은 고개를 좌우로 두리번거린다. 그런 그를 살피던 용팔이는 "어? 너 뭐야? 룸서비스 부른 적 없는데!"라고 얘기한다. 용팔이의 말이 끝나자마자 솔은 카트 위에 놓인 사시미를 집어 들며 용팔이를 보고 양 다리를 벌리고 선다. 솔은 용팔이에게 "미안해! 일단, 좀 죽어

---

*   나이트가운(nightgown) : 잠옷 위에 입는 길고 헐거운 겉옷.
**   룸-서비스(room-service) : 호텔 따위의 객실에 음식물을 날라다 주는 일.

죠!"라고 얘기하며 사시미를 든 손을 들어 올리고 찌를 자세를 취한다. 솔의 행동을 보던 용팔이는 가소롭다는 듯 "허, 참." 하고 비웃음을 흘린다. 솔은 주춤주춤 앞으로 조금씩 걸어서 용팔이에게 다가선다. 가운을 벗어 던지는 용팔이는 솔에게 "들어와!"라고 짧게 내뱉듯이 얘기한다. 몸뚱이 전체에 문신이 새겨진 용팔이를 훑어본 솔은 겁을 먹은 듯 마른 침을 "꿀꺽." 하고 삼킨다. 사시미를 들고 선 솔의 팔이 벌벌 떨린다. 용팔이와의 거리가 2m 남짓 되자 솔은 사시미를 든 팔을 휘두르기 시작한다. 용팔이는 비열하게 웃는 얼굴로 가볍게 이리저리 피한다. 솔은 떨리는 음성으로 용팔이에게 "미안해. 제발, 죽어죠. 어! 미안해."라고 얘기한다. 용팔이는 비웃으며 솔에게 "너 같으면 돈만 있으면 살기 좋은 세상, 일찍 죽고 싶겠냐?"라고 얘기한다. 솔은 "제발!"이라고 외치며 사시미를 든 팔을 앞으로 찌르며 용팔이에게 달려든다. 옆으로 살짝 비켜서며 솔을 피하는 용팔이는 오른발로 솔의 발목을 걸어 넘어트린다. 앞으로 고꾸라지는 솔은 사시미를 놓치면서 엎드린 채로 넘어진다. 솔이 엎어져 있는 곳에서 두어 걸음 떨어진 곳에 사시미가 떨어진다. 솔에게 달려드는 용팔이는 발로 솔의 옆구리를 가격한다. 솔은 "악!" 하는 비명을 내지른다. 솔은 옆으로 누우며 상체를 굽히고 양팔로 복부를 감싸며 괴로워한다. 용팔이는 사정없이 솔을 발로 짓밟는다. 솔은 두 팔로 머리를 감싸쥐고 누워 비명만 "악! 악!" 하고 지를 뿐이다. 분이 조금은 풀린 듯, 용팔이는 두어 걸음 솔에서 떨어져서 솔에게 "일어나!"라고 소리친다. 솔이 주춤거리며 느린 몸놀림으로 일어서려 한다. 거의 다 일어선 솔에게 뛰어가는 용팔이는 주먹으로 솔의 얼굴을 가격한다. 솔의 몸이 붕 떠서 사시미가 놓여 있는 곳 가까이 날아가 떨어진다. 얼굴 곳곳에 멍이 들고 코와 입에서 피를 흘리는 솔은 "헉, 헉!" 하고 숨을 몰아쉬며 일어나지 못한다. 솔에게 천천히 다가서는 용팔이는 솔의 상체 위에 앉아 솔의 양팔을 무릎으로 눌러 고정시키고 두 주먹으로 솔의 얼굴을 가격하기 시작한다. 솔은 "악! 악!" 하는 비명만 내지를 뿐 반격하지 못한다. 흠씬 두들겨 맞은 솔의 얼굴 이곳저곳이 부풀어 오른다. 솔이 비명조차 지르지 못하고 항거불능*의 상태가 되자 용팔이는 바닥에 침을 "퇴!" 하고 뱉으며 주먹질을 멈춘다. 솔은 기절한 듯 미동**도 보이지 않는다. 용팔이는 주먹을 털며 솔의 몸 위에서 일어난다. 그리고는 솔이 끌고 온 카트로 걸어가 위에 놓여 있는 와인병을 따고 병째 벌컥벌컥 들이마신다. 다시 몸을 돌려 솔을 흘깃 바라보는 용팔이는 손에 든 와인병을 거꾸로 잡아 쥔다. 입구가 아래로 향하면서 병 안에 들어 있던 와인이 흘러나온다. 솔이 정신을 차리고 천천히 일어서려 하자 용팔이는 와인병을 공중에다 휘둘러본다. 비틀거리며 솔이 천천히 일어서자 용팔이는 솔에게 빠른 걸음으로 다가간다. 와인병을 자신의 머리 뒷부분까지 들어 올린 용팔이는 그대로 솔의 머리를 내리치려 한다. 이를 확인한 솔은 용팔이가 휘두르는 와인병을 피해 옆으로 넘어지며 용팔이의 무릎을 걷어찬다. 용팔이는 "악!" 하는 비명을 지르고 와인

---

* 항거불능(抗拒不能) : 어떤 행위에 대한 저항이 불가능한 상태.
** 미동(微動) : 아주 조금 움직임.

병을 떨어뜨리며 앞으로 엎어진다. 용팔이는 상체를 굽혀 옆으로 누워 무릎 부위를 두 손으로 감싸 쥐고 "아, 아!" 하는 비명을 내뱉으며 괴로워한다. 용팔이를 살피던 솔은 고개를 좌우로 흔들어 정신을 차린 다음 용팔이 곁에서 조금 떨어진 곳에 놓여 있는 사시미를 쳐다본다. 용팔이가 일어서기 위해 몸을 움직이려 할 때 솔은 황급히 뛰어가 사시미를 집어 든다. 그리고는 용팔이에게 휘두른다. 솔이 휘두른 사시미에 용팔이의 오른팔이 베인다. 용팔이는 팔에서 흐르는 피를 손바닥으로 닦아 혀로 핥은 후에 솔을 보며 "들어와! 어? 들어와!"라고 내뱉는다. 힘에 겨운 듯 솔은 느릿느릿 용팔이에게 다가간다. 솔이 다시 용팔이에게 사시미를 휘두르기 시작한다. 용팔이는 가볍게 뒷걸음치며 피한다. 용팔이는 서너 걸음 뒷걸음치다가 솔을 가격하기 위해 들고 있다가 떨어뜨린 와인병을 밟고 "으악!" 하는 비명을 지르며 뒤로 벌러덩 넘어진다. 넘어지면서 용팔이는 머리를 바닥에 심하게 부딪힌다. 머리를 움켜쥐고 옆으로 누워 있는 용팔이의 모습을 본 솔은 죽을힘을 다해 그에게 달려든다. 용팔이의 배 위에 올라탄 솔은 용팔이의 어깨에 사시미를 꽂았다 빼기를 반복한다. "헉! 악!" 하고 비명을 지르는 용팔이의 몸에서 뿜어져 나온 피가 솔의 얼굴을 적신다. 솔은 울상*이 된 표정으로 "죽어! 죽어! 미안해! 어! 미안해! 제발 죽어!"라고 소리친다. 소리치면서도 솔은 용팔이의 몸 이곳저곳에 사시미를 찔러댄다. 용팔이의 사지에서 힘이 빠지면서 "헉, 헉!" 하는 비명소리

---

*　울상(—相): 울려고 하는 얼굴 모양.

도 점점 작아진다. 눈물을 흘리는 솔은 사시미를 머리 위로 치켜들었다가 용팔이의 가슴 위로 내려찍는다. 용팔이는 "헉!" 하는 비명을 지르며 숨을 거둔다. 용팔이에게서 아무런 반응이 없자 솔은 천천히 몸을 일으켜 세운다. 룸 안 샤워실로 비틀거리며 걸어 들어간 솔은 망신창이가 된 얼굴을 거울에 비춰본다. 샤워기를 틀어 머리부터 물을 맞는 솔은 손으로 얼굴을 문질러가며 붉은색 핏자국을 닦아낸다.

호텔 11층 복도. 룸 문이 열리고 솔이 비틀비틀 걸어 나온다. 벽에 몸을 지탱해 가며 솔은 비상계단 문이 있는 곳까지 걸어온다. 비상계단 안으로 들어간다. 계단참 부근에는 속옷만 입은 호텔직원 3이 넥타이로 양팔이 뒤로 묶인 채 앉아 있다. 그의 엄지발가락 두 개는 구두끈으로 묶어져 있다. 호텔직원 3은 "누구 없어요? 살려주세요!"를 외치고 있다. 계단으로 들어선 솔을 발견한 호텔직원 3은 입을 다문다. 솔은 옷을 입고 왔던 옷으로 갈아입고 계단을 힘겹게 내려간다.

밤, 루나의 자취방. 비가 세차게 내리고 있다. 하나의 천으로 길게 늘어진 치마 잠옷을 입은 루나는 머리를 뒤로 쓸어 올려 묶어 말총머리*를 하고 있다. 루나는 침대 등받이에 등을 기대고 책, 찰리 채플린의 '나의 자서전'을 읽고 있다. 빗소리가 점점 세차게 들려온다. 루나는 책을 덮고 침대에 걸터앉으며 "와, 비 무섭게 내리네."라고 혼잣말을 한다. 잠시 후, 루나의 자취방 현관문을 두드리는 소리가 '쿵, 쿵, 쿵' 하고 들려온다. 루나는 "어, 택배 안 시켰는데?"라고 혼잣말을 한

---

*   말총머리 : 조금 긴 머리를 말꼬리처럼 하나로 묶은 머리 모양새.

후 현관문으로 걸어 나간다. 루나가 현관문을 열자 현관문 앞에는 솔이 세차게 내리는 비를 맞으며 서 있다. 루나는 "어?"라는 혼잣말을 내뱉은 후 솔의 얼굴을 살핀다. 엉망이 된 솔의 얼굴을 보며 화들짝 놀라는 루나는 솔에게 "왜 이래? 어? 싸웠어?"라고 묻는다. 솔은 대답하지 않고 고개를 푹 숙인다. 루나는 솔에게 "얼른 들어와!"라고 얘기하며 그의 팔을 잡고 방 안으로 들인다. 현관문 옆 샤워실 문을 열고 수건을 꺼내는 루나는 방 안에 멀뚱멀뚱 서 있는 솔에게 수건을 건네며 "닦아."라고 얘기한다. 그리고는 책상 옆 빈 공간에 놓여 있는 약품상자를 꺼낸다. 머리에 물기를 닦아내고 있는 솔에게 루나는 침대를 가리키며 "앉아."라고 나지막이 얘기한다. 솔은 루나를 흘깃 쳐다보며 "젖었는데?"라고 얘기한다. 루나는 솔에게 "괜찮아. 앉아."라고 얘기한다. 솔은 한 손으로 머리를 닦던 수건을 쥐고 침대에 걸터앉는다. 바로 루나가 솔의 곁에 자리를 잡고 앉는다. 방바닥에 약품상자를 내려놓은 루나는 상자를 열고 소독약과 약솜을 꺼내어 소독약을 솜에 적셔 솔의 상처 위를 닦아낸다. 상처에 소독약이 닿아 따가운 듯 솔은 인상을 찌푸리며 고개를 뒤로 살짝 뺀다. 루나는 솔에게 "애니? 엄살은. 넌 나이가 몇 갠데 이렇게 터질 정도로 싸우고 다니니?"라고 묻는다. 솔은 대답하지 않고 고개를 숙이려 한다. 루나는 고개를 숙이려는 솔의 고개를 솜을 들고 있는 손으로 치켜 올리면서 "싸우려면 이기든가! 바보같이 맞고 다니냐?"라고 묻는다. 솔은 역시 대답하지 않는다. 루나는 솔의 얼굴에 난 상처에 계속 소독약을 묻힌 솜으로 소독을 해준다. 루나의 손길을 느끼며 솔은 지그시 루나의 얼굴을 들여다본다. 솔과 눈이 마주친 루나는 상처를 문지르던 손길을 멈추고 솔을 지그시 바라본다. 솔과 루나의 눈이 마주치고 대략 5초간의 시간이 흘렀을 무렵 루나의 손에 있던 소독약을 묻힌 솜이 루나의 손에서 방바닥으로 떨어진다. 루나는 눈을 깜박이며 솔의 입술을 바라본다. 솔 역시 루나의 입술을 바라본다. 솔과 루나의 머리 간격이 점점 가까워진다. 루나의 입술이 어느새 솔의 입술에 포개어진다. 대략 3초 후, 솔의 입술에서 자신의 입술을 뗀 루나는 자리에서 벌떡 일어선다. 얼굴이 붉어진 루나는 책상 근처로 걸어가 책상 위 한켠에 놓인 라디오의 전원을 켠다. 라디오에서는 '사랑해. 사랑해*.'란 노래가 흘러나온다. 라디오를 켜고 돌아서는 루나는 방문을 열고 밖으로 나가려 한다. 솔은 루나를 보고 "어디 가?"라고 묻는다. 당황한 루나는 솔을 돌아보며 "어? 화장실."이라 얼버무리고는 방문을 열고 밖으로 나간다. 방문 옆의 샤워실 문을 열고 들어간 루나는 거울을 들여다본다. 세면대 수도꼭지를 틀어 찬물이 나오게 한 다음 세수를 하는 루나는 다시 거울을 들여다보며 묶여 있는 머리를 풀어헤친다. 늘어진 머리칼에 손으로 수돗물을 적셔 물을 묻히며 루나는 머리카락을 쓸어 올린다. 한숨을 크게 "휴~" 하고 내어 쉬는 루나는 다시 샤워실 문을 열고 나가 방 안으로 들어간다. 방 안에 들어서서 고개를 숙이고 침대에 걸터앉아 있는 솔을 내려다보는 루나는 방문 옆에 있는 방 안 조명 스위치(switch)를 끈다. 방 안이 칠흑 같은 어둠 속에 휩싸인다. 불을 끄고 잠시 서 있는

---

* 사랑해. 사랑해. : 1988년 MBC 강변가요제에서 '담다디'로 대상을 받은 가수 이상은이 1989년 발표한 1집 앨범에 수록된 노래.

루나를 솔은 천천히 고개를 들어 바라본다. 방문 앞에 서 있던 루나는 솔의 곁으로 천천히 걸어가 솔의 옆에 앉는다. 오른손으로 솔의 머리카락을 쓸어 올리는 루나는 솔의 두 눈을 뚫어지게 바라본다. 솔도 루나의 시선을 피하지 않고 그녀의 눈을 뚫어지게 쳐다본다. 잠시 후, 루나는 천천히 고개를 움직여 솔의 입술에 자신의 입술을 다시 한번 올려놓는다. 라디오에서는 계속해서 '사랑해. 사랑해.'란 노래가 흘러나온다.

20

여행을 떠나요!

다음날 아침, 루나의 자취방. 침대 위에는 솔이 상의를 탈의한 채 자고 있다. 샤워(shower)를 마친 후 머리에 수건을 두르고 방 안으로 들어선 루나는 방 벽 한켠에 초승달 목걸이와 함께 걸려 있는 거울을 들여다본다. 자고 있는 솔을 흘깃 돌아보는 루나의 표정이 밝다. 솔이 일어나기 전에 루나는 서둘러 외출복으로 갈아입는다. 다시 방 밖으로 나간 루나는 방문을 열어놓고 밥과 된장찌개, 김치와 김 등의 밑반찬과 하트 모양의 계란프라이(egg fry)가 놓여 있는 밥상을 방 안으로 들고 들어온다. 상을 방에 내려놓고 젖은 머리를 수건으로 닦으며 부산스럽게 움직이는 루나의 행동에 솔이 잠에서 깬다. 루나를 보고 상체를 일으켜 침대에 앉는 솔은 "뭐해?"라고 묻는다. 루나는 환하게 웃으며 "출근준비!"라고 짧게 대답한다. 루나는 솔에게 "밥 먹고 좀 더 자다가 점심시간에 시장 앞으로 와!"라고 얘기한다. 솔은 궁금한 표정

을 지으며 "시장은 왜?"라고 묻는다. 루나는 "음, 내가 말한 것 중에 아직 하나가 남았잖아?"라고 말한 후 다시 "우리 내일 캠핑* 가자!"라고 말을 이어 붙인다. 솔은 떨떠름한 표정을 지으며 "이 얼굴로?"라고 묻는다. 루나는 "산 속에는 어차피 너랑 나 둘밖에 없을 텐데 뭐. 꿀꿀한 기분 풀어주려는 이 누나의 배려를 깊이 생각해봐."라고 얘기한다. 루나는 솔에게 "12시까지 오는 거 잊지 마! 캠핑 가서 먹을 것 사야지! 나, 출근한다."라고 말하며 방 밖으로 나간다. 방문이 닫히고 솔은 침대에 걸터앉으며 방바닥에 놓인 옷을 주워 입는다. 방에 놓인 상을 내려다본 후 하트 모양의 계란프라이를 발견한 솔은 가벼운 웃음을 흘린다.

    11시경, 서울구치소 앞. 도로가에 주차된 차량 주변에서 건달 2와 똘만이가 서성인다. 똘만이의 손에는 네모난 두부가 한 모 들려 있다. 잠시 후, '덜커덩, 끼익~' 하는 구치소 철문 열리는 소리가 들려온다. 건달 2와 똘만이는 동시에 소리가 나는 쪽으로 고개를 돌린다. 열린 문틈으로 세컨드가 걸어 나온다. 철문은 바로 닫힌다. 세컨드는 건달 2와 똘만이가 서 있는 곳으로 걸어온다. 건달 2와 똘만이는 세컨드에게 빠른 걸음으로 다가간다. 이들의 거리가 가까워진다. 바로 앞까지 다다른 세컨드에게 건달 2는 "고생 많으셨습니다요, 성님!"이라 말하며 환하게 웃는다. 똘만이는 손에 들고 있던 두부를 세컨드에게 들이밀며 "한 점 하셔야지요, 성님!"이라 말한다. 세컨드는 두부를 흘깃 본

---

*   캠핑(camping) : 캠프에서 지내는 생활. 야영.

후 오른손으로 두부 모서리 부분을 떼어내어 입 안에 넣고 씹는다. 세컨드는 아무런 말 없이 두부를 씹으며 주차된 차량으로 걸어간다. 건달 2는 바로 세컨드를 따라 걸어가고, 똘만이는 손에 들고 있던 두부를 땅에 던져버리고 뒤따라간다. 차에 다다른 이들, 세컨드는 뒷좌석에, 똘만이는 운전석에, 건달 2는 조수석에 오른다. 차가 요란한 엔진 소리를 내며 출발한다.

　12시 무렵, 일원동 소재 재래시장 입구. 솔이 청바지 주머니에 양손을 찌르고 서서 주위를 둘러본다. 잠시 후, 경찰 근무복을 입은 루나가 환하게 웃는 얼굴로 솔에게 다가온다. 루나는 솔에게 다가서서 "오래 기다렸어?"라고 묻는다. 솔은 대답하지 않고 고개를 좌우로 흔든다. 주머니에 손을 찌르고 있는 솔의 왼팔에 자신의 양팔을 찔러 넣어 팔짱을 낀 루나는 솔에게 "가자!"라고 얘기한다. 솔과 루나는 시장 안으로 들어간다. 이들은 정육점, 야채가게 등을 돌아다니며 물건을 구매한다. 재미있다는 표정으로 주위를 살피며 앞서 걷는 루나의 뒤를 구매한 물건을 들고 있는 솔이 따라다닌다. 시장 안으로 계속 걸어가던 그때 솔과 루나의 귀에 '유 레이즈 미 업'이란 노래가 들려온다. 루나는 몸을 돌려 솔을 보고 "어! 좋은 노래네?"라고 말하며 웃는다. 솔은 무표정하다. 다시 앞을 보고 시장 안으로 들어갈 때, 루나는 건달 1이 손수레를 밀어가며 시장 안을 기어다니는 모습을 발견한다. 걸음을 멈추는 루나 곁에 솔도 발걸음을 멈추고 선다. 루나는 지갑을 들어 오천 원권 지폐를 꺼내어 든다. 건달 1에게 다가가는 루나를 솔은 뒤따라간다. 건달 1의 수레 가까이에 선 루나에게 솔은 "뭐 필요한 것 있어?"라고 묻는다. 웃는 얼굴로 솔을 흘깃 돌아보는 루나는 "아니, 기부 좀 하려고!"라고 얘기한다. 루나는 손에 쥐고 있던 지폐를 건달 1의 손수레 위에 놓인 바구니 안에 올려놓는다. 고개를 살짝 치켜들고 루나를 흘깃 보는 건달 1은 "경찰나리*, 감사합니다. 감사합니다."를 계속해서 얘기한다. 루나는 몸을 돌려 솔을 바라보고 "가자!"라고 말하며 솔의 팔에 자신의 팔을 낀다. 건달 1의 목소리를 들은 솔은 발걸음을 옮기려다 말고 건달 1을 이리저리 살펴본다. 그런 솔의 행동에 루나는 "왜? 아는 사람?"이라 묻는다. 솔은 "어? 아니, 목소리가 귀에 익어서…"라고 말하며 말끝을 흐린다. 팔짱 낀 솔의 팔을 당기며 앞으로 걸어가려는 루나는 솔에게 "목소리 비슷한 사람이 어디 한둘이냐? 가자!"라고 말한다. 자신을 끌고 앞으로 가려는 루나의 힘에 솔은 "어? 어!"라고 대답하며 발걸음을 옮긴다. 솔과 루나가 두어 걸음 앞으로 걸어갔을 때 건달 1이 상체와 고개를 들어 그들의 모습을 살펴본다. 그리고는 비열한 웃음을 흘린다. 사람들 사이로 솔과 루나가 사라졌을 때 건달 1은 수레 위에 있던 전화기를 들어 오야지에게 전화를 건다.

    오야지 사무실. 소파에 등을 기대고 오야지가 앉아 있다. 그의 앞에는 세컨드와 건달 2, 똘만이가 각각 나뉘어 앉아 있다. 민요 밀양아리랑, '날 좀 보소. 날 좀 보소. 날 좀 보소. 오. 오.' 하는 노랫소리가 들려온다. 거드름을 피우며 앉아 있던 오야지는 앞 테이블 위에 놓인 전

---

*   나리 : 지체가 높거나 권세가 있는 사람을 높여 부르는 말.

화기를 들어 올린다. 전화기 액정화면을 확인한 오야지는 "아따, 잡것!"이라 말하고는 종료버튼을 누른다. 전화기를 테이블 위에 내려놓으려 할 때 다시 '날 좀 보소. 날 좀 보소. 날 좀 보소. 오. 오.' 하는 노랫소리가 울려 퍼진다. 인상을 잔뜩 찌푸린 오야지는 할 수 없다는 듯 전화를 받는다. 오야지는 갑자기 표정을 부드럽게 바꾸면서 "아따, 사랑허는 나으 동상, 우짠 일인가? 요기는 때웠는가?"라고 묻는다. 전화기 저편에서 건달 1은 목소리를 깔고 "성님, 시방 땟거리*가 문제가 아이어라! 큰일 나부렀구만이라!"라고 대답한다. 오야지는 씁쓸한 표정으로 "뭐시 문제랑가?"라고 묻는다. 수화기 저편의 건달 1은 "나가 봐부렀어라!"라고 짧게 얘기한다. 오야지는 궁금하다는 표정을 지으며 "그랴**, 뭘 봤다고 이래*** 호들갑****을 떨어 쌌는가?"라고 묻는다. 신이 난 건달 1은 오야지에게 "솔이 그 잡것이 짭새허고 붙에묵는***** 꼬라지를 봐부렀어라!"라고 힘주어 얘기한다. 건달 1의 말에 오야지는 얼굴이 굳어진다. 건달 1은 이어 "그놈이 우덜 조직에 재를****** 뿌리고 신규 사업에 초쳐버린******* 장본인********이어라!"라고 얘기한다.

---

* 땟거리 : 끼니를 때울 만한 먹을거리.
** 그랴 : '그래'의 사투리.
*** 이래 : 이렇게, 이리하여, 이러하여 등의 준말.
**** 호들갑 : 경망스럽게 야단을 피우는 말이나 행동.
***** 붙에묵는 : '붙어먹다'의 전라도 방언. '간통하다'를 속되게 이르는 말.
****** 재를 뿌리다 : 사람이나 어떤 일에 훼방을 놓다.
******* 초쳐버린 : '초를 치다'는 한창 잘 되고 있거나 잘 되려는 일에 방해를 놓아서 일이 잘못되거나 시들하여지도록 만든다는 의미.
******** 장본인(張本人) : 어떠한 일을 꾀하여 일으킨 바로 그 사람.

오야지는 긴 한숨을 "휴~" 하고 내어 쉰다. 그리고는 건달 1에게 "일단 알았응게, 자네는 끼니*나 잘 챙겨 묵고 댕기드라고."라고 말하며 전화를 끊는다. 오야지 앞에 앉아 있는 이들은 얼굴빛이 어두워진 오야지를 궁금한 표정으로 바라본다. 오야지는 한숨을 "휴~" 하고 내어 쉰 후 세컨드에게 "컨드야, 땡빛** 보기가 무섭게 헐 일이 생겨부렀구만."이라 얘기한다. 세컨드는 오야지에게 "말씀만 하십시오, 성님."이라 짧게 대답한다. 오야지와 세컨드는 알 수 없는 눈빛을 주고받는다.

다음날 오후, 강원도 함백산으로 가는 고속도로 위 차량 '캐스퍼'*** 안. 차 뒷좌석에는 텐트****, 코펠*****, 휴대용 버너******, 간이 의자 2개, 간이 테이블, 휴대용 식기류, 랜턴 여러 개 등이 실려 있다. 운전석과 조수석 차창을 모두 열고 운전 중인 솔은 라디오를 켠다. 스피커에서는 '여행을 떠나요'*******라는 노래가 흘러나온다. 차분하게 운전을 하고 있는 솔의 모습과는 다르게 조수석에 앉은 루나는 웃는 얼굴로 어깨를 들썩이며 흐르는 노래에 맞춰 춤을 춘다. 운전을 하면서 솔은 노래를 따라 부르는 루나의 모습을 가끔 흘끔거리며 미소를 띤다.

---

*	끼니 : 아침, 점심, 저녁과 같이 날마다 일정한 시간에 먹는 밥. 또는 먹는 일.
**	땡빛 : '땡볕'의 사투리. 따갑게 내리쬐는 뜨거운 볕.
***	캐스퍼(casper) : 현대자동차에서 2024년 출시한 소형차.
****	텐트(tent) : 천막.
*****	코펠(Kocher) : 독일어. 등산용 취사도구.
******	버너(burner) : 야외에서 취사용으로 사용하는 휴대용 가열기구.
*******	여행을 떠나요 : 가수 이승기가 2008년 5월 발매한 노래. 가수 조용필이 1984년 발표한 노래를 리메이크(remake)한 곡.

해가 뉘엿뉘엿 기울은 저녁, 함백산 중턱 야영지 인근 비포장도로. 덜컹거리며 움직이는 차 안에서 솔은 루나를 보며 "기왕 렌트(rent)할 거 좀 큰 차로 할 걸 그랬나? 불안하다 그치?"라고 묻는다. 차창 밖을 두리번거리며 살피던 루나는 솔에게 "아니! 이 차 이래 봬도 SUV*야! 소형이라 그렇지. 이 정도 산길은 까딱없어!"라고 얘기한다. 말이 끝나기가 무섭게 루나는 야영장 입구를 알리는 푯말을 발견한다. 솔을 보며 루나는 "어! 다 왔다! 저기!"라고 들뜬 목소리로 외친다. 솔은 야영장 푯말을 확인하고 가벼운 웃음을 흘린다. 솔과 루나가 타고 있는 차량이 야영장 간판을 지나 안으로 들어간다. 간이 화장실이 가까운 야영지에 솔은 차량을 주차한다. 차가 멈춰서고 둘은 차에서 내린다. 루나는 솔에게 "어떻게 해? 시간 계산을 잘못했네! 어두워서 아무 것도 안 보인다!"라고 푸념을 늘어놓는다. 솔은 주차된 차량 뒤로 돌아가 트렁크(trunk)를 열며 "그러게. 이렇게 해가 금방 떨어질 줄은 몰랐지."라고 대답한다. 루나는 차량 뒷좌석 문을 열고 짐을 하나 둘 꺼내어 야영장 바닥에 내려놓는다. 솔 역시 차 트렁크 안에 실려 있는 짐들, 생수 2리터 6개 들이 한 팩, 참이슬 6개 들이 한 팩, 야전삽, 3단 반찬통, 아이스박스(ice box) 등을 꺼내어 야영장 바닥에 올려놓는다. 루나에게 다가가는 솔은 "잠깐만, 여기 랜턴이 여러 개 있는데." 하며 조명기구를 찾는다. 서너 개의 랜턴을 찾은 솔은 조명을 켜서 이곳저곳에 놓아두며 주변을 밝힌다. 바닥에 놓인 텐트를 들고 걸어가는 솔은

---

*   SUV : Sport Utility Vehicle, 실용적인 스포츠형 차량.

바로 텐트를 설치하기 시작한다. 루나는 솔이 텐트를 치고 있는 주변으로 차에서 내려놓은 짐을 나른다. 텐트 설치를 마치고 솔은 야전삽으로 땅을 파기 시작한다. 멀뚱멀뚱 서 있는 루나에게 솔은 "나뭇가지 좀 많이 주위와!"라고 지시한다. 루나는 "어? 어."라고 말하며 랜턴 하나를 들고 주위를 비춰가며 나뭇가지를 모으기 시작한다. 솔이 지름 1m에 깊이 30cm 정도의 구덩이를 다 팠을 무렵 루나도 한 아름 나뭇가지를 모아 돌아온다. 솔은 루나에게 "여기에 집어넣어!"라고 얘기하고 루나는 솔의 말에 따른다. 솔은 나뭇가지에 불을 붙여 모닥불을 만든다. 모닥불 주위에 쪼그리고 앉은 루나는 "아, 아. 따듯하다!"라고 말하며 만족한 웃음을 흘린다. 솔은 루나를 보고 "배고프지? 얼른 뭐 좀 해먹자!"라고 말하며 준비해 온 간이 테이블, 의자, 버너, 취사도구 등을 설치하기 시작한다. 루나는 아이스박스, 3단 반찬통, 생수, 코펠 등을 나르며 솔을 돕는다. 모든 장비 설치가 완료되고 둘은 의자에 앉아 삼겹살을 구워가며 만찬을 즐긴다. 루나는 "이런 자리에 이게 빠지면 안 되지!"라고 말하며 소주 한 병을 꺼내어 솔의 눈앞에서 흔들어 보인다. 소주를 주거니 받거니 하며, 익어가는 고기를 뒤집고 잘라 입 안에 넣어가며 이들은 둘만의 만찬을 즐긴다. 해가 완전히 기울어 주변이 깜깜해진 시각. 모닥불과 준비해 온 랜턴 불빛으로 주변을 밝혀가며 즐거운 시간을 보낸 솔과 루나는 배가 부른 듯 의자에 몸을 기댄다. 루나는 "이제, 더 못 먹겠다!"라고 말하며 "커억!" 하고 트림을 한다. 그런 루나를 보고 살며시 웃던 솔은 루나에게 "술은? 더 못 마셔?"라고 확인하는 듯 묻는다. 루나는 솔에게 "아침에 마시려고 아끼는 거야!"라고 얘기하며 웃는다. 솔은 말없이 고개를 숙이며 웃는다. 루나는 주변을 두리번거리며 "와, 근데 여기 너무 어둡다. 살짝 무서워진다. 그치?"라고 솔에게 묻는다, 솔은 전혀 아니라는 듯 "글쎄, 무서울 것 뭐 있나?"라고 얘기한다. 루나는 그런 솔에게 "그래? 보기보다 강심장이네?"라고 말한 후 웃는다. 솔도 따라 미소 짓는다. 루나는 다시 솔을 보며 "배부른데 주변이나 한 번 돌아볼까?"라고 묻는다. 솔은 옆에 놓여 있던 랜턴 하나를 주워 들며 "그러자! 운동 삼아 한 바퀴 돌아보자!"라고 말한다. 둘은 자리에서 일어나 팔짱을 낀 채로 산속 깊은 곳으로 걸어 들어간다.

대략 30분 정도 걸었을 무렵, 솔과 루나의 시야에 폐교* 하나가 들어온다. 폐교 정문 앞에 선 둘은 정문 기둥에 새겨진 학교 이름을 확인한다. 루나는 "정도분교!"라고 학교명을 읽어 내려간다. 솔은 "학교 이름 좋네!"라고 얘기한다. 루나가 솔을 보며 "들어가 볼까?"라고 묻는다. 솔은 고개를 끄덕이고 둘은 몸을 돌려 교문 안으로 들어선다. 이때, 발전기 시동 거는 소리가 '부르릉, 부르릉' 하며 들려온다. 그리고 잠시 후 폐교 안 한쪽 교실에서 조명이 켜지며 밝아진다. 솔과 루나는 동시에 "뭐지?"라고 말하고 서로를 쳐다보며 눈을 깜박인다. 다시 앞을 보는 솔과 루나. 루나는 솔에게 "가보자!"라고 얘기한다. 솔은 고개를 끄덕이고 앞장서 들어가고, 루나는 뒤따라 들어간다. 둘은 살금살금 조심스럽게 걸어 불빛이 새어 나오는 교실 부근으로 걸어간다. 벽

---

* 폐교(廢校) : 학교의 운영을 폐지함. 또는 그 학교.

에 몸을 기대어 숨기고 천천히 교실 가까이 다가가는 이들은 창문을 통해 안을 들여다본다. 교실 안에는 방독면을 얼굴에 착용하고 의사들이 입는 하얀색 가운*을 착용한 중국인 약사 1, 2, 3, 4가 분주히 움직이며 펜타닐을 제조하고 있다. 약사들 1, 2, 3, 4의 체구가 루나보다도 현저하게** 작다. 교실 안에 설치된 여러 개의 장비 곁에서 약사 1은 펜타닐 원료를 기계에 붓고 있다. 약사 2는 막대사탕 형태로 만들어진 펜타닐을 포장용 기기에 옮기고 있다. 약사 3은 포장되어 나온 펜타닐을 종이상자 안에 담고 있다. 약사 4는 포장을 마무리하며 교실 한켠에 포장된 상자를 쌓아놓는다. 이를 살펴보던 솔은 루나에게 "이 더위에 웬 방독면이냐?"라고 소리죽여 묻는다. 솔은 이어 "뭘 만드는 거지?"라고 혼잣말을 하는 듯 묻는다. 루나는 솔에게 "내 생각엔 마약인 것 같아! 약에 취하지 않으려고 방독면을 쓴 것 같고."라고 얘기한다. 솔은 말없이 루나를 보며 고개를 끄덕인다. 솔은 루나에게 "어떻게 하지?"라고 묻는다. 루나는 솔에게 당연하다는 말투로 "잡아야지!"라고 말한 후 몸을 숙여 건물 현관을 통해 건물 안으로 들어간다. 당황스러운 표정을 띠는 솔은 손에 들고 있던 랜턴을 꺼서 바닥에 내려놓고 바로 루나를 따라 건물 안으로 들어간다. 중국인 약사들이 펜타닐을 제조하고 있는 교실에 다다른 루나는 어깨에 메고 있던 핸드백 안에서 경찰 신분증을 꺼내어 든다. 그리고는 빠른 몸놀림으로 교

---

* 가운(gown) : 의사·간호사들이 입는 위생복.
** 현저하게 : '현저하다'(顯著) 뚜렷이 드러나 분명하다.

실 문을 활짝 열고 한 손에 신분증을 잡고 앞으로 들이밀며 "꼼짝 마! 경찰이다!"라고 소리친다. 솔이 뒤따라 들어와 루나의 옆에 선다. 펜타닐을 제조하던 중국인 약사 모두는 당황하지 않고 고개를 돌려 루나와 솔을 바라본다. 펜타닐을 제조하던 손길을 멈춘 약사들은 일제히 루나와 솔이 서 있는 곳을 향해 몸을 돌려 선다. 중국인 약사 1은 루나의 손에 들려 있는 경찰 신분증을 보며 "이딩 시징차!"(一定是警察, 경찰인가봐)라고 주위 약사들에게 얘기한다. 중국인 약사 2가 멈칫 멈칫 망설이다가 "샤 디아오 타!"(杀掉它, 죽여버려)라고 소리친다. 그의 말에 중국인 약사 1, 3, 4가 주변을 둘러보며 쇠파이프, 망치, 도끼 등의 둔기를 챙겨들고 루나와 솔이 있는 곳으로 걸어간다. 솔은 루나에게 "쟤들, 뭐라는 거야?"라고 묻는다. 루나는 당연하다는 듯 "그걸, 내가 알겠니?"라고 대답한다. 솔과 루나, 약사 1, 2, 3, 4의 거리가 점점 가까워진다. 이들의 싸움이 시작된다. 둔기를 휘두르며 중국인 약사들은 루나에게 달려든다. 이를 곁에서 보고 있던 솔은 재빠른 몸놀림으로 중국인 약사 1의 얼굴에 주먹을 휘두른다. 약사 1은 "악!" 하는 비명을 지르며 옆으로 쓰러진다. 경찰 신분증을 바지 뒷주머니에 집어넣은 루나는 망치를 휘두르며 달려드는 중국인 약사 3의 턱에 발차기를 꽂아 넣는다. 약사 3은 "헉!" 하고 소리치며 쓰러진다. 쇠파이프를 쥐고 서 있던 중국인 약사 4는 솔과 루나를 번갈아 바라보며 누구에게 공격할지를 고민한다. 그는 바로 쇠파이프를 바닥에 떨어뜨리고 도망치려 한다. 루나는 도망치려는 약사 4에게 달려들어 허리띠를 움켜쥐고 뒤로 당겨 넘어뜨린다. 그리고는 발로 명치 부근을 가격한다.

약사 4는 "악!" 하는 비명을 내지른다. 생각보다 쉽게 상황이 정리된다. 이 모든 것을 지켜보던 중국인 약사 2는 천천히 뒷걸음치다가 이내 몸을 돌려 교실 밖으로 달려 나간다. 중국인 약사 2를 뒤쫓아가려는 루나를 솔은 말린다. 솔은 루나에게 "늦었어."라고 얘기한다. 솔의 말에 수긍하는 듯 루나는 멀어지는 중국인 약사 2의 뒷모습을 바라보며 짧은 한숨을 "휴~" 하고 내어 쉰다. 교실 여기저기에서 약사 1, 3, 4가 신음소리를 내어가며 뒹굴고 있다. 주변을 두리번거리던 솔은 포장된 펜타닐을 묶기 위해 중국인 약사들이 미리 준비해 놓았던 케이블타이* 한 묶음을 주워 든다. 솔은 손에 든 케이블타이 한 묶음을 반으로 나눠 루나에게 건넨다. 솔과 루나는 동시에 쓰러져 신음소리를 흘리고 있는 중국인 약사들의 팔과 다리를 케이블타이로 묶기 시작한다. 중국인 약사 1, 3, 4를 케이블타이로 묶어 움직이지 못하게 만든 솔과 루나는 가까이 다가선다. 둘은 오른손을 들어 손바닥을 서로 '탁' 하고 마주친다. 솔은 루나에게 "고생했어!"라고 말하고, 루나는 솔에게 "생각보다 잘하네?"라고 얘기하며 웃는다. 루나는 어깨에 메고 있는 핸드백에서 전화기를 꺼내어 전화를 건다. 루나는 전화기에 대고 "수고 많으십니다. 서울 일원지구대 이루나 순경입니다. 함백산 중턱 폐교에서 마약제조 일당을 검거했습니다. 연행할 인력 지원 부탁드립니다."라고 얘기한다. 전화를 끊은 루나는 솔을 보며 방긋 웃음을 지어 보인다. 솔도 그런 루나를 보며 방긋 웃어 보인다. 잠시 후, 솔과 루

---

*   케이블타이(cable tie) : 전선 따위를 한데 묶어서 정리하는 데 쓰는 플라스틱으로 만든 끈.

나가 체포한 중국인 약사들을 연행할 경찰특공대가 타고 있는 헬리콥터(helicopter)의 프로펠러(propeller) 돌아가는 소리가 요란하게 들려온다.

21

루나야, 안녕

    3일 후 해도 기울지 않은 이른 저녁, 거상파 아지트 지하 룸살롱 안. 룸 안 테이블을 둘러싸며 오야지를 중심으로 세컨드, 건달 2, 3, 4, 5와 똘만이, 솔이 나뉘어 앉아 있다. 테이블 위에는 여러 병의 양주와 맥주, 여러 개의 과일 접시, 다양한 음료수와 많은 술잔들이 놓여 있다. 오야지 곁에 황 마담이 앉아 시중을 들고 있고, 그 외 남자들 옆으로 호스티스들이 한 명씩 딱 붙어 앉아 시중을 들고 있다. 자리에서 벌떡 일어서는 오야지는 주변을 한 번 둘러본 후 "인자는 강남 바닥에 호랭이 한 마리만 남게 되았구만, 이!"라고 흡족*해한다. 오야지는 고개를 돌려가며 주위를 둘러보고 "다, 솔이 덕**이여!"라고 얘기한다.

---

*   흡족(洽足) : 모자람이 없이 아주 넉넉하여 만족함.
**   덕(德) : 공덕(功德). 은혜.

이어 오야지는 솔을 보며 "지렁이 한 마리 짓이기고* 오니라 고상** 많았구만!"이라 얘기하며 용팔이를 살해한 솔을 칭찬한다. 오야지의 칭찬에 솔은 대답 없이 고개를 푹 숙인다. 오야지는 다시 "그랴, 어디 피 본 곳은 없는가?"라고 물으며 솔의 얼굴을 살펴본다. 솔은 짧게 "없습니다."라고 얘기한다. 그런 솔에게 오야지는 "참말로*** 다행스럽구만, 이! 낯짝에 어롱이는**** 영광의 생채기라고 생각허드라고!"라고 말하며 앞에 놓인 '발렌타인 30년산(Ballantines 30) 위스키(whisky)' 병을 집어 든다. 솔에게 가까이 몸을 기울이며 오야지는 "자, 한 잔 받아 들고 단숨에 들이켜 보드라고!"라고 얘기한다. 솔은 앞에 놓인 얼음이 담긴 언더 락 글라스를 집어 들고 일어나 상체를 살짝 숙이고 술을 받는다. 술을 다 따라준 오야지는 자리에 다시 앉으며 황 마담과 호스티스들을 둘러보고 "뭣들 허냐? 풍악을 울려 보드라고!"라고 소리친다. 오야지의 말에 황 마담과 호스티스들이 일제히 "꺄, 악!" 하고 비명을 지르며 노래방 기기 앞 널다란 공간으로 뛰어나간다. 앉아서 황 마담과 호스티스들을 흘끔거리던 건달 2, 3, 4, 5와 똘만이도 일어나 "와, 아!" 하고 소리치며 호스티스들이 있는 곳으로 뛰어나간다. 거상파 조직의 축제가 시작된다. 호스티스 한 명이 '풍악을 울려라'*****란 노래

---

*	짓이기고 : '짓이기다' 함부로 마구 짓찧어 다지다.	
**	고상 : '고생'의 전라도 사투리.	
***	참말 : 사실과 틀림이 없는 말.	
****	어롱이 : '얼룩'의 옛말.	
*****	풍악을 울려라 : 가수 장민호가 2022년 11월 발표한 트로트 노래.	

를 열창한다. 그녀의 노랫소리에 소파에 앉아 있는 오야지, 세컨드, 솔을 제외한 모두가 흥겹게 춤을 추며 뛰어논다. 솔은 웃는 얼굴로 뛰노는 사람들을 흘끔거리고는 술을 홀짝이며 마신다. 오야지와 세컨드는 그런 솔의 모습을 매서운 눈빛으로 째려본다.

　다음날 아침, 루나의 자취방. 창문으로 비춰 들어오는 햇살에 루나가 잠에서 깬다. 침대 위에 누워 기지개를 켜는 루나는 "하, 암!" 하고 하품을 한다. 그리고는 고개를 들어 시계를 흘깃 쳐다본다. 루나는 시곗바늘이 여덟 시 삼십칠 분을 가리키고 있는 것을 보고 화들짝 놀라 침대에서 벌떡 일어난다. 루나는 "에이씨!"라고 혼잣말을 하며 샤워실로 뛰어간다. 루나는 세면대에 물을 틀고 양치를 시작한다. 서둘러 양치를 마치고 대충 세수를 끝낸 루나는 다시 방 안으로 들어간다. 루나는 옷을 챙겨 입으며 출근 준비를 서두른다. 옷 갈아입기를 마친 루나는 벽면에 초승달과 함께 걸려 있는 거울을 들여다본다. 루나는 오른손으로 머리를 쓸어 올려가며 얼굴 이곳저곳을 비춰본다. 그때, 갑자기 '팅!' 하는 소리와 함께 초승달 모양의 목걸이 끈이 끊어진다. 방바닥에 떨어지는 목걸이를 바라보며 루나는 "어!"라고 말한 후 상체를 숙여 목걸이를 주워 입고 있는 검정색 셔츠(shirts) 왼쪽 윗주머니에 넣는다. 그리고는 급하게 핸드폰과 핸드백을 들고 방을 나간다. 루나의 자취방 건물 앞 도로. 대문을 나서서 서둘러 뛰어가는 루나의 핸드폰이 울린다. 지구대를 향해 뛰어가면서 루나는 핸드폰을 들여다본다. 솔에게서 걸려온 전화. 루나는 전화 통화버튼을 눌러 받는다. 솔은 "뭐해?"라고 다정하게 묻는다. 루나는 급하게 빠른 어조로 "어! 나,

지각!"이라 소리친다. 솔은 웃으며 "늦잠? 밤에 뭘 했기에?"라고 말을 이어가려 한다. 루나는 "어! 미안, 지금 얘기할 때가 아냐! 내가 나중에 전화할게!"라고 소리치고는 전화를 끊는다. 루나는 지구대를 향해 빠른 속도로 뛰어간다.

거상파 아지트 건물 인근 도로. 솔이 통화가 끊어진 전화기를 내려다보며 가벼운 미소를 띤 상태로 아지트를 향해 걸어간다. 아지트 건물 앞에서 서성이던 건달 2, 3이 걸어오는 솔을 흘깃 째려본다. 미소 지으며 가까이 다가서는 솔을 보며 건달 2는 "뭐가 그리 좋아?"라고 묻는다. 솔은 건달 2, 3을 본 후 얼굴에 미소를 지운다. 솔은 "어? 어. 아냐!"라고 말하며 건물 안으로 들어간다. 건달 2, 3은 자신들을 지나쳐 건물 안으로 들어가는 솔의 뒷모습을 매섭게* 째려본다. 건물 안에서 엘리베이터를 타는 솔을 살피던 건달 3은 "자식이 혓바닥이 반토막이야**! 언제부터 친했다고 반말찌거리***야!?"라고 빈정거린다.

오야지 사무실 안. 책상 의자에 오야지가 거드름을 피우며 앉아 있다. 그의 앞으로 소파에 세컨드, 건달 4, 5와 똘만이가 각각 2명씩 나뉘어 앉아 있다. 오야지는 한숨을 "휴~" 하고 내어 쉰 후 "도대체 솔이가 무신 워카심정으로다가 그랬다냐, 이?"라고 주위를 둘러보며 혼잣말을 한다. 오야지의 말을 들은 똘만이는 생글생글 웃는 얼굴로 머

---

*   매섭게 : '매섭다'(매서워, 매서우니). 남이 겁을 낼 만큼 성질이나 됨됨이 따위가 모질고 독하다.

**   혀가 반토막이다 : 반말을 하다.

*** 반말찌거리 : 반말로 함부로 지껄이는 말. 또는 그런 말투.

리를 긁적이고는 한 글자 한 글자 힘을 주어가며 "성님, 억! 하! 심! 정!*입니다요."라고 얘기한다. 똘만이의 말에 오야지는 당황해하며 주위를 둘러보고 "얼라?"라고 혼잣말을 한다. 그리고는 세컨드를 보고 "컨드야! 여그 장바닥에서 씨세미 팔고 잡은 놈 하나 더 있는 갑다, 이?"라고 얘기한다. 오야지의 말에 세컨드는 똘만이를 째려보고, 똘만이는 정색을 하고는 그 자리에서 얼어붙어 버린다. 이때, 사무실 문을 노크하는 소리가 '똑, 똑.' 하고 들려온다. 오야지가 대답하기도 전에 문이 열리고 솔이 안으로 들어선다. 들어서는 솔을 흘깃 보고 오야지는 "아침 댓바람**부터 웬일이당가?"라고 묻는다. 안으로 들어서는 솔은 오야지에게 고개를 숙여 인사하고는 침착하게 "도울 일이 없을까 해서 와봤습니다."라고 얘기한다. 오야지는 탐탁찮은 표정으로 소파 빈자리를 턱으로 가리키며 "기왕 왔응게, 저그 앉드라고!"라고 얘기한다. 이때, 문이 열리고 건달 2가 안으로 들어온다. 건달 2는 오야지에게 다가가 아무도 들리지 않게 귓속말을 한다. 오야지는 말없이 고개만 끄덕인다. 건달 2가 책상 옆에 자리를 잡고 서자 오야지는 주위를 둘러보며 "아야, 손님 오셨응게, 다덜 지하로 모치*** 보드라고!"라고 얘기한다. 그리고는 "너그덜은 잘 몰른게**** 나가 인사시켜 주겻어!"라

---

* 억하심정 : '도대체 무슨 심정이냐?'라는 뜻. 무슨 생각으로 그러는지 알 수 없거나 마음속 깊이 맺힌 마음을 이르는 말.

** 댓바람 : 대나무밭에 바람이 불어 순간적으로 바람이 지나가는 모습에서 생겨난 말. 매우 빠르거나 순간적이라는 뜻을 나타낸다.

*** 모치다 : '모이다'의 전라도 사투리.

**** 몰른게 : '몰르다'(몰른다). '모르다'의 전라도 사투리.

고 얘기한다. 오야지의 말이 끝나자 사무실 안에 모여 있던 모든 사람들이 일어서 사무실 밖으로 나간다. 오야지는 걸어 나가는 솔의 뒷모습을 뚫어져라 쳐다보면서 욕을 하는 듯 입술을 씰룩거린다.

거상파 아지트 건물 지하주차장. 쿠션이 좋은 의자 하나가 놓여 있다. 의자 앞으로는 솔과 세컨드, 건달 2, 3, 4, 5와 똘만이가 서너 명씩 나열해 서 있다. 이들의 뒤로 약 30여 명의 건달들이 병풍*처럼 둘러 서 있다. 잠시 후, 오야지가 주차장 안으로 들어선다. 의자 가까이 걸어가는 오야지를 보며 서 있던 사람들은 모두 허리를 'ㄱ'자로 굽히며 인사를 한다. 오야지는 인사를 하는 사람들을 지나쳐 의자로 걸어가 앉으며 다리를 꼰다. 오야지는 목소리를 깔아 굵은 음성으로 건달 2를 보며 "아야, 모시고 오드라고!"라고 얘기한다. 건달 2가 주차장 밖으로 나갔다가 바로 중국인 약사 2를 데리고 들어온다. 약사 2는 정렬해 있는 사람들의 표정을 살피며 오야지에게 다가간다. 무표정한 얼굴로 걷는 약사 2는 얼굴에 멍자국이 남아 있는 솔을 발견한다. 솔을 보고 살짝 미간을 찌푸린 약사 2는 아무 일 아니라는 듯 태연한 걸음으로 오야지에게 다가간다. 약사 2는 생글생글 웃으며 오야지를 보고 "나그 맨 리안 칭 총 더 차오 허 진차이 지 친라일라."(那个满脸青肿的家伙和警察一起进来了, 얼굴에 멍이 든 저놈이 경찰과 함께 쳐들어왔다.)고 얘기한다. 오야지는 환하게 웃으며 고개를 끄덕이고는 "워 치다오."(我知道, 알고 있다.)라고 얘기한다. 약사 2는 더 환하게 웃으며 "워

---

* 병풍(屛風) : 바람을 막거나 무엇을 가리기 위하여 또는 장식용으로 방 안에 치는, 직사각형의 물건.

시아오 샤라 나그 리엔."(我需要杀了那个人, 저놈을 죽여야 한다.)라고 얘기한다. 약사 2와 오야지가 나누는 얘기를 알아듣지 못하는 솔은 아무 표정 없이 서 있는다. 오야지는 솔을 한 번 슬쩍 쳐다본 후 다시 약사 2를 보고 웃으며 "즈시 부 시 쯔이양, 워 야 다스어 슈알러 타. 진시 엔 시 이시엔."(即使不是这样, 我也打算杀了他. 今天是一天. 그렇지 않아도 죽일 생각이었다. 오늘이 바로 그날이다.)라고 얘기한다. 오야지의 말에 약사 2는 고개를 끄덕이며 "하오 더, 하오 더."(好的, 好的. 좋아, 좋아.)라고 얘기한다. 약사 2와 대화를 마친 오야지는 솔을 지그시 쳐다보고 머리를 이리저리 움직여 가며 '두두둑. 두두둑.' 하는 소리를 낸다. 그리고는 세컨드를 보고 "아야, 애기덜 연장 채비* 시키드라고!"라고 지시한다. 세컨드가 주위를 둘러보며 눈짓을 하자 주위에 서 있던 건달들 30여 명이 분주히 움직여 가며 쇠파이프, 자전거 체인, 각목, 도끼, 쇠사슬 등을 들고 다시 정렬해 선다. 솔과 세컨드, 건달 2, 3, 4, 5와 똘만이는 빈손으로 오야지 곁에 서 있는다. 건달들이 모두 정렬해 서자 주변이 조용해진다. 오야지는 주변을 둘러본 후 "남사시러워서** 나 으 주뎅이로는 썰도 못 풀것네."라고 힘주어 얘기한다. 그의 말에 그를 중심으로 모여 있던 건달들의 모든 시선이 오야지에게로 향한다. 솔은 눈만 깜박인다. 솔을 흘깃 쳐다본 후 주위 사람들을 둘러보며 오야지는 "달건이가 짭새허고 붙에묵는 시추에이션***은 도대체가 뭐하

---

*   채비 : 갖추어 차림. 또는 그 일.

**   남사스럽다 : 남에게 놀림과 비웃음을 받을 듯하다.

***   시추에이션(situation) : 상황, 처지, 환경.

자는 플레이(play)여?"라고 묻는다. 오야지의 말에 아무도 대답하는 이가 없다. 솔은 아무 말 없이 잠시 고개를 숙였다가 든다. 솔을 곁눈질로 살피던 오야지는 다시 "모닥불 훨훨 타오르디끼 잘 진행되던 사업에 소화기 뿜어버리는 이 호로쉐키*를 우째야 쓰까잉?"이라 얘기한다. 오야지의 말이 끝나자 솔이 당황해하며 마른 침을 "꿀꺽!" 하고 삼킨다. 오야지는 다시 "웃자고 허는 야그** 아닌 게 발 절인*** 놈은 앞으로 튀어 나오드라고!"라고 얘기하며 주위를 둘러본다. 오야지는 또 "시방 튀어 나오문 나가 숨통****은 붙여 놓것어!"라고 얘기한다. 오야지의 말에 솔은 주위를 흘끔거리며 눈치를 본다. 솔의 행동을 살피던 오야지는 "싯***** 실 때꺼정 안 나오문 말이다. 나도 장담****** 못혀."라고 얘기한다. 솔의 이마에서 식은땀이 흐른다. 솔의 모습을 살피던 세컨드는 잠시 자리를 벗어나더니 어느새 사시미를 들고 나타난다. 오야지는 숫자를 세기 시작한다. "한나, 두울." 하고 잠시 오야지는 말을 멈춘다. 그리고는 솔을 흘깃 본 다음 주위를 둘러보며 "그간의 업적도 있어 놓은게 나가 매몰차게******* 대하지는 않것어! 한 걸음 나서

---

*   호로쉐키 : '호로새끼'. 배운 데 없이 막되게 자라 교양이나 버릇이 없는 사람을 낮잡아 이르는 말.

**   야그 : '이야기'의 전라도 사투리.

***   발 절인 놈 : 속담, '도둑이 제 발 저린다'의 응용. 범죄를 저지른 사람에게서 느껴지는 불안과 긴장을 상징적으로 표현한 말.

****   숨통 : '숨구멍'의 전라도 방언.

*****   싯 : '셋'의 전라도 사투리.

******   장담(壯談) : 확신을 가지고 아주 자신 있게 말함. 또는 그런 말.

*******   매몰차게 : '매몰차다' 인정이나 싹싹한 맛이 없고 아주 쌀쌀맞다.

보드라고!"라고 다시 솔을 자극한다. 솔은 오른팔을 들어 이마에 흐르는 땀을 닦는다. 그런 솔의 모습을 오야지는 흘깃 쳐다본다. 솔이 앞으로 나서지 않자 오야지는 "마지막이여, 싯!"이라 외친다. 오야지를 중심으로 서 있던 건달들이 웅성거린다. 오야지는 세컨드를 바라보며 "컨드야! 끝나 부렀다! 솔이, 보내 불드라고!"라고 얘기한다. 오야지의 말이 끝나자마자 솔은 눈에 힘을 주며 주위를 둘러본다. 오야지를 중심으로 둘러 서 있던 건달들은 솔을 바라본다. 솔은 "하!" 하고 짧은 한숨을 내어 쉬고는 갑자기 차가 내려오는 주차장 입구 쪽으로 달려간다. 주차장 입구 쪽에선 어느새 건달 2가 비열한 웃음을 흘리며 입구 셔터*를 내리고 서 있다. 셔터가 '웅' 하는 기계음을 내며 내려온다. 발걸음을 멈춘 솔은 고개를 돌려 뒤를 돌아본 후 몸을 돌려 차가 올라가는 주차장 출구 쪽으로 뛰어간다. 여기에도 어느새 건달 3이 나타나서 비열한 웃음을 흘리며 셔터를 내린다. 셔터가 '웅' 하는 기계소리를 내며 내려온다. 당황한 솔은 멈춰 서서 주춤거리며 주위를 둘러본다. 둔기를 들고 있는 건달들 약 30여 명은 솔에게 느린 걸음으로 다가간다. 솔과 부하 건달들의 행동을 지켜보던 오야지는 "앗따, 자슥 쥐새끼 마냥 폴짝폴짝** 잘도 뛰댕기는 구마, 이."라고 혼잣말을 하며 비열한 웃음을 흘린다. 오야지 곁에 서 있던 세컨드와 중국인 약사 2도 비열한 웃음을 흘리며 솔을 바라본다. 주차된 차량을 등지고 선 솔의 주

---

*   셔터(shutter) : 폭이 좁은 철판을 발(簾, 발 염) 모양으로 연결하여 감아올리거나 내릴 수 있도록 한 문.
**   폴짝폴짝 : 작은 것이 가볍고 힘 있게 뛰어오르는 모양.

위에 30여 명의 건달들이 둘러선다. 솔과 건달들의 싸움이 시작된다. 누가 먼저랄 것 없이 건달들은 손에 들고 있는 둔기를 휘두르며 솔에게 달려든다. 한 명의 건달이 도끼를 휘두르며 달려들자 솔은 가볍게 피하고 그의 복부를 무릎으로 가격해 넘어뜨린다. 그 사이 각목을 들고 서 있던 다른 건달 한 명이 솔의 등을 각목을 휘둘러 가격한다. 솔은 앞으로 휘청거린다. 곁에 서 있던 다른 건달 한 명은 쇠파이프를 휘두르며 솔에게 달려든다. 솔은 쇠파이프를 슬쩍 피하며 오른손 주먹으로 그의 턱을 가격한다. 쇠파이프를 들고 있던 건달이 쇠파이프를 땅에 놓치며 쓰러진다. 솔은 재빠른 몸놀림으로 쇠파이프를 주워 들고 서너 걸음 앞으로 걸어간다. 이를 지켜보던 오야지는 흥분한 목소리로 세컨드를 흘깃 보며 "앗따! 잘헌다, 이!"라고 혼잣말을 한다. 세컨드는 못마땅한 표정이다. 이때 솔의 오른편에 서 있던 다른 건달 한 명이 손에 들고 있던 쇠사슬을 휘둘러 솔의 발목에 감아 힘껏 자신 쪽으로 당긴다. 솔은 중심을 잃고 넘어지면서 쇠파이프를 휘둘러 주위에 있던 또 다른 건달을 가격해 쓰러뜨린다. 쇠사슬에 감겨 넘어진 솔에게 건달 여럿이 빠른 몸놀림으로 달려든다. 넘어진 상태에서 솔은 손에 든 쇠파이프를 휘둘러가며 건달들이 자신에게 가까이 오지 못하도록 한다. 빠른 몸놀림으로 일어서려는 솔을 그의 뒤에서 주춤거리고 있던 다른 건달 두어 명이 각목과 도끼를 휘두르며 다가선다. 건달 한 명이 휘두르는 도끼를 가까스로 피한 솔은 다른 건달이 휘두른 각목에 머리를 맞는다. "악!" 하고 비명을 지르며 고통을 참는 솔은 서너 걸음 앞으로 나선다. 이때 서너 명의 건달들이 동시에 각목과 쇠파이프를 휘두르며 솔에게 달려든다. 솔은 머리와 몸으로 그들의 공격을 맞아가며 열심히 손에 든 쇠파이프를 휘두른다. 여러 번 공격을 당해서인지 쇠파이프를 휘두르는 솔의 움직임에 힘이 없다. 이를 본 오야지는 "자슥, 인자 다 되아가는 구마, 이!"라고 혼잣말을 한다. 이 때, 사시미를 들고 있는 세컨드가 앞으로 나서며 건달 2, 3, 4, 5와 똘만이를 보고 "끝내야지!"라고 나지막이 얘기한다. 앞으로 나선 세컨드를 건달 2, 3, 4, 5와 똘만이는 따라간다. 솔은 있는 힘을 다해 다른 건달들에게 쇠파이프를 휘둘러가며 저항한다. 이미 주차장 바닥에 여러 명의 건달들이 신음소리를 내뱉으며 쓰러져 있다. 솔의 얼굴은 엉망이 되어 있고, 머리에선 피가 흐른다. "헉! 헉!" 하고 가쁜 숨을 몰아쉬며 솔은 달려드는 건달들에게 쇠파이프를 휘두른다. 많이 지친 솔은 한쪽 무릎을 꿇고 앉아 쇠파이프를 세워 몸을 지탱하고 숨을 헐떡인다. 잠시 쉬고 있는 솔 앞으로 세컨드가 서고, 솔을 둘러싸고 건달 2, 3, 4, 5와 똘만이가 선다. 세컨드는 솔을 둘러싼 건달 2, 3, 4, 5와 똘만이에게 "죽여!"라고 나지막이 얘기한다. 세컨드의 말에 솔의 눈에 힘이 들어간다. 세컨드의 말이 끝나자마자 건달 2, 3, 4, 5와 똘만이가 동시에 솔에게 달려들어 주먹과 발로 공격을 가하기 시작한다. 세컨드는 바라보고 서 있다. 건달 2, 3이 동시에 발로 걸어차는 바람에 솔은 손에 들고 있던 쇠파이프를 놓친다. 곁에 서 있던 똘만이가 쇠파이프를 빠른 몸놀림으로 주워든다. 건달 4, 5가 솔에게 주먹을 쥐고 달려들고 솔은 이들과 주먹다짐을 한다. 건달 4가 휘두른 주먹에 얼굴을 가격당한 솔은 옆으로 몸을 휘청이며 주먹을 휘둘러 건달 5를 가격한다. 건달 5가 옆으로 넘어진다. 이를 보고 있던 똘만이가 손에 든 쇠파이프를 있는 힘껏 휘둘러 솔의 머리를 가격한다. '퍽!' 하는 소리가 주차장에 크게 울리고 솔의 코에서 붉은 피가 흘러내린다. 눈에 힘이 풀리고 주춤거리며 서 있던 솔은 비명조차 지르지 못한다. 다리에 힘이 풀리는 듯 솔은 다시 한쪽 무릎을 주차장 바닥에 꿇고 힘겹게 몸을 지탱해 선다. 솔의 모습을 본 건달 2, 3, 4, 5와 똘만이가 솔에게 동시에 달려들어 발로 밟아대기 시작한다. 솔은 신음소리조차 내지 못하고 저항하지 못한다. 솔은 그대로 주차장 바닥에 쓰러진다. 이때 사시미를 손에 든 세컨드가 천천히 이들에게 다가선다. 세컨드는 "시마이*하자!"라고 나지막이 얘기한다. 세컨드의 말에 건달 2, 3, 4, 5는 솔의 양팔을 잡고 그를 일으켜 세운다. 건달들에게 양팔을 잡힌 솔은 고개를 푹 숙이고 저항하지 못한다. 비열한 웃음을 흘리며 솔에게 다가서는 세컨드를 오야지는 지그시 바라보고 앉아 있다. 솔과의 거리가 1m도 떨어지지 않은 곳으로 세컨드는 다가선다. 세컨드는 솔에게 "먼저 가라!"라고 말하고는 솔의 복부에 사시미를 있는 힘껏 찔러 넣는다. 솔은 "헉!" 하는 신음소리를 내뱉으며 눈이 커진다. 솔의 입에선 검붉은 피가 흘러나온다. 세컨드는 사시미를 쥔 손에 힘을 주어 오른쪽으로 비튼 후 자신의 몸 쪽으로 당겨 뽑아낸다. 솔의 복부에서 주차장 바닥으로 피가 뚝뚝 떨어진다. 세컨드는 두어 걸음 뒷걸음친 후 사시미를 바닥에 버리고 오야지에게 다가간다. 건달 2, 3, 4, 5는 솔을 잡고

---

*   시마이(しまい) : 일본어. 최후, 마지막, 끝, 끝맺음.

있던 팔에 힘을 빼고 솔은 주차장 바닥에 쓰러진다. 바닥에 쓰러진 솔은 경련을 일으키며 입에서 피를 쏟아낸다. 오야지는 가까이 다가선 세컨드에게 "번지수 알제? 배달 댕기 오드라고!"라고 말을 하고는 자리에서 일어나 사라진다. 약사 2가 비열한 웃음을 흘리며 오야지를 따라 걸어간다. 세컨드는 다시, 쓰러진 솔 주위의 건달 2, 3, 4, 5와 똘만이를 둘러보며 고갯짓을 한다. 이들은 알았다는 듯 고개를 끄덕인다.

일원지구대 안. 안쪽 책상 의자에 박 경감이 앉아 있고, 그 앞으로 최 경위와 강 경사가 책상 의자에 앉아 있다. 지구대 정문이 마주 보이는 긴 책상에 루나와 오 경장이 나란히 앉아 있다. 이들 모두 각기 다른 자기 업무를 보고 있다. 루나는 인근 카페(cafe)에서 흘러나오는 노래 '내 하나의 사람은 가고*'를 들으며 고개와 상체를 좌우로 흔들고 있다. 그런 루나를 옆에 앉아 살피던 오 경장은 "이 노래 알아?"라고 묻는다. 루나는 "모르는데, 멜로디(melody)가 좋아서요. 노랫말은 너무 슬프네요."라고 대답한다. 오 경장은 "이 노래 많은 가수들이 리바이벌**했는데 임희숙은 못 따라 오더라고. 나도 안 지 얼마 안 됐지만 이 노래 참 좋아."라고 얘기한다. 오 경장이 말하고 있는 사이 지구대 저편에서 거칠게 달려오는 차량소리가 들려온다. 이 차량은 똘만이가 운전하는 스타렉스*** 승합차로 뒷좌석에는 건달 2, 3, 4, 5와 숨이 끊어져 가는 솔이 타고 있다. 지구대 근처에서 도로 노면에 타이어

---

*　　　내 하나의 사람은 가고 : 1984년 4월 발매된 가수 임희숙의 노래.
**　　리바이벌(revival) : 오래된 노래를 다른 가수가 다시 부른다는 의미.
***　스타렉스(starex) : 현대자동차에서 생산되는 승합차량.

(tire) 끌리는 소리가 '끼익!' 하고 들려온다. 바로 '덜컹' 하는 차량 문 여는 소리가 들려오고, 이어 바닥에 둔탁한 물건이 떨어지는 소리가 '쿵!' 하고 들려온다. 지구대 안 사람들은 소리가 나는 곳을 흘깃 본 후 서로가 서로를 쳐다본다. 다시, 도로 노면 위에 타이어 끌리는 소리가 '끼익!' 하고 들려온다. 똘만이가 운전 중인 차량은 빠른 속도로 지구대에서 멀어져 간다. 박 경감이 주위를 둘러보며 "뭐야? 나가봐!"라고 짜증 섞인 목소리로 소리친다. 오 경장과 루나가 동시에 일어서고 루나는 오 경장에게 "제가 나가 볼게요!"라고 얘기하며 지구대 밖으로 나간다. 루나는 현관문을 열며 "누가 피 흘리며 쓰러져 있어요!"라고 다급하게 얘기한다. 지구대 밖에는 솔이 엎어진 상태로 쓰러져 있다. 루나는 빠른 동작으로 솔에게 다가간다. 둘의 거리가 점점 가까워지고, 루나는 살짝 미간을 찌푸리며 쓰러져 있는 솔을 이리저리 살핀다. 얼굴이 엉망이 된 상태로 피로 물든 옷을 입은 솔을 루나는 알아본다. 루나는 "솔아! 왜 이래?"라고 소리친다. 지구대 안 문 앞에서 박 경감과 최 경위, 강 경사와 오 경장이 서서 루나와 솔을 살펴본다. 루나는 땅에 주저앉아 솔의 몸을 돌려 무릎 위에 올려놓고 왼팔로 고개를 받쳐 끌어안는다. 그리고는 눈물을 흘리는 루나는 솔에게 "어떻게 된 거야? 왜 이래 너?"라고 묻는다. 솔은 숨을 "헉, 헉!" 몰아 쉬기만 할 뿐 대답하지 못한다. 루나는 뒤를 돌아보며 "구급차 좀 불러주세요!"라고 소리친다. 오 경장이 주머니를 뒤적여 전화기를 꺼내어 119를 누르고 전화를 건다. 루나는 다시 솔을 보며 "참아, 조그만 참아. 구급차 올 거야. 응?"이라고 얘기한다. 솔은 얻어맞아 퉁퉁 부은 눈을 살며시 뜨

219

고 루나를 지그시 바라보며 가벼운 미소를 띤다. 지구대 안에서 밖을 살피던 박 경감은 돌아서 자리로 돌아가며 최 경위에게 "조만간에 한 번 더 들러보자고!"라고 얘기한다. 최 경위는 박 경감의 뒷모습을 보며 비열한 웃음을 흘리고는 허리를 굽신거린다. 루나는 솔에게 "조금만 힘을 내, 어? 제발!"이라 말한다. 솔의 얼굴에 가벼운 미소가 사라진다. 솔이 힘겹게 입을 연다. 솔은 루나에게 "널, 만나, 행복했어."라고 얘기한다. 그리고는 상처가 고통스러운 듯 인상을 찌푸리며 "헉!" 하고 비명을 내뱉으며 통증을 참아낸다. 루나는 솔에게 "말, 하지 마! 어? 조금만, 조금만 참으라고 바보야!"라고 얘기한다. 솔은 다시 루나를 지그시 바라보며 "가서, 기다릴게."라고 말하고는 고개를 루나의 품안으로 떨어뜨린다. 루나는 솔이 의식을 잃은 것을 확인하고는 "솔아, 솔아, 안 돼!"라고 소리치며 솔을 끌어안고 오열한다. 구급차 사이렌 소리가 들려온다.

22

루나의 복수

 4일 후 밤, 거상파 아지트 오야지 사무실. 박 경감이 오야지가 앉는 책상 의자에 앉아 있다. 박 경감은 상체를 뒤로 젖힐 수 있을 만큼 젖히고 두 다리를 꼰 상태로 책상 위에 올려놓았다. 박 경감의 오른편으로 최 경위와 오야지가 두 손을 모으고 서 있다. 박 경감의 왼편으로는 세컨드와 똘만이가 서 있다. 박 경감은 오야지에게 "야! 너, 내가 조용조용 지내라 했지!? 인사사고 냈드라?"라고 말문을 연다. 오야지는 생글생글 비굴하게 웃으며 "아따 성님도 참, 물증도 없음서 심증만 갖고 사람 찔러대문 못 쓰지라!"라고 대답한다. 박 경감은 "용팔이도 너고, 엊그제 떠난 놈도 너잖아. 은팔찌* 좀 차볼려?"라고 말하며 오야지를 자극한다. 오야지는 더 비굴하게 웃으며 박 경감에게 "흐메, 울

---

* 은팔찌 : 수갑을 지칭하는 은어.

성님 눈치도 빨라뿌쇼, 잉!"이라 얘기하며 범죄 사실을 인정한다. 그리고는 고개 돌려 똘만이를 보고 오야지는 "아야, 뭣허냐? 가서 싸게 싸게 갖고 들오드라고!"라고 얘기한다. 오야지의 말에 똘만이가 고개를 살짝 숙인 후 사무실을 나간다. 똘만이의 뒷모습을 흘깃 쳐다보던 박 경감은 다시 오야지를 보며 "어떻게 할 거야?"라고 묻는다. 오야지는 박 경감에게 "뒈진 놈은 우짤 수 없다지만 산 사람은 살아야 안 되것소, 이?"라고 얘기한다. 이때 똘만이가 오만 원권 지폐로 가득 채워진 '비타500' 음료수 10개 들이 상자 하나를 들고 들어온다. 똘만이를 쳐다보는 박 경감의 미간이 잔뜩 찌그러진다. 박 경감의 눈치를 살피던 오야지는 고개를 돌려 들어오는 똘만이를 보고 "아야, 한나 갖고 되것냐, 이? 가서 한나 더 들고 오드라고!"라고 얘기한다. 똘만이는 다시 몸을 돌려 사무실 밖으로 나간다. 오야지는 박 경감을 바라보고 박 경감은 "흠."이라 헛기침을 하며 찌그러뜨렸던 인상을 편다. 그리고는 책상 위에 올려놓았던 다리를 내려 자세를 고쳐 앉는다. 오야지는 박 경감에게 "앞으로는 잠잠허게 있을랑게 이번만 눈감아 주쇼!"라고 얘기한다. 이때 똘만이가 '비타500' 음료수 10개 들이 상자 두 개를 들고 빠른 걸음으로 들어온다. 똘만이에게서 음료수 상자를 건네받은 오야지는 박 경감 앞 책상 위에 상자를 올려놓고 들이밀며 "요거 챙기시고 그놈헌티 덮어씌워 주쇼!"라고 얘기한다. 박 경감은 "흥!" 하고 콧방귀를 뀌고는 곁눈질로 오야지를 째려본다. 오야지는 환한 웃음을 띠고 허리를 굽신거리며 박 경감을 바라본다.

솔의 오피스텔 건물 앞. 건물 앞에서 루나가 서성이고 있다. 건물 안으로 들어가려 했다가 몸을 돌려 나오기를 여러 번 반복한다. 건물 앞에 멈춰 서서 고개를 들고 건물을 바라보며 루나는 "휴~" 하고 긴 한숨을 내어 쉰다. 그리고는 결심한 듯 굳은 표정을 띤 후 루나는 건물 안으로 들어간다. 솔의 오피스텔 입구 앞에 루나가 서 있다. 떨리는 손을 들어 문 손잡이를 잡으려 한다. 손잡이를 잡은 루나는 문을 열지 못하고 잠시 고개를 숙이고 서 있는다. 약 10초 정도의 시간이 흘렀을 무렵, 루나는 문 손잡이를 잡은 손에 힘을 넣어 입구 문을 연다. 입구에 서서 고개를 살짝 왼쪽으로 틀어 안을 들여다보는 루나는 한숨을 길게 "휴~" 하고 내어 쉰다. 잠시 눈만 깜박이며 안을 들여다보던 루나는 결심한 듯, 오피스텔 안으로 들어가 문을 닫는다. 오피스텔 안으로 들어선 루나는 천천히 걸어 다니며 이곳저곳을 살펴본다. 입구와 주방을 지나 침대에 다다른 루나는 침대에 걸터앉는다. 그녀는 고개를 천천히 좌에서 우로, 우에서 좌로 돌려가며 이곳저곳을 살펴본다. 이곳저곳 살피던 행동도 잠시, 루나의 눈에선 두 줄기의 눈물이 흘러내린다. 고개를 푹 떨구는 루나의 눈물이 오피스텔 바닥에 떨어진다. 루나는 코를 훌쩍이고 눈물을 닦아가며 아무 생각 없이 고개를 푹 숙이고 앉아 있다. 잠시 후, 고개를 들어 다시 한번 오피스텔 안을 살피던 루나는 몸을 일으켜 나가려 한다. 그때, 침대 옆 서랍장 서랍이 10cm 가량 열려 있는 것이 루나의 눈에 들어온다. 루나는 몸을 일으키려다 말고 왼손을 들어 서랍을 닫으려다가 손길을 멈춘다. 서랍장이 열린 틈 안으로 시선을 돌리는 루나는 왼손에 힘을 주어 천천히 서랍을 연다. 안을 들여다보는 루나의 눈에 한 여인이 갓난아이를 안고 있는 모습이 담긴 사진이 들어온다. 찢겨진 반쪽짜리 사진이 끼워진 유리가 깨진 액자를 루나는 왼손으로 천천히 주워 든다. 한참 동안 사진을 들여다보던 루나의 눈이 갑자기 커진다. 액자를 오피스텔 바닥에 떨어뜨리며 루나는 "아, 아, 악!" 하고 비명을 내지른다. 액자는 오피스텔 바닥에 떨어지며 유리가 산산조각 난다. 머리를 움켜쥐고 루나는 계속 "안 돼! 안 돼!" 하고 비명을 내지른다. 깨진 액자 유리 사이에서 사진을 집어 드는 루나는 서둘러 일어나 오피스텔 밖으로 뛰어나간다. 오피스텔 건물 밖으로 나온 루나는 한 손에 사진을 쥐고, 다른 한 손으로는 눈물을 닦아가며 뛰기 시작한다. 숨이 턱까지 차오르는 것을 참아가며 루나는 무작정 계속 뛴다. 거리를 달리는 그녀의 두 눈에서는 계속 눈물이 흘러내린다.

다음날 오전, 일원지구대 안. 지구대 안에는 루나와 오 경장, 최 경위와 강 경사 등이 각각 나뉘어 앉아 한가로운 시간을 보내고 있다. 밤새 울어 눈이 퉁퉁 부은 화장끼 없는 루나의 얼굴 표정이 어둡다. 멍한 표정으로 아무것도 하지 않고 앉아 있는 루나의 모습을 오 경장이 가끔 흘끔거리며 살핀다. 이때, 지구대 현관문이 열리고 박 경감이 홀로 안으로 들어온다. 현관문이 닫히고 두어 걸음 안으로 들어서다 발걸음을 멈춘 박 경감은 "다들 있었네! 앉아서 주목!" 하고 사람들의 시선을 집중시킨다. 루나와 오 경장, 최 경위와 강 경사 등의 눈동자가 모두 박 경감에게 쏠린다. 박 경감은 "용팔이와 이솔 살해사건과 펜타닐 유통사건은 수사 종결됐다. 이 사건들의 핵심 인물은 거상파 서열* 3위 이솔과 중국 조직원."이라 얘기한다. 이때, 루나의 미간이 살짝 찌그러진다. 루나는 뭔가 얘기를 하려고 입을 벌리다가 오 경장의 저지로 멈춘다. 박 경감은 다시 "이솔은 펜타닐 유통 이권을 장악하기 위해 용팔이를 살해했다. 이후, 강남 일대에 고등학생들을 이용해 약을 유통시켜 왔다. 또, 자신이 몸담은 조직과 손잡은 중국 조직 약사들을 속이고 중간에서 약과 약값을 착복**해 온 것으로 드러났다."라고 얘기한다. 박 경감의 말에 루나는 "그럴 리가 없어."라고 작은 목소리로 혼잣말을 한다. 흘깃 루나를 쳐다본 박 경감은 신경 쓰지 않고 "국내에 잠복해 있던 중국 조직원에 의해 그 사실이 발각됐고, 이솔은 그들에게 살해됐다. 솔을 살해한 중국인 용의자는 이미 출국한 상태다."라고 설명을 계속한다. 박 경감이 말을 끊자 루나는 "거짓말."이라고 역시 작은 목소리로 혼잣말을 한다. 박 경감은 다시 "인터폴***에 수사를 협조해 놓았으나 중국 당국에서 살해 용의자를 수배하고 체포하는 데 협조할지는 미지수다. 여하튼, 앞서 언급한 사건들은 동일선상에 있는 사건으로 가장 유력한 용의자가 살해됐으므로 더 이상의 수사는 할 필요가 없다는 결론이다, 이상."이라고 말을 마치고 안으로 들어가 책상 의자에 앉으려 한다. 자리에서 벌떡 일어서는 루나는 박 경감을 노려보며 "누가 그런 결론을 내려준 거죠?"라고 묻는다. 박 경

---

*   서열(序列) : 순서를 좇아 늘어섬. 또는 그 순서.

**   착복(着服) : 남의 금품을 부당하게 차지함.

***   인터폴(Interpol) : International Criminal Police Organization 국제적인 형사 범죄의 방지와 해결에 이바지할 목적으로 결성된 기구. 국제 형사(刑事) 경찰기구.

감은 자리에 앉으려다 말고 루나를 흘깃 쳐다보며 "자네, 내가 지금 거짓말을 하고 있다는 건가?"라고 되묻는다. 그리고는 루나에게 박 경감은 "상부 지시라고 말했잖아!"라고 소리친다. 루나는 잠시 박 경감을 째려본 후 "솔이는 그런 애가 아니에요."라고 나지막이 얘기하고는 몸을 돌려 지구대 밖으로 나간다.

　오후, 일원동 소재 재래시장. 루나가 홀로 시장 안을 돌아다니고 있다. 고개를 좌우로 돌려가며 시장 상인과 오다니는 행인들을 살피면서 돌아다닌다. 멀리서 '유 레이즈 미 업'이란 노래가 들려온다. 노래를 들은 루나는 미간을 찌푸리며 잠시 생각에 잠긴다. 루나는 솔과 함께 캠핑을 떠나기 위해 장을 보던 날을 생각해 낸다. 루나는 바로 앵벌이를 하던 건달 1을 떠올린다. 그리고는 그때 건달 1을 보고 "왜? 아는 사람?"이라고 물었던 자신과 "어? 아니, 목소리가 귀에 익어서."라고 대답했던 솔의 말을 루나는 기억해 낸다. 눈이 커지며 루나는 노랫소리가 들려오는 시장 안쪽으로 황급히 뛰어간다. 시장 안쪽에선 건달 1이 손수레를 밀고 깁스한 팔로 상체를 당겨가며 지나는 사람들과 상인들을 상대로 앵벌이를 하고 있다. 잠시 후, 건달 1의 왼편으로 루나가 다가선다. 루나는 건달 1에게 "너, 솔이 알지?"라고 묻는다. 당황한 건달 1은 루나를 흘깃 올려다본 후 고개를 오른쪽으로 숙이며 대답하지 못한다. 건달 1의 행동에 루나는 확신에 찬 표정으로 "넌 살려줄게. 솔이 누가 죽였어?"라고 묻는다. 건달 1은 고개를 숙인 상태로 "낸, 모른당께요!"라고 대답한다. 루나는 발로 건달 1의 왼손을 지그시 내려 밟아 힘을 주며 "살고 싶으면 얘기해!"라고 다그친다. 건달

1은 "아, 아!" 하고 비명을 내뱉으며 고개를 끄덕인다. 그리고는 고개를 돌려 루나를 올려다보고 건달 1은 "내는 꼭 살려주쇼, 잉!"이라고 얘기한다.

늦은 저녁, 일원지구대 안. 오 경장과 강 경사 둘이 앉아서 시계를 쳐다보고 있다. 강 경사는 "왜 안 와? 밥 먹으러 가야 하는데 말이야."라고 오 경장을 보며 짜증을 낸다. 오 경장은 "그러게요. 이상하네요. 이럴 이 순경이 아닌데. 근무 교대시간은 칼같이 지키는 친군데 무슨 일 있는 걸까요?"라고 되묻는다. 강 경사는 오 경장을 보며 "충격이 큰가봐? 그러게 누가 건달하고 애인하랬어? 안 그래?"라고 묻는다. 이때, 지구대 현관문이 열리고 루나가 안으로 들어선다. 오 경장과 강 경사 모두 놀라서 "흐, 음." 하고 헛기침을 한다. 루나는 그들을 보며 무표정한 얼굴로 "신경 쓰지 마시고 하던 얘기 나누세요."라고 말하며 자리에 앉는다. 오 경장은 루나를 보며 "얘기는 무슨. 우리 저녁 먹으러 다녀올 때까지만 있어줘! 빨리 올께!"라고 얘기한다. 루나는 한숨을 짧게 "휴~" 하고 내어 쉬고는 "네!"라고 짧게 대답한다. 강 경사가 앞장서서 나가며 오 경장에게 "어서 가자고!"라고 얘기하고 오 경장은 "예." 하고 대답하며 따라나선다. 루나는 무표정한 얼굴로 강 경사와 오 경장이 사라질 때까지 현관문을 마주 보고 있는 책상 앞에 앉아 있는다. 강 경사와 오 경장의 모습이 더 이상 보이지 않음을 확인한 루나는 일어나 탈의실로 들어간다. 경찰 근무복을 벗고 사복으로 갈아입는 루나는 블랙진(black jeans)에 검정색 셔츠를 입고 검은색 워커를 신는다. 그리고 마지막으로 검정색 바바리코트*를 걸친다. 머리카락을 모두 뒤로 쓸어 넘겨 검정색 머리끈으로 묶으며 탈의실에서 나온 루나는 반대편에 위치한 무기고로 들어간다. 무기고 안에서 루나는 한 정의 권총을 들어 탄약을 가득 채우고 허리춤에 찔러 넣는다. 이어, 또 다른 한 정의 권총을 주위들어 탄약을 채운다. 그리고 앞으로 팔을 뻗어 총을 겨누는 자세를 취한 루나는 "이제, 니들 차례야!"라고 혼잣말을 한다. 권총 두 정을 챙긴 루나는 지구대 밖으로 나와 경찰차에 오른다. 루나가 탄 경찰차는 요란한 엔진소리를 내며 급출발한다.

거상파 아지트 건물 앞 길거리. 똘만이와 건달 2가 서성이고 있다. 똘만이는 "다시 약사들 모으고 공장 차리려면 시간이 좀 걸리겠죠, 성님?" 하고 건달 2에게 묻는다. 건달 2는 똘만이에게 "시간도 시간이지만 공장에 들어갈 장비 구매비용도 머리 아프고 또, 유통책은 어떻게 모집할 것이냐가 큰 문제지."라고 얘기한다. 건달 2의 말에 똘만이는 "성님이 알아서 하시겠죠."라고 얘기한다. 이때, 루나가 탄 경찰차가 빠른 속도로 달려온다. 루나가 운전하는 경찰차는 '끼익' 하는 노면에 타이어 끌리는 소리를 내며 거상파 아지트 건물 앞 인도로 올라선다. 건달 2와 똘만이는 차를 피해 뒤로 물러난다. 놀란 똘만이는 안에 탄 루나를 확인하고는 "저년이 미쳤나?"라고 혼잣말을 하며 운전석 쪽으로 걸어간다. 운전석 옆에 똘만이가 서자 루나는 운전석 차 문을 빠르게 열어 문으로 똘만이를 가격한다. 똘만이가 "악!" 하고 비명을 지

---

* 바바리코트(Burberry coat) : 방수 처리한 무명 개버딘의 비옷. 또는 그와 비슷한 천으로 만든 코트. 주로 봄과 가을에 입음. 영국의 제조회사 이름에서 유래함. 바바리.

를 때 서둘러 차에서 내린 루나는 똘만이의 입에 총구를 집어넣고 "대가리 어디 있어?"라고 묻는다. 똘만이가 겁을 먹고 웅얼거릴 때 건달 2가 루나를 가격하기 위해 가까이 다가선다. 건달 2가 다가오는 것을 눈치챈 루나는 똘만이의 입에 넣은 총을 빼내어 건달 2의 발등에 겨누고 방아쇠를 당긴다. '탕!' 하는 요란한 소리를 내며 발사된 총알이 건달 2의 발등을 뚫고 지나간다. 건달 2는 바닥에 발을 부여잡고 주저앉으며 "악!" 하는 비명을 지르고 괴로워한다. 루나의 행동에 놀란 똘만이는 오른손 주먹으로 루나를 때리려 한다. 루나는 다시 총을 똘만이의 머리에 겨눈다. 똘만이는 행동을 멈추고 주먹을 활짝 펴며 "5층, 5층에 있어요."라고 얘기한다. 총을 내리고 루나가 몸을 돌려 건물 안으로 들어갈 때 똘만이는 다시 주먹을 쥐고 "이씨!" 하고 소리치며 루나를 가격하려 한다. 루나는 빠른 몸놀림으로 몸을 돌려 총구를 똘만이의 발등에 겨누고 방아쇠를 당겨버린다. '탕!' 하는 총성이 울리고 총알은 똘만이의 왼쪽 발등을 뚫어버린다. 똘만이가 "악!" 하는 비명을 내지르며 왼발을 부여잡고 바닥에 나뒹군다. 루나는 무표정한 얼굴로 안으로 걸어 들어간다.

　　오야지 사무실. 책상 의자에 오야지가 앉아 있고, 곁에 세컨드와 건달 3, 4, 5가 서 있다. 오야지는 세컨드를 보며 "뭔 소리다냐?"라고 묻는다. 세컨드는 오야지에게 "총소리 같습니다요, 성님." 하고 대답한다. 오야지는 세컨드를 보며 "올 것이 와부렀구만!"이라 혼잣말을 한다. 그리고는 건달 3, 4, 5를 둘러보며 오야지는 "나가서 영접*해

---

*　　영접(迎接) : 손님을 맞아서 접대함.

드리드라고!"라고 얘기한다. 오야지의 말이 끝나자 건달 3, 4, 5는 고개를 살짝 숙인 후 몸을 돌려 사무실 밖으로 나간다. 5층 엘리베이터 앞. 건달 3, 4, 5가 손에 사시미와 쇠파이프, 도끼를 들고 엘리베이터가 올라오기를 기다린다. '띵동' 하는 엘리베이터 도착 알림음이 울리고 문이 열린다. 안에는 아무도 없다. 건달 3, 4, 5는 어리둥절한 표정으로 눈을 깜박이며 텅 빈 엘리베이터 안을 들여다본다. 이때 뒤편 계단을 통해 루나가 5층에 도착한다. 루나는 총을 든 손을 들어 올리며 "여기다! 이, 멍청이들아!"라고 소리친다. 서둘러 몸을 돌린 건달 3, 4, 5는 둔기를 높이 쳐들고 "와, 아!" 하고 고함을 지르며 루나에게 달려든다. 루나는 침착한 표정으로 총을 겨냥해 연달아 두 발을 '탕, 탕' 하고 발사한다. 두 발의 총알은 건달 3의 왼발과 건달 4의 오른발에 각각 한 발씩 명중한다. 건달 3과 건달 4는 비명을 "아, 악!" 하고 내지르며 복도에 쓰러진다. 홀로 남은 건달 5는 앞에 쓰러진 건달 3, 4를 살펴보고 눈이 휘둥그레진다. 도끼를 들고 선 그는 마른 침을 "꿀꺽." 하고 삼킨다. 다리를 벌벌 떨며 천천히 한 걸음 한 걸음 루나에게 다가서는 건달 5에게 루나는 짧게 "가!"라고 소리친다. 루나의 말에 건달 5는 배시시 웃음을 흘리며 도끼를 버리고는 몸을 돌려 엘리베이터를 타고 사라진다. 복도 바닥에서 몸을 웅크리고 있는 건달 3, 4를 지나쳐 루나는 커다란 사무실 문 앞으로 다가선다. 루나는 바바리 안주머니에서 보이스-레코더*를 꺼내어 작동시킨 후 다시 안주머니에 넣

---

* 보이스-레코더(voice recorder) : 음성 기록 장치.

는다. 한숨을 크게 "휴~" 하고 내어 쉰 루나는 사무실 문을 살며시 열고 안으로 들어간다. 사무실 안. 책상 의자에 오야지가 앉아 있다. 그의 오른편에 놓인 장식장 옆으로 세컨드가 사시미를 들고 몸을 숨기고 서 있다. 안으로 들어서는 루나를 보며 오야지는 "흐미, 이 순경님 오셨어라, 잉?"이라고 얘기한다. 루나는 대답하지 않고 터벅터벅 안으로 들어온다. 오야지는 자리에서 일어서며 생글생글 웃는 얼굴로 "아따, 우리 애기덜 많이도 잡았소, 이?"라고 얘기한다. 루나는 말없이 총을 든 손을 들어 올려 오야지를 겨냥한다. 오야지는 당황하지 않고 루나를 보며 "나가 박 경감이랑 호형호제*허는 사이요, 이. 알랑가 모르것네?"라고 얘기한다. 루나는 대답하지 않고 방아쇠를 당긴다. '탕!' 하는 소리와 함께 총알이 발사되어 날아가 오야지의 왼편 어깨를 관통한다. "허, 억!" 하고 비명을 지르는 오야지는 왼쪽으로 몸을 숙였다가 다시 루나를 바라보며 "허메, 겁나 아프요, 이!"라고 얘기한다. 그리고는 장식장 옆에 몸을 숨긴 세컨드를 흘깃 쳐다본다. 제자리에 멈춰 선 루나에게 오야지는 "나가 여다가 터 잡고 박 경감헌티 바친 뽀찌**가 얼만디. 이 순경님이 이라문 솔찬히 섭하지라. 이참에 뽀찌 쪼메 챙겨 드릴랑게 인자 고만해 주쇼, 잉?"이라고 말한다. 루나는 무표정한 얼굴로 오야지를 보며 "대한민국 경찰은 쓰레기와 타협하지 않는다."라

---

*   호형호제(呼兄呼弟) : 서로 형이니 아우니 하고 부른다는 뜻으로, 매우 가까운 친구로 지냄을 일컫는 말.

**   뽀찌 : 경기나 도박 등에서 이기거나 많은 돈을 획득한 사람이 기쁨과 감사함의 표시로 주위 사람들에게 일정량의 사례를 하는 것을 말함.

고 얘기한다. 그리고는 오야지가 서 있는 곳으로 두어 걸음 걸어온다. 루나는 세컨드가 장식장 옆에 숨어 있는지 알지 못한다. 루나가 세 걸음째 앞으로 다가서자 장식장 옆에 숨어 있던 세컨드가 튀어 나와 "이얏!" 하고 소리를 지르며 루나의 가슴을 향해 사시미를 휘두른다. 오야지는 모든 것이 끝났다는 듯 회심의 미소를 띤다. 화들짝 놀라서 뒤로 물러서는 루나의 왼편 가슴 위로 세컨드가 휘두른 사시미가 닿는다. '팅!' 하는 소리가 나면서 사시미는 부러진다. 루나는 "악!" 하고 비명을 지르며 뒤로 쓰러져 넘어진다. 쓰러진 루나는 왼편 셔츠 주머니 부위를 만지며 가슴에 전해진 충격으로 인한 통증을 참아낸다. 주머니에 손을 넣어 며칠 전 줄이 끊어져 주머니에 넣어두었던 초승달 모양의 목걸이를 꺼내어 살펴본다. 루나는 목걸이를 쳐다보며 다행이라는 듯 한숨을 "휴~" 하고 짧게 내어 쉰다. 멀쩡한 루나의 모습을 살피던 세컨드는 당황해하며 주위를 두리번거린다. 세컨드의 눈에 장식장 옆에 세워놓은 골프-클럽*이 들어온다. 빠른 몸놀림으로 세컨드는 골프채 하나를 꺼내어 든다. 허공에 두어 번 휘휘 휘둘러보는 세컨드는 성큼성큼 루나에게 걸어가 루나의 머리를 향해 골프채를 휘두른다. 골프채가 루나의 머리에 닿기 전에 루나는 오른손에 들고 있던 총을 세컨드의 무릎에 겨냥하고 방아쇠를 당긴다. '탕!' 하는 소리와 함께 총알이 발사되고 세컨드의 무릎에 명중한다. 세컨드는 "악!" 하고 비명을 지르고 골프채를 놓치며 바닥에 쓰러진다. 바닥에 엎드

---

*   골프-클럽(golf-club) : 골프채를 넣어 보관하는 가방. 골프채를 통칭함.

린 상태로 상체를 일으킨 세컨드는 이를 꽉 깨물며 두 팔로 상체를 지탱해 루나에게 가까이 빠른 속도로 기어간다. 세컨드가 있는 힘을 다해 몸을 일으켜 루나를 덮치려 할 때에 루나는 다시 총을 들어 세컨드의 머리를 향해 발사한다. '탕!' 하는 소리가 울리고 총알은 세컨드의 머리를 관통해 지나간다. 공중에 떠 있던 세컨드의 몸이 바닥으로 '털석' 하는 소리와 함께 떨어지고 세컨드는 숨을 거둔다. 지금까지의 상황을 곁에서 지켜보고 있던 오야지는 오른손으로 왼쪽 어깨를 감싸쥐고 루나에게 다가가며 "얼라? 마지막 남은 놈까지 보내불면 어쩐다요?"라고 얘기한다. 빠른 몸놀림으로 자리에서 일어서는 루나는 오야지의 말에 대답하지 않고 총을 든 손을 천천히 들어 올려 오야지의 오른쪽 어깨를 겨냥한다. 루나는 바로 방아쇠를 당긴다. 이번에는 총에서 '틱' 소리가 나며 총알이 발사되지 않는다. 총알이 떨어졌음을 알아챈 오야지는 환하게 웃으며 "나가 돼지라는 법은 없나 봅니다요, 이!"라고 혼잣말을 한다. 루나는 손에 들고 있던 총을 바닥에 버리고 허리춤에서 다른 총을 꺼내어 들고 다시 오야지의 오른쪽 어깨를 겨냥한다. 다시 오야지의 얼굴이 굳어버린다. 루나는 오야지에게 차분한 목소리로 "박 경감 어디 있어?"라고 묻는다. 오야지는 비굴하게 생글거리며 "황 마담네 침대 위서 뒹굴뒹굴허고 있것지라, 잉!"이라고 대답한다. 루나는 짧게 "주소?"라고 오야지에게 묻는다. 오야지는 역시 생글거리며 "옆이, 옆이 오피스텔 건물 1107호여라."라고 얘기한다. 그리고는 루나를 보고 환하게 웃으며 오야지는 "이것으로 퉁 치면 안 되것소? 알려줬웅게 나는 인자 내비두쇼, 잉!"이라고 얘기한다. 무표정

233

한 루나는 "잘 가라!"라고 얘기한 후 방아쇠를 당긴다. '탕!' 소리가 나며 총알이 날아가 오야지의 이마 정 가운데를 관통해 지나간다. 오야지는 비명도 지르지 못하고 그대로 뒤로 넘어져 의자에 걸터앉은 상태로 숨을 거둔다. 루나는 말없이 몸을 돌려 사무실 밖으로 나간다.

밤, 거상파 아지트 건물 근처 오피스텔 건물 안 복도. 오야지가 알려준 오피스텔 호수 1107호 문 옆에 루나가 기대어 서 있다. 루나의 한 손에는 보이스-레코더가 들려 있다. 1107호 안에서 황 마담의 음성이 들려온다. 비음이 섞인 목소리로 황 마담은 박 경감에게 "오빠, 벌써 가게? 또 언제 올 거야?"라고 묻는다. 바로 1107호 문이 열린다. 박 경감은 뒤를 돌아보며 "자기가 전화하면 바로 달려올게!"라고 말하고 웃는다. 자세를 고쳐 밖으로 나서려던 박 경감은 옆에 기대어 서 있는 루나를 보고 화들짝 놀란다. 문을 닫고 애써 표정관리를 하는 박 경감은 루나에게 "자네가 여기 웬일인가?"라고 묻는다. 루나는 대답하지 않고 보이스-레코더를 작동시킨다. 기기에서는 "나가 박 경감허고 호형호제허는 사이요, 이. 알랑가 모르것네?"란 오야지의 음성이 흘러나온다. 박 경감 쪽으로 고개를 천천히 돌려 그를 째려보는 루나는 "범죄자 잡으러 왔어요."라고 얘기한다. 계속해서 보이스-레코더에서는 "나가 여다가 터 잡고 박 경감헌티 바친 뽀찌가 얼만디…"라는 오야지의 목소리가 흘러나온다. 기기를 꺼서 주머니에 집어넣는 루나를 보고 박 경감은 헛기침을 "흐, 음." 한 후에 차분한 목소리로 "그래? 그럼 볼일 보고. 나 먼저 돌아가겠네."라고 얘기한다. 루나를 지나쳐 서너 걸음 걷는 박 경감에게 다가가서 그의 오른손을 잡아 올려 수갑을 채우는 루나는 "성접대와 뇌물수수, 범죄자 은닉과 직무유기 등의 혐의로 당신을 체포합니다."라고 얘기한다. 당황하는 박 경감은 "내가 너 가만 놔둘 것 같아!?"라고 소리친다. 루나는 박 경감의 왼손을 잡아 올려 나머지 수갑 한쪽을 채우며 "미란다 원칙 알죠?"라고 묻는다. 떨떠름한 표정의 박 경감의 어깨를 밀며 루나는 "서까지 태워다 드리죠."라고 얘기한다. 루나의 힘에 떠밀린 박 경감은 알아들을 수 없는 소리로 입을 삐죽거리며 걷는다.

다음날 이른 새벽, 남산으로 가는 도로. 루나가 순찰차를 운전 중이다. 차창을 열어놓아 루나의 얼굴에 스치는 바람이 세차게 부딪힌다. 주차장에 차를 세우고 루나는 남산 정상으로 올라간다. 동이 트오는 곳, 인적이 없는 곳에 자리를 잡고 선 루나는 떠오르는 태양을 바라본다. 루나의 왼손에는 찢겨진 부분을 투명한 테이프로 덧대어 붙인 사진 한 장이 들려 있다. 천천히 왼손을 들어 사진을 들여다보는 루나의 두 눈에선 눈물이 흘러내린다. 다시, 떠오르는 태양을 바라보는 루나는 "사랑해!"란 말 한마디를 남긴다. 그리고는 허리춤에 차고 있던 권총을 꺼내어 자신의 머리에 겨눈다. 이때, 인사동에서 액세서리를 팔던 노점상 노파가 나타난다. 루나에게 천천히 다가선 노파는 머리에 총을 겨누고 서 있는 루나의 어깨를 툭툭 친다. 깜짝 놀라는 루나는 머리에서 총을 치운다. 노파는 놀라 자신을 쳐다보며 눈만 깜박이는 루나에게 "이 또한 지나가리*…"란 말을 남기고 돌아서 사라진다.

---

*   이 또한 지나가리 : 유대 경전 주석지인 미드라시 또는 페르시아 지방의 우화에서 나온 말이라 알려져 있다. 어느 날, 이스라엘의 다윗 왕이 반지 세공사를 불러 '날 위한 반지를

멀어지는 노파의 뒷모습을 잠시 보던 루나는 다시, 떠오르는 태양을 바라본다. 눈물을 흘리는 루나는 불어오는 바람에 왼손에 들고 있던 사진을 날려버린다.

만들되 거기에 내가 큰 전쟁에서 이겨 환호할 때도 교만하지 않게 하며 내가 큰 절망에 빠져 낙심할 때 좌절하지 않고 스스로 새로운 용기와 희망을 얻을 수 있는 글귀를 새겨 넣어라!'라고 지시했다. 이에 반지 세공사는 아름다운 반지를 만들었으나 빈 공간에 새겨 넣을 글귀로 몇 날 며칠을 고민했다. 그러다가 세공사는 현명하기로 소문난 왕자 솔로몬을 찾아가 간곡히 도움을 청한다. 그때 솔로몬 왕자가 알려준 글귀가 바로 '이 또한 지나가리…'이다. 세공사는 이 글귀를 반지에 적어 다윗 왕에 바쳤다. 다윗 왕은 흡족해하고 큰 상을 반지 세공사에게 내렸다고 한다.

23

23년 전

23년 전. 이주현과 설민하는 부부 사이. 주현은 뚜렷한 직업이 없이 새벽 신문배달과 24시 편의점 파트타임-잡*으로 생계를 꾸려나간다. 얼굴이 창백하고 마른 체형의 민하는 혈액암** 환자.

이른 새벽, 단독주택이 즐비한 거리. 배달용 오토바이(City 100***)가 운행하는 소리와 신문 뭉치가 바닥에 떨어지는 소리가 들려온다. 주현이 오토바이를 타고 신문배달을 하고 있다. 오토바이에 가득 실려 있던 신문이 사라지고 마지막 신문 한 부가 남아서야 주현은 "휴~" 하고 한숨을 내어 쉰다. 마지막 남은 신문 한 부를 단독주택 안으로

---

* 파트타임-잡(part time-job) : 정규 취업시간보다 짧은 시간을 정하여 몇 시간 동안만 하는 일.
** 혈액암(血液癌, hematologic malignancy) : 혈액이나 림프 계통에 생기는 악성 종양을 말한다. 종류로는 백혈병, 악성 림프종, 다발성 골수증 등이 있다.
*** City 100 : 배달용 오토바이. 디엔에이모터스에서 생산 중인 99.7cc 오토바이.

던져 넣은 그는 오토바이를 몰고 어디론가 사라진다.

주현과 민하의 집. 민하가 된장찌개를 끓이며 아침 밥상을 차리고 있다. 식탁 위에는 밥 두 공기, 배추김치, 콩장, 진미채볶음 등이 조촐하게 놓여 있다. 된장찌개 간을 보는 민하. 이내 주현이 민하를 보고 "음, 냄새 좋다!"라고 말하며 집 안으로 들어선다. 민하는 주현에게 "씻고 와요! 다, 됐어!"라고 말한다. 식탁 위 냄비 받침에 된장찌개 냄비를 올리고 나서야 주현과 민하는 식탁을 사이에 두고 의자에 마주 보고 앉는다. 민하는 주현에게 "또, 나가봐야죠?"라고 묻고 주현은 밥을 먹고 된장찌개를 떠먹으며 "응! 아홉 시부터 네 시까지로 시간 옮겼잖아!"라고 대답한다. 민하는 걱정스런 말투로 "힘들어서 어떻게 해?"라고 얘기하고 주현은 민하에게 "열심히 벌어야지! 적응되면 네 시 이후로 또 할 일 있나 알아볼 생각이야!"라고 힘주어 얘기한다. 민하는 죄스러운 표정으로 "미안해요. 나도 일거리 알아봐야 하는데…"라고 말끝을 흐린다. 민하는 숟가락으로 밥을 떠 입 안에 넣고 된장찌개를 떠 입으로 가져가려다가 된장찌개 냄새에 헛구역질을 한다. 주현과 민하 둘 다 당황한다. 민하는 주현을 보며 "요즘 계속 이러네. 조금만 먹어도 배부르고 입맛도 없고. 체한 것 같기도 하고."라고 얘기한다. 주현은 걱정스런 눈빛으로 민하에게 "병원 가봐야 하지 않겠어? 약은 잘 먹고 있는 거야?"라고 묻는다. 민하는 "그럼요. 배탈 난 것 같아. 오후에는 병원에 가볼게요!"라고 대수롭지 않다는 듯 대답한다.

오후, 동네 산부인과. 병실 침대에 민하가 누워 있다. 의사가 도플러 초음파 기기*를 이용해 민하의 배를 쓰다듬고 있다. 엷은 미소를 띤 간호사 1이 곁에 서 있다. 잠시 후, 의사는 민하에게 "축하합니다. 심장박동 소리가 겹쳐져 들리는 것이 쌍둥이네요. 3개월 됐습니다!"라고 얘기한다. 의사의 말에 민하는 당황스러운 표정을 띤다. 곁에 있던 간호사 1이 환하게 웃으며 "축하드립니다!"라고 얘기한다. 의사는 민하에게 도플러 초음파 기기를 이용해 태아의 심장박동 소리를 들려준다. 두 명의 태아에게서 들려오는 심장박동 소리에 민하는 말없이 눈물을 뚝뚝 흘린다. 의사는 일어나 책상으로 걸어가 의자에 걸터앉아 컴퓨터 모니터(computer monitor)를 들여다본다. 민하는 옷매무새를 가다듬으며 일어나 의사가 앉은 맞은편으로 다가가 비어 있는 의자에 앉는다. 간호사 1은 도플러 초음파 기기를 정리하고 의사 곁으로 다가가 선다. 의사는 모니터에 띄워져 있는 인터넷(inter-net) 창을 들여다보며 민하의 병력**을 확인하고는 눈살을 살짝 찌푸린다. 다시, 민하를 보는 의사는 조심스럽게 "암이 있으시네요?"라고 묻는다. 민하는 차분한 목소리로 "네, 8년째에요. 혈액암."이라 대답한다. 의사는 걱정스런 표정으로 "현재 복용 중이신 약이 태아에게 어떤 영향을 미칠지 명확하게 드러난 선행 연구결과는 없어요. 긍정적이다, 부정적이다 말을 할 수가 없네요."라고 민하에게 설명해 준다. 민하는 "그러면 약을 지금부터 중단하는 편이 좋을까요?"라고 의사에게 묻는다. 의사

---

*　　도플러 초음파 기기 : 산부인과에서 태아의 심장박동 소리를 들려줄 때 사용되는 장비.
**　　병력(病歷) : 지금까지 앓은 병의 종류, 원인, 진행 결과, 치료 과정 따위.

는 민하에게 "아이들도 중요하지만 산모의 건강도 신경 쓰셔야지요. 저로선 이렇게 해라, 저렇게 해라 답변을 드릴 수 없는 상황입니다."라고 대답한다. 의사는 이어 "나중에 출산을 할 때에도 조금 걱정스러운 것은 사실입니다. 혈액암 때문에 백혈구, 혈색소, 혈소판 등 모든 혈액 수치에 이상 변화가 생기고, 과다 출혈이 일어나게 되면 응급처치를 시행해 산모를 구할 수 있을지도 의문이구요."라고 덧붙인다. 걱정스런 표정의 민하는 말없이 의사를 쳐다본다. 의사는 민하에게 "출산이 산모와 아이들 모두에게 안전하다고 할 수만은 없다는 사실을 알고 계셔야 할 것 같습니다."라고 얘기한다.

저녁. 집으로 돌아온 민하는 침대에 기대어 앉아 낮에 병원에서 있었던 일을 떠올리며 깊은 생각에 잠겨 있다. 민하의 손에는 혈액암 치료제가 들려 있다. 한숨을 "휴~" 하고 내쉬는 민하는 옆에 쓰레기통에 혈액암 치료제를 버린다. 잠시 후, 주현이 들어온다. 그의 손에는 떡볶이와 어묵이 들려 있다. 집 안으로 들어서며 주현은 민하에게 "이거 먹자!"라고 외친다. 주현은 식탁으로 가서 분주하게 떡볶이와 어묵을 먹기 위한 준비를 한다. 천천히 몸을 일으킨 민하는 식탁으로 다가가 앉는다. 배가 고픈 듯 허겁지겁* 떡볶이와 어묵을 먹는 주현을 민하는 가벼운 미소를 띠며 지그시 바라본다. 가만히 앉아 있는 민하에게 주현은 "식기 전에 먹어!"라고 부추긴다. 민하는 주현에게 "나, 할 말 있는데…"라고 말끝을 흐린다. 입 안 가득 떡볶이와 어묵을 넣고 입을

---

* 허겁지겁 : 조급한 마음으로 몹시 허둥거리는 모양.

솔과 루나

초판 1쇄 인쇄	2025년 03월 14일
초판 1쇄 발행	2025년 03월 28일
저작권 등록번호	제C-2025-005627
신고번호	제313-2010-376호
등록번호	105-91-58839
지은이	Mory
발행처	보민출판사
발행인	김국환
기획	김선희
편집	조예슬
디자인	김민정
ISBN	979-11-6957-313-9 03810
주소	경기도 파주시 해올로 11, 우미린더퍼스트@ 상가 2동 109호
전화	070-8615-7449
사이트	www.bominbook.com

- 가격은 뒤표지에 있으며, 파본은 구입하신 서점에서 교환해드립니다.
- 이 책은 저작권법에 의하여 보호를 받는 저작물이므로 무단 전재와 복사를 금합니다.

솔과 루나

에서 하늘원 보모의 "누구세요?"라는 음성이 흘러 나오자 주현은 울고 있는 솔의 음성을 듣게 하려는 듯 바구니를 인터폰 가까이 높게 들어 올린다. 아기는 우렁차게 "응애, 응애." 하고 울어댄다. 솔의 울음소리를 들은 보모는 놀라서 인터폰을 내려놓고 맨발로 밖으로 뛰어나간다. 밖으로 나오는 보모의 인기척에 놀란 주현은 바구니를 내려놓고 황급히 자리를 벗어난다. 전속력으로 뛰어 자리를 피하는 주현의 두 눈에는 눈물이 흘러내린다.

다음날 새벽, 야산 인근 편의점 앞. 편의점 안으로 주현이 들어간다. 편의점 직원은 주현에게 "어서 오세요!"라고 인사를 하고 주현은 대답 없이 냉장고 앞으로 걸어간다. 주현은 소주 두 병을 집어 올리고 여성용품 파는 곳에서 스타킹*을 집어 계산대로 걸어간다. 계산을 마치고 편의점을 나온 주현은 인근 야산으로 올라간다. 커다란 나무가 심어져 있는 곳에 다다른 주현은 나무에 등을 기대고 앉아 병째 소주를 벌컥벌컥 들이킨다. 술에 취한 주현은 환하게 웃으며 양팔을 벌리고 서서 자신을 바라보는 민하의 환영**을 보게 된다. 환영을 본 주현은 눈물을 흘린다. 주현은 환영을 향해 "와줘서 고마워. 아이들 지키지 못해 미안해."라고 혼잣말을 한다. 환영이 사라지자 주현은 스타킹 봉투를 뜯어 스타킹을 나무에 걸고 목을 매어 자살한다.

- 끝 -

---

*　　스타킹(stocking) : 목이 긴 여자용 양말.
**　　환영(幻影) : 눈앞에 없는 것이 있는 것처럼 보이는 것.

누어 담는다. 솔이 담긴 바구니에는 민하와 솔의 모습이 담긴 반쪽짜리 사진과 태양 모양의 목걸이를 넣어둔다. 이어, 루나가 담긴 바구니에는 자신과 루나의 모습이 담긴 반쪽짜리 사진과 초승달 모양의 목걸이를 넣어둔다. 반도 안 남은 소주병을 흘깃 보는 주현은 병을 들어 입으로 가져가 비워버린다. 주현은 소주병을 내려놓고 두 개의 바구니를 양손에 하나씩 나누어 들고 집을 나선다.

늦은 밤, 서울 변두리. 베이비박스*가 설치된 고아원인 에델마을 앞. 두 개의 바구니를 들고 있는 주현이 나타난다. 베이비박스 앞으로 다가선 주현은 고개를 좌우로 돌려가며 주위를 살핀다. 아무도 없는 것을 확인한 주현은 베이비박스를 열고 루나가 담긴 바구니에서 루나를 꺼내어 베이비박스 안에 넣는다. 루나를 베이비박스에 내려놓기가 무섭게 큰소리의 멜로디 알람음이 흘러나온다. 이 소리에 화들짝 놀란 주현은 반쪽의 사진과 초승달 모양의 목걸이를 던져 넣고 베이비박스 뚜껑을 서둘러 닫는다. 그리고는 솔이 담긴 바구니를 들고 황급히 뛰어 자리를 벗어난다.

늦은 밤, 서울 변두리. 고아원인 하늘원 입구. 솔이 담긴 바구니를 들고 주현이 주변을 살피며 걸어온다. 하늘원 입구에 다다르자 그는 초인종을 누른 후 잠이 든 솔을 꼬집어 깨워 울린다. 초인종 인터폰**

---

*   베이비박스(baby box) : 갓난아이를 넣어두는 함. 길거리에 갓난아이가 함부로 버려지는 것을 막기 위하여 특정한 곳에 설치하여 몰래 아이를 놓고 가게 한 것.
**   인터폰(interphone) : 구내(構內), 가정, 열차, 선박 안에서 내부 연락용으로 쓰는 유선 전화 장치.

며칠 후, 주현의 집 앞. 집 밖으로 "응애, 응애, 응애." 하는 갓난아이들의 울음소리가 들려온다. 울어대는 갓난아이 솔과 루나의 곁에서 주현은 소주병을 들어 병째 입에 대어 마시고 있다. 울음소리에 지친 듯, 주현은 비틀거리며 자리에서 일어나 주방으로 걸어간다. 그의 한 손에는 반 정도 남은 소주병이 들려 있다. 주방 식탁 위에 전기-포트*로 물을 끓이며 소주를 들이키는 주현, 소주병을 식탁 위에 '탁' 소리가 나도록 올려놓고 손을 덜덜 떨어가며 젖병 두 개에 분유를 타기 시작한다. 완성된 젖병에 담긴 분유의 온도를 측정하는 듯, 젖병을 거꾸로 들어 손등에 두어 방울 떨어뜨리는 주현은 식탁 위에 놓인 소주병을 들고 또 소주를 마신다. 주현은 한 손에 반쯤 남은 소주병을, 다른 한 손엔 분유가 담긴 젖병 두 개를 들고 비틀거리며 울고 있는 갓난아이 솔과 루나에게 다가간다. 자리를 잡고 앉은 주현은 울고 있는 아이들을 번갈아 안아가며 끌어안고 분유를 먹인다. 아이들은 이내 조용해진다. 주현은 방바닥에 놓여 있던, 병원에서 촬영했던 첫 가족사진과 태양 모양의 목걸이와 초승달 모양의 목걸이를 주워 든다. 사진을 뚫어지게 바라보던 주현의 눈에서 눈물이 흘러내린다. 가족사진 위로 주현의 눈물이 떨어진다. 주현은 "민하야, 너 없이는 안 되겠어."라고 혼잣말을 한다. 말이 끝나자마자 주현은 민하와 솔의 모습이 담긴 부분과 자신과 루나의 모습이 담긴 부분을 나누어 사진을 반으로 찢는다. 그리고 옆에 놓여 있던 두 개의 바구니에 솔과 루나를 각각 나

---

*   전기-포트(電氣-port) : 전기를 이용하여 간편하게 물을 끓이는 주전자.

등 네 명의 가족이 다정하게 앉아 있는 모습을 촬영한다. 이렇게 단란한 가족의 처음이자 마지막인 가족사진이 촬영된다.

다음날. 편의점 일을 마친 주현이 급하게 어디론가를 향해 걸어간다. 잠시 후, 근처 사진관 안으로 주현은 들어간다. 주현은 사진관 주인을 보며 "사장님, 어제 부탁드린 사진 찾으러 왔어요!"라고 얘기한다. 사진관 주인은 "해상도가 낮아 걱정했는데, 다행히 잘 나왔어요."라고 말하며 한 장의 사진을 주현에게 건넨다. 주현은 말없이 고개 숙여 인사한 후 사진을 받아 사진관을 나선다. 인화된 사진을 보며 거리를 걷는 주현의 얼굴에 웃음이 떠나질 않는다. 얼마 지나지 않아 '따르릉' 하고 주현의 핸드폰으로 전화가 걸려온다. 주현은 "네."라고 말하며 전화를 받는다. 전화 반대편에선 산부인과 간호사 1이 다급한 목소리로 "산모가 다시 하혈을 시작했어요. 혈액 수치도 정상적이지 않고요. 혈압이 급격하게 올라가고 있어요! 서둘러 병원으로 오셔야겠어요!"라고 주현에게 민하의 위급한 상황을 전달한다. 놀란 주현은 손에 사진을 들고 황급히 뛰기 시작한다.

민하가 입원해 있는 산부인과 앞. 주현이 산부인과 건물 안으로 들어서려는 찰나, 응급실에 누워 응급처치를 받던 민하는 죽음을 맞이한다. 응급실 앞에 도착해 발을 동동 구르는 주현 앞에 응급실 안에서 나온 의사가 다가선다. 의사는 주현에게 "가셨어요!"라고 짧게 얘기하고 사라진다. 주현은 응급실 안으로 뛰어 들어간다. 숨을 거둔 민하의 시신은 싸늘하게 식어가고 있다. 주현은 민하의 시신을 끌어안고 큰 목소리로 "민하야, 민하야!"를 부르짖으며 오열한다.

오물거리던 주현은 천천히 고개를 들어 민하를 바라본다. 민하는 주현에게 "우리 네 식구 될 것 같아."라고 얘기한다. 눈만 깜박이던 주현은 잠시 생각하는 듯하다가 민하를 보고 환하게 웃으며 "병원 다녀왔구나? 임신이래? 네 식구면, 쌍둥이?"라고 말하며 놀란다. 놀란 주현의 모습에 입가에 엷은 미소를 띠는 민하는 출산이 산모와 아이들에게 위험할 수 있다는 의사의 소견*은 말하지 않는다. 이어 민하는 주현에게 "왕자님, 공주님 두 분을 모시고 살아야 한데요."라고 덧붙인다. 민하의 말에 주현은 "진짜야?"라고 물으며 뛸 듯이 기뻐한다. 이어 주현은 민하에게 "걱정하지 마! 당장 일자리 하나 더 알아볼게!"라고 말하며 식탁 위에 포개어 놓여 있던 민하의 두 손을 꼭 잡는다. 민하는 슬픈 미소를 띤 채 주현을 지그시 바라본다.

　6개월 후, 만삭**의 민하가 홀로 출산 준비를 하던 어느 날. 유아용품 상점이 있는 거리. 민하가 유아용품 상점 안에서 아이들 배냇저고리***를 고르고 있다. 마음에 드는 물건을 고른 듯 이내 계산을 하고 상점 밖으로 나온다. 상점 밖으로 나와서 잠시 걷던 민하는 목걸이와 반지 등 액세서리를 파는 노점상을 발견한다. 민하는 그냥 지나치려다가 허름한 옷차림의 뚱뚱한 노점상 주인을 보고는 진열대로 다가가 이것저것 만져가며 물건을 고르기 시작한다. 태양 모양의 목걸이와 초승달 모양의 목걸이를 만지작거리며 유심히 살핀다. 민하는 노

---

*　　소견(所見) : 어떤 일이나 사물을 살펴보고 가지게 되는 생각이나 의견.
**　　만삭(滿朔) : 해산달이 다 참. 또는 달이 차서 배가 몹시 부름. 만월.
***　배냇저고리 : 깃과 섶을 달지 않은 갓난아이의 옷.

점상 주인에게 "얼마예요?"라고 묻고, 노점상 주인은 "만 원만 내!"라고 퉁명스럽게 얘기한다. 노점상 주인의 눈치를 살피던 민하는 이내 지갑에서 만 원권 지폐를 꺼내 노점상 주인에게 건네고 자리를 벗어나려 한다. 이때, 노점상 주인이 몸을 부르르 떨며 눈을 감았다가 뜨고는 민하를 향해 "해와 달이 만나선 안 돼!"라고 말한다. 민하는 고개를 돌려 노점상 주인을 잠시 바라보다가 고개를 갸웃하고는 발길을 돌려 가던 길을 간다.

저녁, 주현과 민하의 집. 집 안에서는 민하가 낮에 구매한 물건들을 정리하고 있다. 배냇저고리는 옷장 안에, 태양 모양과 초승달 모양의 목걸이는 붙박이 책장에 꽂혀 있는 로마신화 책 앞에 놓아둔다. 이때, 일을 마치고 퇴근한 주현이 집 안으로 들어선다. 민하는 주현에게 "고생했어! 저녁은?"이라고 묻는다. 주현은 "몸도 무거운데 신경 쓰지 마! 먹고 왔어! 낮에 쇼핑은 잘했어?"라고 민하에게 물어본다. 민하는 살짝 어두운 표정으로 "어? 어, 어. 근데, 좀…"이라고 말끝을 흐린다. 주현은 궁금한 듯 민하에게 다가서며 "무슨 일 있었어?"라고 묻는다. 민하는 주현에게 "목걸이를 사는데, 주인아주머니가…"라고 말끝을 흐린다. 주현은 궁금한 표정으로 민하를 쳐다보고 민하는 "아냐! 그냥 하는 소리겠지 뭐!"라고 대답한다. 주현은 민하에게 "싱겁기는, 나 씻을게!"라고 말하고 목욕탕으로 들어간다. 루나는 침대로 걸어가 걸터앉으며 책장에 꽂혀 있는 로마신화 책을 꺼내어 펼친다. 침대 등받이에 기대어 앉은 민하는 책을 읽기 시작한다. 잠시 후, 씻고 나온 주현이 침대로 파고들어 눕는다. 주현은 "아, 아! 피곤하다!"라고 혼잣말을 하고는 이내 코를 골고 자기 시작한다. 침대 옆 스탠드* 조명 아래에서 로마신화를 읽던 루나는 침대 옆 테이블에서 볼펜과 공책을 꺼내어 든다. 공책 한 면 위에 한글로 '솔과 루나'란 글씨를 적는다. 그리고는 글씨 아랫줄에 영문으로 'Sol** & Luna***'라고 적어본다. 자신이 적은 글씨를 보고 만족한 듯 미소를 흘리는 루나는 책과 공책을 침대 옆 테이블에 올려놓는다. 루나는 스탠드 조명을 끄고 누워 이내 잠이 든다.

다음날 아침. 식사를 준비 중인 민하는 김치찌개를 끓이고 있다. 식탁 위에는 수저 두 벌과 밥 두 공기, 깍두기와 깻잎 장아찌가 놓여 있다. 신문배달을 마치고 돌아온 주현이 식탁 의자에 앉는다. 주현은 배가 고픈 듯 오른손으로 배를 쓰다듬으며 "아직 멀었어? 얼른 먹고 또, 나가봐야지!"라고 얘기한다. 김치찌개를 식탁으로 옮겨놓은 민하는 웃으며 "다, 됐어요! 급하기는."이라 얘기한다. 급하게 밥을 먹는 주현에게 물을 떠주는 민하는 "어제, 아이들 이름 지어봤어요."라고 얘기한다. 주현은 밥을 먹으며 건성****으로 "어, 얘기해봐"라고 대답한다. 민하는 환하게 웃으며 "솔과 루나"라고 짧게 대답한다. 주현은 역시 음식물을 씹으며 "음, 예쁜 이름인 것 같네!"라고 얘기한다. 민하는 주현에게 "솔은 남자아이, 루나는 여자아이! 책 읽다가 느낌이 와

---

*   스탠드(stand) : '전기 스탠드'의 준말. 조명 장치.
**   솔(Sol) : 로마신화. 태양신.
***   루나(Luna) : 로마신화. 달의 여신.
**** 건성 : 주로 '건성으로'의 꼴로 쓰임. 성의 없이 대충 겉으로만 하는 태도.

서."라고 얘기한다. 목이 메는 듯 루나가 놓아준 물컵을 들어 급하게 물을 마시면서 주현은 "좋아! 멋있어!"라고 짧게 대답한다. 민하는 못마땅한 표정으로 식사 중인 주현을 향해 "태양신의 이름을 따서 솔, 달의 여신의 이름을 따서 루나!"라고 다시 한번 힘주어 얘기한다. 주현은 밥 먹기에 바쁘다. 이어 루나는 "아들 솔은 태양처럼 뜨거운 가슴으로 사랑을 하는 남자가 됐으면 좋겠고, 딸 루나는 달처럼 차가운 냉정함으로 진정한 사랑을 알아보는 여자가 됐으면 좋겠어요!"라고 덧붙여 얘기한다. 주현은 밥을 다 먹고 수저를 식탁 위에 '탁!' 소리가 나도록 내려놓는다. 주현은 웃는 얼굴로 민하를 본 후, 손목시계를 들여다보며 "알아서 해! 나, 또 출근한다."라고 얘기한다. 바로 일어나서 급하게 집 안을 나가는 주현의 뒷모습을 보며 민하는 짧은 한숨을 "휴~" 하고 내어 쉰다.

출산 당일. 산부인과 분만실에 누워 있는 민하. 곁에는 주현이 초조한 눈빛으로 민하를 바라보고 서 있다. 진통이 시작되고 민하는 괴로워한다. 민하의 손을 잡아주는 주현은 "조금만 참자, 응?"이라고 민하를 달랜다. 분만대 위에 누워 있는 민하의 다리 사이에 서 있던 의사는 "이제 곧 첫 아이가 나올 것 같아요!"라고 얘기한다. 잠시 후, "응애! 응애!" 하는 갓난아이의 우렁찬 울음소리가 들려온다. 의사는 갓난아이를 들어 간호사 1에게 건네며 "왕자님이 먼저 나오셨네!"라고 혼잣말을 한다. 의사는 웃는 얼굴로 주현을 바라본다. 다시, 누워 있는 민하에게로 시선을 돌리는 의사. 곧이어, "응애! 응애!" 하는 두 번째 갓난아이의 연약한 울음소리가 들려온다. 의사는 아이를 들어 올리며 "어여쁜 공주님이 드디어 행차하시는군요!"라고 말하며 고통스러워하는 민하를 보고 웃는다. 간호사 2에게 두 번째 갓난아이를 건네는 의사는 루나에게 "고생 많으셨어요!"라고 말한다. 민하의 두 눈에서는 눈물이 흐른다. 울고 있는 민하를 바라보는 주현 역시 감격의 눈물을 흘린다. 감격의 순간도 잠시, 민하가 갑자기 경련을 일으킨다. 다급한 간호사 1의 목소리가 들려온다. 간호사 1은 돌아서 손을 씻던 의사를 쳐다보며 "선생님, 산모 맥박수가 급격하게 증가하고 있고, 사지 경련이 시작됐어요! 하혈도 멈추지 않아요. 출혈이 심해요!"라고 다급하게 외친다. 간호사 2는 "선생님, 혈압이 지나치게 상승했고, 호흡이 불규칙합니다."라고 다급하게 외친다. 팔다리를 심하게 떨던 민하는 정신을 잃고 기절하고 만다. 놀란 주현은 "민하야! 민하야! 민하야!"라고 민하의 이름을 소리 높여 외친다. 의사는 다급하게 "출혈 부위 압박을 실시하고 우선 인데놀*을 투여하세요!"라고 소리친다. 간호사 1, 2는 분주하게 움직인다. 기절한 민하의 눈을 손가락으로 강제로 열어 의료용 손전등으로 눈동자의 움직임을 확인하는 의사와 의사의 명령에 따라 일사불란**하게 움직이는 간호사 1, 2의 행동을 보며 주현은 분만실 바닥에 무릎을 꿇고 앉아 눈물을 흘린다. 의료장비에서 흘러나오는 '띠. 띠.' 하는 신호음만이 분만실을 가득 채운다.

---

*   인데놀(indenol)정 : 교감신경 항진을 차단해 심박수를 유지해 주고 호흡량, 혈압도 줄여 평정심을 갖게 해주는 약.
** 일사불란(一絲不亂) : 한 오리 실도 엉키지 아니함이란 뜻. 질서가 정연하여 조금도 흐트러지지 아니한 상태.

다음날 저녁, 산부인과 병원 회복실. 얼굴이 창백한 민하가 침대에 누워 있고, 침대 옆 보조 의자에 주현이 앉아 있다. 주현은 민하를 보며 "힘들었지?"라고 묻는다. 민하는 가볍게 웃으며 고개를 좌우로 흔들고는 "아니."라고 말한다. 잠시 후, 회복실 안으로 간호사 1, 2가 각각 솔과 루나를 한 명씩 나눠 안아 들고 들어온다. 간호사 1은 주현에게 "산모가 고생이 많으셨어요!"라고 말하며 들어선다. 이어, 간호사 2는 민하에게 "아드님이 2분 먼저 태어나셨어요!"라고 말하며 들어선다. 민하는 침대 리모컨*으로 등받이를 세워 힘겹게 자세를 고쳐 앉는다. 곁의 보조 의자에 앉아 있던 주현은 환하게 웃으며 벌떡 일어선다. 간호사 1, 2의 품안에 있는 아이들의 모습을 보며 행복한 모습을 띠는 민하와 주현에게 간호사 1은 "아이들 안아보셔야죠?"라고 얘기한다. 말없이 감격한 얼굴로 고개를 끄덕이는 민하와 주현. 주현은 간호사 2에게서 루나를 건네받고, 민하는 간호사 1에게서 솔을 건네받아 안는다. 행복한 웃음을 지으며 아이들을 바라보는 부부. 얼마 지나지 않아 민하는 주현에게 힘없는 목소리로 "오빠, 우리 사진 한 장 찍어요!"라고 얘기한다. 조금 당황하는 주현은 민하에게 "여기서?"라고 묻는다. 말없이 민하는 고개를 끄덕인다. 이때, 간호사 2가 "핸드폰으로 찍으면 되겠네요! 제가 도와드릴게요!"라고 웃으며 얘기한다. 침대 등받이를 세우고 기대어 앉은 민하의 곁에 자리를 잡고 앉는 주현. 간호사 2는 주현의 핸드폰 카메라로 주현 품안의 루나와 민하 품안의 솔

---

* 리모컨 : 리모트 콘트롤(remote control)의 준말.